친구의 남자 1

친구의 남자 1

초판 1쇄 찍은 날 § 2004년 1월 29일
초판 1쇄 펴낸 날 § 2004년 2월 9일

지은이 § 김지안
펴낸이 § 서경석

편집장 § 문혜영
편집 § 이종민 · 신혜미
마케팅 § 정필 · 강양원 · 이선구 · 김규진 · 홍현경

펴낸곳 § 도서출판 청어람
등록번호 § 제1081-1-89호
등록일자 § 1999. 5. 31
어람번호 § 제5-0011호

주소 § 경기도 부천시 원미구 심곡1동 350-1 남성B/D 3F (우) 420-011
전화 § 032-656-4452 팩스 § 032-656-4453
http://www.chungeoram.com
E-mail § eoram99@chollian.net

© 김지안, 2004

ISBN 89-5505-968-X (SET)
ISBN 89-5505-969-8 03810

친구의 남자 1

김지안 지음

도서출판
청람

흐릿한 스탠드 불빛 아래 발가벗은 남녀가 뒤엉켜 서로의 몸을 탐하고 있었다. 여자의 입에서 흘러나오는 간헐적인 신음 소리와 의미를 알 수 없는 교태적

1

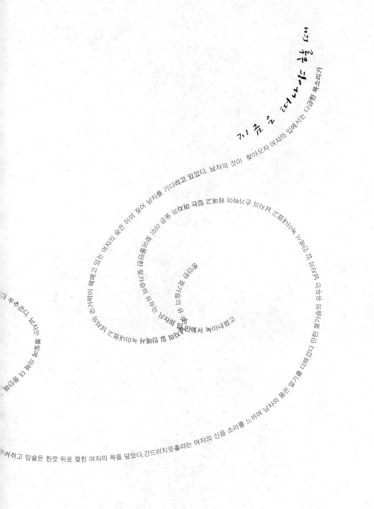

지금 은 떠나야 할 때

여자의 입에서는 다급한 목소리가

남자의 것이 찾아오자 여자의 입에서는 이미 젖어 남자를 기다리고 있었다.

켜쥐고 입술은 한껏 뒤로 젖힌 여자의 목을 덮었다.간드러지듯흐르는 여자의 신음 소리를 느끼며 남자의 몸은 열기를 더해갔다 만한 젖가슴의 유두는 남자의

흐릿한 스탠드 불빛 아래 발가벗은 남녀가 뒤엉켜 서로의 몸을 탐하고 있었다. 여자의 입에서 흘러나오는 간헐적인 신음 소리와 의미를 알 수 없는 교태적인 음성이 남자를 더욱더 부추겼다. 남자는 불빛에 의해 더 풍만해 보이는 가슴을 한 손으로 움켜쥐고 입술은 한껏 뒤로 젖힌 여자의 목을 덮었다. 간드러지듯 흘리는 여자의 신음 소리를 느끼며 남자의 몸은 열기를 더해 갔다. 풍만한 젖가슴의 유두는 남자의 입 안에서 녹아내렸고 남자의 손가락이 헤매고 있는 여자의 숲은 이미 젖어 남자를 기다리고 있었다. 남자의 것이 숲을 찾아오자 여자의 입에서는 다급한 목소리가 흘러나왔다.

"헉. 자기야, 조금만…… 조금만 더……."

여자의 목소리는 이내 자지러들었다. 여자의 깊은 숲속을 찾은 남자는 이미 여자가 감당하기조차 힘들 만큼 무서운 힘으로 파고들고 있었다.

"하."

남자는 힘에 부치는 듯 몸을 비트는 여자의 모습에도 아랑곳하지 않고 여자의 허리를 잡고 힘찬 동작을 반복했다. 물결이 치는 것처럼 여자의 나신이 흔들렸다. 그 물결 속에 남자도 기꺼이 동참했다. 지칠 줄 모르고 거칠게 파고드는 남자의 힘을 여자는 온몸으로 받아내고 있었다.

거친 숨소리가 실내 공기를 잠식하고 축축이 젖은 땀이 손바닥에 느껴질 때쯤, 지친 듯 여자의 입에서 더 이상 어떤 소리조차 나오지 않자 남자는 여자에게서 내려왔다. 그리고 뜨거운 욕정을 분출하고 난 후의 여운 같은 것에는 미련이 없다는 듯 바로 욕실로 향했다. 샤워기의 차가운 물줄기를 맞고 있는 남자의 얼굴은 방금 전 뜨거웠던 정사를 나눈 사람이라고는 믿어지지 않을 만큼 차가운 눈을 하고 있었다. 운동으로 다져진 듯 군살 없는 몸과 짙은 눈썹과 오똑한 코, 쌍꺼풀 없는 눈에 약간은 고집이 있어 보이는 얼굴이 거울 속에 마주하고 있었다. 샤워를 마치고 나오는 남자의 눈에 언제 일어났는지 아무것도 걸치지 않은 여자가 침대에 걸터앉아 담배를 피우는 모습이 들어왔다.

"가려구?"

"응."

"끔찍하다는 마누라한테 굳이 가는 이유를 모르겠다. 그냥 내일 아침까지 같이 있으면 안 돼?"

남자는 여자의 말을 듣지 못한 것처럼 주섬주섬 옷을 챙겨 입고 밖으로 나왔다. 서늘한 가을 바람이 남자의 뺨을 스쳤다. 남자도 알지 못한다. 남자를 뜨겁게 달구는 여자를 뒤로하고 보는 것만으로도 자신을 올가미에 걸린 날짐승처럼 느끼게 하는 아내라는 여자가 있는 집으로 왜 가는지 알 수 없다.

거실 한가운데 걸려 있는 원목 시계의 바늘이 1시를 가리키고 있다. 소파에 앉아 책을 넘기고 있는 은서의 귀에 오디오에서 울려 퍼지는 음악 소리는 들리지 않았다. 그저 똑딱똑딱 움직이는 시계 초침의 미세한 소리만이 울릴 뿐이다.

기다림의 연속, 3년째다. 매일처럼 그를 기다리고 있다. 많은 것을 바라지 않았다. 그저 자신을 한 번 돌아봐 주기를, 그녀에게 한 번 웃어주기를. 그러나 은서의 바람은 시간 속에서 아득하게 멀어져 갔다. 그럼에도 포기하지 못하고 매일 그를 기다렸다.

입을 굳게 다물고 있으면 어딘지 모르게 암울해 보이며 근접하기 어려울 정도로 차가워 보이던 그가 웃을 때면 주름이 가는 눈꼬리와 살짝 보이는 하얗고 고른 치아. 그녀를 향한 미소가 아니었음에도 은서는 가슴이 떨렸다. 그 미소를 보지 말았어야 했다. 후회하기에는 너무 많이 와버렸다는 것을 알지만 시간을 되돌릴 수만 있다면 3년 전으로 되돌아가고 싶다. 아니, 그를 만나기 전 열여섯으로 돌아가고 싶다.

욕심 부려서는 안 될 것을 탐한 죄, 결코 내 것일 수 없는 것을 가지려고 한 죄, 참 많은 것을 잃은 3년이란 세월 앞에 초라하기만 한 죄인의 모습으로 용서를 빌었다. 그녀로부터 등을 돌려 버린 혁에게 이제 그만 날 용서해 줄 수 없는 거냐고 무릎을 꿇고라도 사정하고 싶었다. 그러나 그의 얼굴을 보면 어떤 말도 할 수가 없다. 하찮은 벌레 보듯 그녀를 쳐다보며 피해 버린 그 앞에서 이미 새까맣게 타버린 가슴을 부여잡을 뿐이다. 그의 냉대와 무시 속에서도 그녀는 그와 연결된 끈을 놓지 못했다. 한없이 밑바닥으로 가라앉게 하는 죄책감 속에서도 지금 놓아버리기에는 그녀가 잃은 것들이 너무 많았다. 그녀에게 남은 것은 그 사람, 혁뿐이었다. 그라도 붙잡고 싶었다. 그녀의 소리없는 기다림을 들어주길 바라면서.

현관문이 열렸다. 은서는 들어오는 혁에게로 다가갔다. 그런 은서를 살짝 보고 혁은 고개를 돌렸다. 그의 머리는 약간 젖은 듯했다. 그가 벗은 양복 상의에서는 익숙한 여자의 향수 냄새가 은서의 코끝을 찔렀다. 그가 늦는 날이면 어김없이 그의 옷에서 느껴지는 다른 여자의 냄새.

"식사는요?"

"했어."

더 이상의 대화는 없다. 그가 더 이상의 대화를 허락하지 않았다. 결혼 후 얼마 되지 않아 은서가 시도했던 수많은 대화는 단 한 마디에 의해 거절당했다.

"피곤해."

그러기를 수차례, 은서는 더 이상 혁에게 대화를 시도하지 않았다. 특히 다른 여자와 함께 보내고 들어오는 날에는 더 더욱 말을 아꼈다.

"내일 어머님 생신인 것 아시죠?"

"응."

그의 옷을 받아 건 후 은서는 문을 닫고 나와 자신의 방으로 들어왔다. 그리고 방에 딸린 욕실로 들어가 손을 씻었다. 다른 여자의 손에 의해 벗겨졌을 그의 옷을 만지고 날 때면 비참한 기분만큼이나 자신이 역겨웠다. 무엇을 위해서 이런 선택을 했는지, 사랑하는 사람과 함께라면 많은 것을 잃더라도 행복할 거라는 잠깐의 어리석은 생각과 만용이 자신을 구렁텅이 속으로 밀어 넣고 말았다. 그럼에도 놓지 못하는 이유는 여전히 남아 있는 미련이라는 감정과 죄책감, 그리고 오기 같은 건지도 모른다.

그와 나란히 외출하는 일은 시댁에 행사가 있어 가는 날뿐이다. 집에서 출발해 시댁에 도착할 때까지 그들은 침묵으로 일관했다. 은서는 창밖만을 내다보며 어느덧 짙어진 가을빛에 취해 있었다. 은서가 가장 좋아하는 계절, 그 계절에 결혼을 했고 그 계절만큼이나 외롭고 쓸쓸하다. 거리에 떨어져 밟혀지는 낙엽처럼 이미 그녀의 심장도 짓이겨져 더 이상은 활동을 멈춘 듯 조용하기만 하다. 아름다운 단풍에도, 파란 하늘에도 더 이상 아무것도 느끼지 못하는 심장. 그녀는 오래전 그 심장을 누군가에게 줘버렸다, 결코 원하지 않았던 사람에게.

"어서들 와라."

완벽한 현모양처의 전형인 시어머니 신 여사가 아들 내외를 반겼다. 매사에 정확하고 반듯한 시어머니. 그래서 더 어려운 시어머니 앞에서 은서는 늘 긴장 상태였다.

"어머니, 생신 축하드려요."

고심고심 끝에 하루 종일 다리품 팔아 백화점에서 사 온 것은 시어머니가 좋아한다는 실크 소재 스카프였다. 없는 것 없이 모든 것을 다 가진 사람에게 무언가를 선물한다는 것은 고역일 수밖에 없다. 그래서 이 매장 저 매장을 기웃거리다가 언젠가 언뜻 들었던 말이 생각나 선택한 선물이었다. 값을 떠나 은서는 정말 시어머니의 마음에 드는 선물을 하고 싶었다.

"고맙다. 순천 댁."

은서의 선물을 받아 든 신 여사는 무표정한 얼굴로 테이블 위에 올려놓으며, 부엌을 향해 일하는 아줌마를 재촉하듯 불렀다. 신 여사의 부름에 부엌에서 순천 댁의 목소리가 들려왔다.

"네. 식사 준비 다 됐어요."

"어? 오빠 왔어?"

혁의 동생 주희가 2층에서 내려왔다. 혁과는 꽤 터울이 있어 막내이자 집안의 귀염둥이였다. 부잣집 외동딸에 막내인 주희에게서는 그늘이라곤 찾아볼 수 없었다. 너무 지나치다 싶을 만큼의 자신감과 일종의 우월의식 같은 것도 가지고 있었다. 주희는 한 번도 은서에게 언니라고 불러주지 않았다.

결혼을 앞둔 어느 날 주희는 은서를 찾아와 말했었다.

"난 당신을 절대 오빠의 아내로서 인정 못해요. 가족이니 뭐니 꿈도 꾸지 마요."

은서가 아예 보이지 않는 것처럼 인사는커녕 쳐다보지도 않고 혁에게 다가가 팔짱을 끼며 애교 섞인 목소리로 오붓한 오누이의 대화를 나누었다.

"오빠, 왜 이렇게 얼굴 보기 힘들어?"

"내가 너처럼 매일 놀고 먹니? 일하는 사람이 바쁜 게 당연하지."

"근데 오빠, 얼굴이 좀 상한 것 아냐?"

주희는 말은 혁에게 하는 듯하면서 모든 게 그녀 탓인 것처럼 은서를 쳐다본다.

"인마, 상하긴, 나야 늘 적당한 체중을 유지하는데."

"밥 먹자."

오누이의 대화 속에 시어머니 신 여사의 목소리가 끼어들었다. 식탁에는 미역국과 풍성하고 맛깔스러워 보이는 음식들이 가득 차려져 있었다. 그러나 아무도 반기지 않는 시댁에서 은서의 위치는 숨 쉬는 것조차 거북하고 힘든 공간이었다. 가족 간의 대화들이 오가는 식탁에서 그녀는 철저한 이방인이었다. 은서에게 말을 거는 사람도, 그녀가 옆에 앉아서 듣고 있다는 것도 의식하지 않고 대화가 오갔다. 시댁에 올 때마다 느끼는 소외감. 그나마 시아버지 강 회장이 살아 계실 때만 해도 은서를 챙겨주었는데 작년에 돌아가신 후 은서는 가시방석보다 더한 곳에 앉아 있는 기분이었다.

가족들과의 오랜 친분 관계는 물론이거니와 어려서부터 수연을 며느리로 점찍어놓았던 그들에게 갑자기 등장한 천애의 고아인 은서가 마음에 들 리 없었다. 그것도 수연의 가족들이 보는 앞에서 느껴야 했던 치욕스러운 장면은 어쩔 수 없이 은서를 받아들였지만 뿌리 깊은 앙금이 되었다. 결코 반가울 수 없는 상황이었지만 그래도 시아버지는 이제는 내 집 사람이 되었으니 하며 은서의 허물을 감싸주려 했지만 다른 가족들은 그렇지 못했다. 대놓고 뭐라고 말은 안 하지만 늘 거리를 두고 대하는 시어머니, 노골적으로 무시하는 시누이 주희, 그리고 그 밖의 숙부들과 그의 가족들. 은서는 모두에게 무시의 대상이었다. 그렇게 된 것에는 혁도 한몫했다. 남편이라는 사람이 전혀 신경도 쓰지 않는, 어쩔 수 없는 덫에 걸렸다는 걸 숨기려 하지 않는데 은서를 누가 집안의 사람으로 인정하겠는가? 가족들의 시선이 어서 그녀가 떨어져 나가주길 바라고 있다는 걸 은서는 모르지 않았다.

"참, 오빠, 들었어? 수연 언니 낼모레 귀국한다던대."

주희의 말에 식탁 앞에는 잠깐의 정적이 흘렀다. 주희가 분명히 노렸을 잠깐 동안의 침묵, 그리고 자신을 향한 눈빛. 은서는 자신도 모르게 뜨거운 국물을 삼키고 말았다. 목이 뜨겁게 타들어가는 것을 느끼면서도 아무런 행동도 취하지 못했다. 수연이가 돌아온다, 수연이가…….

"귀국하면 언제 초대해서 저녁이나 한번 먹자."

신 여사의 말에 주희는 은서를 보며 눈썹을 치켜 올렸다.

"수연 언니가 온다고 할지 모르겠네."

은서는 비난 섞인 주희의 시선을 모르는 척 밥을 꾸역꾸역 밀어 넣었다. 모래알처럼 까칠까칠한 밥을 먹는 이유는 그 자리에서 그녀가 할 수 있는 일이 고작 그것뿐이었기 때문이다. 금방이라도 넘어올 것 같은 밥을 억지로 먹으며 가슴이 먹먹해지는 것을 느꼈다. 당장이라도 화장실로 달려가고 싶은 욕구를 안간힘을 써서 참아냈다.

아침 겸 점심을 먹고 돌아오는 길, 갈 때와 마찬가지로 차 안에는 답답한 침묵만이 흘렀다. 은서는 돌아오는 차 안에서 내내 수연이가 돌아온다는 것을 생각했다. 한때는 둘도 없는 친구, 지금은 결코 친구일 수 없는 사이. 수연에게 몇 번이나 사과하고 용서를 빌려고 연락을 취할 때마다 매번 더 이상 너와는 나눌 이야기가 없다는 말과 함께 거절당했다.

옆에 앉아 있는 혁을 살짝 돌아보았다. 그는 옆에 앉아 있는 은서를 잊은 듯 묵묵히 운전에만 집중하고 있었다. 그러나 아름답기만 하던 그의 약혼녀 수연을 떠올리고 있을 거라는 것을 그녀는 모르지 않았다. 그녀와는 또 다른 감정일 것이다. 자신의 여자를 나로 인해 놓쳐 버렸다는 비난의 눈길을 3년이나 받아오지 않았는가. 수연의 귀국 소식은 또 한 번 그녀에게 심한 죄책감과 그의 비난과 원망의 시선을 더 강하게 할 것이다. 이런 날이 올 것이라는 것을 그녀는 알고 있었다. 다만 실낱같은 희망의 끈을 놓지 않고 버티려 했던 자신의 치졸함이 더욱더 초라하기만 했다. 억지로 위장을 채웠던 음식들이 위로 올라오려고 발버둥을 쳤다. 은서는 식은땀이 날 정도로 그 울렁거리는 속과 역겨움을 참아내고 있었다.

집 앞에서 은서를 내려준 혁은 뒤도 돌아보지 않고 차를 돌려 회사로 향했다. 거의 쓰러질 듯 위태하게 집 앞 가로수를 붙잡고 서 있던 그녀는 휘청이는 걸음으로 집 현관문을 열자마자 화장실로 뛰었다. 그리고 변기에 그녀 안을 채우고 있던 찌꺼기들을 다 털어냈다. 그녀가 억지로 넘겼던 음식물뿐만 아니라 은서가 가지고 있던 혁에 대한 마음까지도 모두 다 토해내 버리고 싶었다. 그녀가 수연에게 가져야 했던 죄책감, 친구들에 대한 서운함, 혁에 대한 사랑. 그녀를 지금까지 억눌렀던 모든 감정의 찌꺼기들을 다 내뱉고 싶었는지도 모른다. 토사물의 고약한 냄새에도 불구하고 한참을 은서는 그 자리에 쪼그려 앉아 있었다. 쓴웃음이 나왔다. 울고 싶은데, 미치도록 울고 싶은데 눈물은 나오지 않고 그저 허탈한 웃음만 나올 뿐이었다.

이미 알고 있었다. 그리고 마음의 준비 또한 하고 있었는지도 모른다. 결코 그는 자신의 남자가 될 수 없다는 것을. 그날 아침에 알았어야 했는지도 모른다. 사랑에 눈이 멀어 순간 눈을 감아버린 것, 어쩌면이라는 같잖은 기대를 가진 그날 아침을 은서는 기억 속에서 영원히 지우고 싶다.

아침 식탁은 무거운 침묵에 점령당했다. 보통은 식사만 차려주고 방으로 들어오는 은서였지만 오늘은 그와 마주 앉았다. 주희를 통해 들은 수연의 귀국 소식은 이미 출발지를 떠난 기차가 종착역에 들어서고 있다고 알리는 안내 방송과 같았다. 더 이상가고 싶어도 갈 수 없는 곳. 이제는 멈추어 선 기차에서 내려야할 때가 온 것이다. 표정없는 얼굴로 그녀의 존재 자체를 무시하고 있는 혁과의 식사도 얼마 남지 않았으리라. 그가 출근을 하고 혼자 남은 은서는 체념 섞인 한숨을 내쉬었다. 그리고 그녀의 유일한 안식처, 친정 엄마와 다름없는 경진에게 전화를 했다.

"이모, 저예요."

—어, 은서니? 그렇지 않아도 전화 넣으려던 참이었는데 잘

지내지?

"그럼요. 이모도 별일없으시죠?"

─응, 나야 잘 있지. 내일 신후 돌아온단다.

"그래요?"

─응. 그러니까 저녁이라도 같이 먹게 와라. 올 수 있지?

"네."

─금방 또 군대 가야 되잖니? 군대 가기 전에 같이 유학 갔던 친구랑 약혼 말이 오가고 있는데, 신후 오면 그 얘기도 좀 해봐야겠다. 내일 보자.

"네, 이모."

은서는 경진과 통화 후 한참 동안 수화기를 놓지 못하고 멍하니 앉아 있었다. 수연과 신후가 함께 돌아오는 것이다. 신후와 약혼 말이 오가는 사람도 분명히 수연일 것이다. 그녀가 사랑했던 두 사람, 그리고 그녀가 상처를 주고 말았던 두 사람. 냉정하게 그녀에게서 등을 돌려 버린 수연과 신후가 함께 돌아오는 것이다. 그녀가 그나마 버틸 수 있었던 것은 같은 하늘 아래 그들이 없었기 때문이다. 다시 그들이 그녀를 비난의 시선으로 바라본다면 은서는 더 이상 견딜 자신이 없었다. 특히나 신후에게서는 더 더욱.

그날 아침, 자신을 바라보던 신후의 눈빛을 은서는 잊을 수 없다. 급하게 수속을 밟아 떠나 버린 유학의 이면에는 자신이 있다는 것을 은서는 안다. 신후가 돌아온다. 그녀의 소중한 친구이자 그녀의 영원한 졸병. 무엇이 이토록 그녀의 삶을 피폐하고 힘들게 만들었는지 모든 것이 그녀의 잘못된 선택 탓임에도 불구하고 오늘은 혁이 밉다. 그를 향한 해바라기를 하게 만든 혁이 원망스럽기만 하다. 돌아가고 싶다. 환하게 웃을 수 있던 그 시절로, 신후의 짓궂은 장난이 몹시도 그립다. 보고 싶다. 그녀가 그리워하고 보고 싶어하는 만큼 그들은 그녀를 미워하고 원망했을 것이다. 한 번도 그녀에게 화를 내지 않았던 신후가 실망했다는 눈빛으로 돌아섰을 때 깨달았다. 아, 난 모든 것을 잃었구나라고.

아늑하고 따뜻해야 할 그녀의 집. 그러나 따뜻한 기운 같은 것은 처음부터 존재하지 않았다. 혼자 남아 썰렁하게 지키고 있는 이 집이 오늘따라 그녀의 목을 조여오는 것만 같다. 벗어나고 싶다는 충동이 그녀를 사로잡았다.

은서는 뒤도 돌아보지 않고 가방을 챙겨 들고 밖으로 나왔다. 그러나 갈 데가 없다. 그 많던 친구들은 그날 이후로 은서에게서 등을 돌렸다. 붙잡고 하소연할 친구 하나 없는 이 척박한 도시의 하늘 아래 금방이라도 비를 뿌릴 것 같은 하늘만이 있을 뿐 그녀는 혼자였다. 예상치 못했던 소나기가 도시의 아스팔트를 세차게 내리쳤다.

은서는 주위를 두리번거리다가 가까운 대형 할인 마트가 보여 그쪽으로 발걸음을 옮겼다. 그곳에는 비를 피해 들어온 사람들이 많았다. 곧 그칠 것 같지 않은 비를 바라보던 은서는 지하

매장으로 향했다. 특별히 살 게 있었던 것은 아니었다. 그저 활기 차게 움직이는 사람들을 보고 싶었는지도 모른다. 장을 보러 온 사람들, 쇼핑 카트 가득히 물건을 싣고 웃으며 장을 보는 부부들의 모습이 은서의 눈에 부러움이 가득하게 만들었고, 꼬마 아이와 함께 장을 보고 있는 여자를 볼 때면 이미 이 세상을 떠나 버린 엄마가 떠올라 슬프게 만들었다.

"어머, 작은 사모님?"

뒤에서 붙잡는 손길에 놀라 돌아보니 순천 댁이다. 장을 보러 나왔나 보다.

"어, 아줌마? 장 보러 나왔어요?"

"네. 그런데 사모님은 멀리까지 나오셨네요?"

"근처에 왔다가 비가 오는 바람에 잠깐 들른 거예요."

순천 댁은 좋은 사람이었다. 그녀도 속사정을 다 알겠지만 한 번도 내색하지 않고 그녀를 작은 사모님 하면서 대접했다. 어쩔 수 없이 남의 밑에서 일하는 사람이니까라고 할 수도 있겠지만 그녀를 바라보는 순천 댁의 눈빛은 안타까움이었다. 안됐다는 듯 측은하게 바라보는 눈길의 중년 여자에게 은서는 고마움을 느꼈다. 그렇게 몇 마디를 나누던 은서는 보지 말아야 할 것을 보고 말았다. 순천 댁의 목에 걸쳐진 실크 스카프. 그녀가 시어머니의 생일 선물을 사기 위해 하루 종일 다리품을 팔아 산 실크 스카프가 순천 댁의 목을 감싸고 있었다. 순천 댁도 은서의 시선을 느꼈는지 함박웃음을 지으며 자랑을 늘어놓았다.

"글쎄, 사모님이 생일상 차리느라 수고했다며 주지 않겠어요? 너무 예쁘죠? 제가 언감생심 이런 것을 구경이나 해보겠어요? 그래도 사모님이 주시니까…… 괜찮아 보여요?"

"네, 아주 잘 어울리네요. 저…… 이만 가볼게요."

은서는 돌아섰다. 손발이 떨리는 것을 순천 댁한테 보일 수는 없었다. 따뜻하게 대해주지는 않았지만 원래 성격이 그런 분이라는 생각에 너무나 어려운 시어머니였지만 그녀를 내치지 않는구나 생각했다. 자신이 얼마나 어리석은 착각을 하고 살았는지 정신이 번쩍 드는 것만 같았다. 그들에게서 그녀가 얼마나 비웃음거리며 하찮은 존재인지 가슴 절절히 깨닫는 순간이었다. 그녀의 노력은 아무것도 아니었다. 그런 그녀의 모습 자체조차 가증스럽게 생각했는지 모른다.

은서는 자신의 발이 어디로 움직이는지 감각조차 느낄 수 없었다. 그렇게 정신없이 매장을 나와 세차게 쏟아지는 빗속으로 뛰어들었다. 가을비는 온몸이 움츠려들 만큼 차가웠다. 달려오는 택시를 향해 몸을 던지다시피 하여 차를 세웠다. 택시의 타이어에 의해 튄 물벼락도, 운전기사 아저씨의 욕설도 은서는 무시한 채 문을 열고 택시 뒷자리에 젖은 몸을 맡겼다. 한참을 못마땅한 듯 투덜거리던 아저씨도 은서의 표정이 아무래도 심상치 않았던지 조용히 입을 다물었다.

"어디로 모실까요?"

한동안 멍해 있던 은서는 운전기사 아저씨의 말에 엉망이 된 자신의 모습이 보였다. 비 맞은 생쥐마냥 온몸이 비에 젖어 얼굴에 착 달라붙은 머리카락과 세련된 가을 정장은 후줄근해져 피부를 끈적거리게 덮고 있었다.

"서초동이요."

"아가씨, 약국에 들러서 약 사가지고 들어가요. 약 안 먹으면 감기로 고생할 거유. 무슨 사람이 사고라도 나면 어쩌려고 빗속으로 뛰어드는지. 내가 잠깐 약국 앞에 세울 테니 약 사가지고 와요."

은서는 그제야 룸미러로 보이는 아저씨의 얼굴을 보았다. 세월의 깊이가 느껴지는 주름과 거친 세파도 견디어냈을 만큼 연륜이 묻어나는 얼굴, 동네 슈퍼 주인 아저씨 같은 넉넉한 얼굴이었다. 차가 약국 앞에서 잠시 멈췄다. 약을 사가지고 나온 은서는 다시 차에 오르며 말했다.

"감사합니다."

그녀는 약봉지를 손에 꽉 쥔 채 눈물이 나오려는 걸 애써 참으려고 입술을 자근자근 깨물었다. 오늘 처음 만난 남도 내 안위를 염려하는데, 서러움이 밀려왔다. 그러나 은서는 끝내 눈물을 보이지 않았다. 눈물로서 자신의 감정을 털어버리기에는 강씨라는 성을 가진 그들이 너무 미웠다. 그리고 구질구질하게 지금까지 부여잡고 있던 자신은 더 싫었다. 이미 게임 오버였다. 그녀는 수연에게도, 혁에게도 졌다. 깨끗이 승복하리라. 깨끗이 포기하리라. 더 이상 사랑을 구걸하지 않으리라. 약봉지를 굳게 쥔 손이 하얗게 변해 실핏줄이 다 보일 때까지 꼭 쥐고, 또 쥐었다. 벌써부터 으슬으슬 온몸이 떨려오는 것조차 알지 못했다.

집에 돌아온 은서는 따뜻한 물에 샤워를 하고 약을 먹고 침대에 누웠다. 그리고 쥐 죽은 듯이 잠을 잤다. 온몸에 한기를 느껴 이불을 뒤집어쓰고 솟구치는 울음을 밀어내며 잠을 잤다. 결혼 후 처음으로 깊은 숙면을 취했다. 온몸에 땀이 흘러 옷이 축축이 젖고 있었지만 그것마저 느끼지 못한 채 아득하기만 한 잠의 나락으로 빠져들었다. 혁이 퇴근해 돌아오는 것도 몰랐다.

아침에 눈을 뜨니 **개운했다. 어제** 감기 기운이 있었다는 것도 의식 못할 만큼 온몸이 가볍기만 했다. 문을 열고 나오니 출근하려던 혁이 눈을 치켜뜨며 쳐다

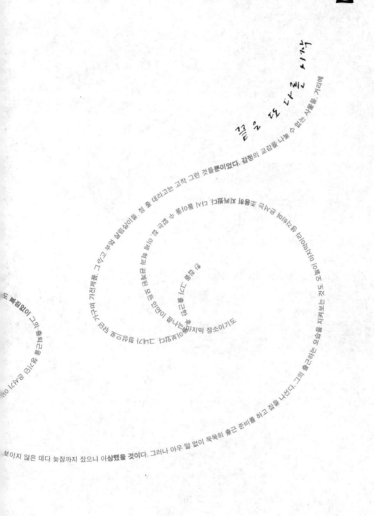

2

길을 또 나서는 시각

감정의 교감을 나눌 수 없는 사물들. 거리에

조용히 잠드렀다. 다시 돌아올 수 없는 먼 길을

은사진 생각났던지

마지막 장소이기도

보이지 않은 데다 늦잠까지 잤으니 이상했을 것이다. 그러나 아무 말 없이 묵묵히 출근 준비를 하고 집을 나선다.

끝은 또 다른 시작 2

아침에 눈을 뜨니 개운했다. 어제 감기 기운이 있었다는 것도 의식 못할 만큼 온몸이 가볍기만 했다. 문을 열고 나오니 출근하려던 혁이 눈을 치켜뜨며 쳐다본다. 결혼 후 한 번도 빠짐없이 그의 출퇴근을 챙기던 은서가 아니었던가. 어제는 얼굴도 보이지 않은 데다 늦잠까지 잤으니 이상했을 것이다. 그러나 아무 말 없이 묵묵히 출근 준비를 하고 집을 나선다. 그의 출근하는 모습을 지켜보는 것도 오늘이 마지막이라 생각하며 은서는 조용히 지켜봤다.

다시 돌아올 수 없는 집. 이제 혁과 관계된 모든 인연이 끝나는 마지막 장소이기도 한 집을 그가 출근한 후 돌아보았다. 그녀가 정성으로 닦던 가구며 가전제품, 그리고 부엌 살림살이들. 정 줄 데라고는 고작 그런 것들뿐이었다. 감정의 교감을 나눌 수 없는 사물들, 거리에 널려 있는 물건들, 돈만 있음 언제든 똑같은 걸로 구입할 수 있는 그런 물건들로 허기진 가슴을 채울 수밖에 없었다. 그러나 떠나야겠다고 결심한 순간 그녀가 아꼈던 가구며 살림살이들은 더 이상 아무런 의미가 없었다. 그것마저 하나의 겉포장일 뿐이다. 혁과 그녀를 둘러싼 겉포장, 그 겉포장만이라도 자기 것으로 만들고자 했던 그녀의 허황된 꿈이었을 뿐이다. 더 이상 그녀의 사랑이 묻어나지 않는 가구들은 이제 단순한 물건일 뿐이다. 그저 손때가 조금 묻은, 그런대로 쓸 만한 물건에 지나지 않았다.

은서는 여행용 가방에 짐을 챙겼다. 서랍장에 정리되어 있는 그녀의 속옷, 화장대 위에 올려져 있던 화장품, 옷장에 걸려 있던 옷들, 그리고 그녀가 아끼던 작은 소품들. 가방에 다 담고 나니 제법 무거웠다. 은서는 더 이상 돌아보지 않았다. 무거운 가방을 끌고 밖으로 나와 택시를 잡아탔다.

택시에서 내린 은서는 경진의 집 앞에서 한참을 망설이고 서 있었다. 오늘은 신후가 귀국하는 날, 같이 저녁을 먹기로 한 것은 사실이지만 이 여행용 가방을 어떻게 받아들일지 난감했다. 그녀는 경진에게 자신의 불행을 알리고 싶지 않았다. 그동안 그녀를 거두어주고 변함없이 친정 엄마 같은 존재로 남아주고 있는 경진에게 또 다른 걱정거리를 안겨주고 싶지는 않았다. 그래서 그녀의 망설임은 더 길어졌다. 그때 길을 가던 아줌마가 아는 척을 했다.

"이게 누구야? 은서 아니니?"

"네, 안녕하세요?"

"근데 왜 여기 이렇게 서 있어? 언니 어디 가고 없어? 그럼 잠깐 우리 집에 와 있을래?"

"아니에요. 빈손으로 온 것 같아 뭐 좀 사갈까 궁리 중이었어요."

"어, 그랬어? 뭐 친정 같은 집에 오면서 빈손으로 오면 어떻다구? 우리 은서 착한 건 알아줘야 해. 그냥 들어가."

"네."

동네 입구에 자리 잡은 꽃가게 주인 아줌마였다. 이 동네에서 은서를 모르면 간첩이라 여길 정도로 그녀는 유명한 왈가닥이었다. 도저히 지금 모습으로는 상상할 수 없을 만큼 쾌활하고 밝은 아이였다. 경진과도 꽤 친하게 지내는 사이인 아줌마네 가게에서 은서도 몇 번 꽃을 샀다. 경진을 위한 카네이션, 부모님을 위한 하얀 국화, 그리고 딱 한 번 붉은 장미를 산 적이 있었다. 수연의 약혼을 축하하는 장미. 그때 은서는 진심으로 수연의 약혼을 축하하는 마음이었다.

멀어지는 아줌마를 뒤로하고 은서는 긴 숨을 몰아내 쉬며 벨을 눌렀다. 그리고 경진의 반가운 목소리가 들렸다. 현관문을 열고 들어선 집 안은 고소한 기름 냄새가 장악했다. 저녁쯤이나 도착할 신후를 위해 벌써부터 음식을 준비하고 있는 경진을 보며 은서의 얼굴에 살며시 웃음이 배어 나왔다.

"생각보다 빨리 왔네. 어서 와."

앞치마를 두르고 은서를 돌아보지도 않은 채 가스레인지에 올려진 전을 뒤집고 있었다. 은서는 가방을 한쪽 벽에 세워두고 부엌으로 들어가 싱크대 서랍장에서 예전에 그녀가 쓰던 앞치마를 꺼내 두른 후 경진 옆에 섰다.

"제가 할게요. 좀 쉬고 계세요."

"아냐. 너도 피곤할 텐데 놀고 있어. 내가 맛있는 것 해줄 테니까."

"오늘은 가게 문 닫으셨어요?"

"그럼. 몇 년 만에 보는 자식인데 가게쯤이야."

그 어느 때보다 경진의 모습은 밝아 보였다. 신후와 얼굴을 맞댈 생각만으로도 불안하고 초조한 은서의 마음과 달리 경진은 3년 만에 만나게 되는 아들로 인해 들떠 있었다.

"몇 시 도착이에요?"

"응, 4시 도착이라더라. 내가 공항에 나가려고 했더니 곧바로 집에 올 거라고 나오지 말래서 관뒀다. 6시쯤에는 집에 오겠지. 은서야, 너 야채 좀 썰어줄래?"

"네."

경진과 은서는 한참을 부엌에서 뜨겁게 달구어진 불과 기름 냄새와 싸워가며 차곡차곡 신후를 위한 음식들을 만들어 나갔다. 음식이 어느 정도 만들어지자 분주한 손놀림도 느려졌다. 더 이상 손이 필요없게 되었을 즈음 경진과 은서는 커피 한 잔씩을 들고 거실로 나왔다. 결혼 전에도 둘은 가끔 지금처럼 차한 잔을 마시며 이런저런 이야기들을 나누곤 했었다. 주로 은서가 떠들어대는 게 전부였지만 말하는 은서도, 들어주던 경진도참 그리운 시간임을 잊지 못하던 참이었다. 그때 거실 소파에앉던 경진의 눈에 한쪽 벽에 세워진 가방이 들어오고 말았다. 아무 말 없이 커피를 마시고 있는 은서를 한참 바라보던 경진은끝내 말문을 열었다.

"웬 가방이니?"

"아, 저…… 여행 좀 다녀오려구요."

"여행?"

"네. 결혼해서 내내 집에만 있었잖아요. 이것저것 생각할 것도 많고 답답한 서울에서 벗어나 볼까 해요."

여행을 가겠다는 은서의 말에 어딘지 모르게 조심스러움이느껴졌다. 경진도 은서의 결혼 생활이 순탄하지 못함을 눈치 채고 있었다. 가만히 있어도 빛이 나는 아이였다. 그녀의 유쾌함이 주변을 더 밝게 하고 기분 좋게 하던 아이가 결혼과 함께 웃음을 잃었다는 걸 경진은 알고 있었다. 그녀 특유의 캑캑거리는웃음소리, 한 번 들으면 다시 웃지 않고는 배길 수 없는 특이한웃음소리를 내며 목구멍이 훤히 들여다보일 정도로 환하게 웃던 은서가 더 이상 웃지 않는다는 걸 알고 있었기에 그녀가 말하는 여행이 순수하게 여행으로 받아들여지지 않았다. 걱정이 앞섰다. 자매 같았던 친구를 먼저 보내고 은서를 집으로 데려오면서 경진은 결심했었다, 내 친딸처럼 키워서 좋은 남자한테 시집보내 주겠다고.

그녀가 행복하지 않다는 것을 알면서도 차마 먼저 말을 건네지 못했다. 그녀가 잘살아보려고 얼마나 열심히 노력하는지 안 봐도 눈에 선했고, 그녀가 먼저 포기하지 않는 이상 자신이 나서서 그만두라고 말하기엔 너무 월권인 것만 같았다. 아무리 요즘 세상에 흔한 게 이혼이라지만 이혼녀라는 소리를 듣기에 스물넷은 너무 어린 나이였다. 강 서방이 은서가 얼마나 괜찮은 아이인지 깨닫기를 바랐는데, 경진은 끝내 자신의 속내를 보이지 않은 채 서글픈 미소를 짓는 은서를 보며 가슴이 아팠다. 경진도 아는 척하지 않기로 했다. 그녀의 마음을 모르는 척 너스레를 떨었다.

"이야, 좋겠네. 확실히 젊다는 건 좋은 거야. 훌쩍 여행도 가고."

"후, 이모는. 이모도 언제든 떠나고 싶으면 떠날 수 있는데 이모가 안 떠나는 거지."

"그래, 난 다리도 아프고 차멀미도 해서 그런지 내 집이 젤 좋더라. 은서야."

"네."

"너무 오래 걸리진 마라. 이모는 우리 은서라면 언제든 환영

이야. 적당히 생각하고 돌아와."

은서는 더 이상 말을 할 수가 없었다. 표현하지는 않았지만 이모는 그녀의 마음을 알고 있는 게 분명했다. 자꾸 눈가에 물기가 고이려는 걸 애써 참았다. 요즘따라 왜 이렇게 자꾸 울컥울컥 눈물이 올라올 때가 많은지 그동안 참았던 눈물들이 그 수위를 조절하지 못하고 넘치는 댐처럼 위태롭기만 하다.

"커피 맛있지?"

그녀의 마음을 이해한 듯 경진은 바로 화제를 돌렸다. 은서도 손에 들려 있던 찻잔을 입으로 가져가 커피를 입에 머금고 그 향과 맛을 즐겼다. 경진의 커피 맛은 동네 아줌마들 사이에서도 유명했다. 커피 한 잔 얻어 마시겠다고 경진의 한복집을 들락거리는 아줌마들도 꽤 있었다.

커피 향에 취해 있을 때 초인종이 울렸다. 신후가 돌아온 것이다. 경진은 얼굴에 기쁨이 넘쳐 발그레해져 달려나갔고 은서는 찻잔을 내려놓은 채 일어섰다. 심장이 단거리 달리기를 마치고 난 직후처럼 거칠게 뛰었다. 신후와 얼굴을 마주 대할 순간을 기다리며 신경은 날카로워졌다. 어떤 얼굴로 나를 바라볼까? 은서는 마지막으로 그녀를 바라보던 신후의 얼굴을 잊을 수가 없었다. 도저히 믿기지 않는다는 듯 얼굴에 가득했던 실망감, 그리고 그녀의 시선을 피해 버리던 신후였다.

현관문이 열렸다. 황금빛 갈색 머리에 흰 얼굴, 자연스럽게 흐트러진 듯 약간 긴 머리 사이로 살짝 보일 듯 말 듯 귀에서 반짝거리는 링, 편하지만 세련된 차림의 신후가 현관에 들어섰다. 머리 색깔처럼 약간 브라운 빛을 머금은 눈동자는 오래전처럼 장난기가 가득해 보였고 경진을 향해 웃는 모습은 귀여운 개구쟁이처럼 해맑아 보였다. 그의 트레이드 마크인 눈웃음은 바람둥이라고 불리는 데 톡톡히 한몫을 했다. 저 미소 때문에 늘 신후의 주위에는 여자들이 넘쳐 났다.

짐 가방을 거실에 올려놓던 신후의 눈과 은서의 눈이 마주쳤다. 순간 시간이 정지한 듯 하던 동작을 멈추고 은서를 바라보던 신후의 얼굴에 미소가 사라졌다.

은서는 신후의 표정 변화를 놓치지 않았다. 불안하게 쿵쾅거리던 가슴도 어느 정도 제자리를 찾았다. 결코 그녀에게 향하는 미소가 아닐지라도 신후가 웃음을 잃지 않았다는 사실이 다행스러웠다.

"오랜만이다."

"응. 너도 고생 많았다."

3년 만에 만난 두 사람이 한 아주 짧은 인사였다. 경진의 재촉하는 목소리가 들리지 않았다면 어색하게 서로 마주 보고 서 있었을 것이다.

"신후는 들어가서 씻고 나와라. 은서야, 저녁 차리자."

식탁에 경진을 중심으로 신후와 은서는 마주 앉았다. 식탁 가득 한상 차린 음식에 신후가 놀라며 말했다.

"힘드시게 뭘 이렇게 많이 차리셨어요?"

"혼자 한 것 아냐. 은서가 많이 도와줬어. 많이 먹어라. 한국 음식 그리웠지?"

경진의 말에 살짝 은서를 보던 신후는 식탁으로 시선을 옮겼다.

"네."

경진은 계속해서 학교 생활에 대해 물었고, 신후는 자세히 대답했다. 보지 않아도 환히 그릴 수 있을 정도로 설명하는 신후의 이야기를 은서는 말없이 듣고 있었다. 모자의 정겨운 대화를 지켜보며 그녀 역시 한가족의 일원처럼 주절주절 떠들던 때가 있었음을 기억했다. 그녀의 이야기를 흥미롭게 들어주던 경진과 신후. 이젠 과거가 되었고 현재에도, 미래에도 그때처럼 편안하고 사심없이 수다를 떨 수 있는 날이 없을 것이라는 걸 알기에 그들의 대화가 부럽고 가슴이 아렸다.

신후가 은서의 시선을 느꼈는지 고개를 들어 쳐다보자 그녀는 식탁으로 눈을 돌렸다. 신후에게 있어 그녀의 조용함이 얼마나 이상하게 느껴지는지 은서는 알지 못했다.

3년이라는 시간은 짧으면서도 긴 시간이었다. 활발하고 쾌활하던, 수다스럽고 웃기 잘하던 은서는 없었다. 표정없는 얼굴에 감정을 숨기는 데 너무 익숙해져 버린 그녀만이 있을 뿐이다. 치유되지 않은 상처로 인해 여전히 피가 흐르는 가슴을 아프지 않은 척, 애써 태연해 보이려는 그녀의 노력에도 불구하고 웃음을 만들지는 못했다. 그저 무표정하게 슬픈 눈빛을 하지 않는 것만으로도 그녀가 할 수 있는 최선이었다. 정말 이제는 홀가분해지고 싶었다. 그녀를 힘들게 하는 것들로부터 자유로워지고 싶은 생각뿐이었다. 자신에 대해 아무것도 모르는 사람들 속에서 새로운 삶을 시작하고 싶다는 열망이 안에서 샘솟았다.

"이모, 나 이만 일어나야겠다."

"어? 어, 벌써 9시네? 여행 가기엔 너무 늦은 시간 아니니? 그러지 말고 여기서 자고 내일 출발해라."

"여행? 너 어디 여행 가?"

경진의 말에 그제야 신후가 은서에게 말을 걸었다. 현관에서 마주친 이후로 저녁 시간 내내 은서에게 눈길 한 번 주지 않던 신후가 그녀에게 물었다. 마음이 아프다. 신후가 건넨 한마디가 왜 이렇게 그녀의 마음을 꼭꼭 찌르는지 알 수 없다.

"응, 바람 좀 쐬고 오려고. 이모, 괜찮아요. 그만 갈게요."

여행 가방을 들고 현관을 나서려는 걸 붙잡은 것은 경진이 아닌 신후의 목소리였다.

"이 밤에 어디를 간다고 그러는데? 목적지가 어디야?"

"밤 기차 한번 타보려고. 피곤할 텐데 쉬어."

목적지를 아직 정하지 않았다면 경진도 말릴 게 분명했다. 더 이상의 대화를 나누기가 버거워 현관문을 열고 나와 버렸다. 여행용 가방의 바퀴 굴러가는 소리에 은서의 발자국 소리는 묻히고 있었다. 대문 앞에 선 그녀는 잠시 한숨을 내쉬고 택시를 잡기 쉬운 큰 도로로 발걸음을 옮겼다. 아스팔트 위를 부딪치는 가방의 바퀴 소리가 여간해서 그녀의 귀에 거슬렸다. 왠지 처량하기만 한 자신의 처지를 대변하는 것 같아서 그런지도 모르겠다.

자꾸 뒤통수가 따갑게 느껴지는 것은 왜일까? 은서는 잠시 걸음을 멈추고 돌아보았다. 얼마만큼의 거리를 두고 신후가 서 있었다. 은서는 돌아서서 걷던 길을 다시 걷기 시작했다. 그러나 그녀를 따라오는 신후의 발자국 소리는 계속되었다. 결국 다시 돌아선 그녀는 신후가 다가오기를 기다렸다. 눈앞에 선 신후를 올려다봤다. 언제부터 신후를 올려다보게 되었는지 기억하지 못했다. 어릴 적 울보 신후는 은서의 보호 아래 있었는데 언젠가부터 신후를 올려다보게 되었고, 더 이상 그녀의 보호가 필요하지 않게 되었다. 그래도 그녀를 늘 대장이라고 불러주던 신후였는데…….

"왜?"

"어디 가는 건데?"

"신경 쓰지 마."

"무슨 말이 그래?"

귀찮아하는 것 같은 은서의 말투에 화가 난 듯 신후의 말꼬리가 올라갔다.

"네가 언제부터 나한테 신경 썼는데? 목적지는 미정이야."

"뭐? 갈 곳도 안 정해놓고 이 밤중에 여행을 간다고 지금 이러는 거야?"

어이없어하는 표정이 신후의 얼굴을 스쳤다.

"내리고 싶은 데서 내릴 거야."

"너 미쳤어? 왜 이러는 건데?"

"왜 이러냐구? 강혁, 한수연, 이신후가 보이지 않는 곳이라면 어디라도 상관없어. 다시는 돌아오지 않을 거니까."

"최은서, 너 지금 무슨 말 하는 거야?"

언성을 높이던 신후의 목소리가 은서의 말에 충격이라도 받은 것처럼 낮게 깔리며 음산한 분위기를 만들었다. 그러나 은서는 지지 않고 밀어붙였다.

"들은 대로 나 지금 떠나려는 거야."

신후는 다짜고짜 은서의 여행 가방을 가볍게 들더니 그녀가 가고자 하는 방향과는 정반대의 방향으로 성큼성큼 걸어갔다.

"신후야, 신후야! 이신후……."

그녀의 부름에도 아랑곳하지 않고 걷던 신후가 돌아보더니 다시 돌아와 서 있던 은서의 손목을 잡아끌었다.

신후가 은서를 데리고 간 곳은 집 근처의 놀이터였다. 어두운 밤 꼬마 주인들이 집으로 돌아간 놀이터에는 가로등 불빛만이 아스라이 비추고 나뭇잎들이 바람에 흔들리는 소리만이 들릴 뿐이었다. 신후는 가방을 벤치 옆에 내려놓더니 은서를 잡아 벤치에 앉혔다. 그리고 은서의 옆에 앉은 신후가 은서를 노려봤다.

"너…… 지금 뭐 하자는 거니?"

"무슨 말이야?"

"무슨 말? 네가 그렇게 좋아하던, 사랑하던 혁이 형 가졌으면 됐지 뭘 더 바라니? 친구고 뭐고 다 뒤로하고 원하던 것 가졌잖아. 근데 지금 와서 무슨 소리야? 우리가 안 보이는 곳으로 떠날 거라고? 그럼 나랑 수연이가 영영 돌아오지 않기를 바라기라도 한 거야?"

소름이 돋도록 차가운 목소리가 스산한 놀이터에 울려 퍼졌다. 가해자로 산 세월은 3년으로 충분했다. 신후의 생각처럼 의도적으로 혁을 어떻게 해보려던 생각 같은 것은 가져 본 적도 없었다. 다만 상황이 그렇게 흘러갔을 뿐인데, 결과적으로 수연에게서 혁을 뺏어버린 게 되어 죄책감에 시달려야 했던 시간과 운명이라 받아들이며 혁과 잘해보려고 노력했던 시간들. 더 이상 누군가에게 그로 인해 질타를 받고 싶지는 않았다. 누군가를 사랑한 것으로 인해 그녀가 치른 쓴 대가는 3년이면 족했다. 더 이상은 어떤 비난의 말도, 시선도 숨죽이며 받아주기엔 너무 지쳐 있었다.

"내가 혁이 오빠를 가졌다구? 빌어먹을. 그랬다면 이렇게 억울하지는 않겠지. 오빠는 단 한 번도 몸도, 마음도 내 것이었던 적 없어. 내가 3년을 어떻게 살았는지 넌 관심조차 없지? 그래, 혁이 오빠는 내게 우상이었어, 내 첫사랑이었고. 그렇지만 한 번도 내 것일 수 있다고 생각해 보지 않았어. 오빠는 내게 만화 속 주인공 같은 사람이었어. 실존 인물이 아닌 내가 맘속에 그리는 이상형 같은 것이었지. 만화 속이나 영화 속의 주인공이 아무리 멋있어도 허상일 뿐이라는 걸 모를 만큼 나 어리석지 않아. 또 처음부터 혁이 오빠는 수연이의 남자였어. 동경의 눈으로 오빠를 바라봤을지는 모르지만 난 결코 오빠를 욕심 내본 적 없어."

"지금 농담하니? 그런 사람이 그런 행동을 해?"

가로등 불빛에 비치는 신후의 얼굴에는 비웃음이 가득했다. 은서의 말을 전혀 순수하게 받아들이지 않고 있음이 여실히 드러났다.

"후, 그런 행동? 내가 어떤 행동을 했는데?"

"너 최은서, 안 보는 사이 많이 변했다. 언제부터 그렇게 뻔뻔해졌니? 하긴 친구의 남자를 가로챘을 때부터 알아봤어야 하는 건데."

은서는 할 말을 잃고 신후를 노려봤다. 신후의 한 마디 한 마디가 비수가 되어 가슴을 찔렀다. 그녀가 변했듯이 신후도 변했다. 다정다감하기만 하던 신후는 없었다. 무슨 일이든 자기 편이 되어주던 신후는 더 이상 존재하지 않았다. 더 이상 미안해하지 않아도 될 것이다. 한결 마음이 가벼워져야 정상일 텐데 신후의 차가운 모습은 혁의 무시보다 더한 아픔으로 은서를 흔들었다. 혼자라는 것에 익숙해졌다고 생각했었는데 그녀는 신후에게 자신이 어떤 기대 같은 것을 하고 있었다는 걸 깨달았다. 어쩌면 신후의 넓은 어깨를 기대했는지도 모른다. 항상 그랬듯이 늘 말썽 피우고 일을 저질러도 묵묵히 다독거려 주던 오빠 같은 신후를 미련스러운 마음은 떨치지 못했나 보다. 은서는 더 이상 나약한 모습을 보이고 싶지 않았다.

"축하해. 수연이랑 약혼한다는 소리 들었다. 나, 그만 갈게."

그리고 일어섰다. 그러나 신후의 강한 손에 의해 다시 앉혀졌다.

"그래서? 지금 혁이 형이랑 끝내려는 거야?"

"시작을 한 게 있어야 끝을 내지. 여기서 밤새겠다. 나, 너랑 더 이야기 나누고 싶은 맘 없어. 네 말처럼 나도 변했고, 너도 변한 것 같아. 이제는 친구도 아니잖아."

차가운 얼굴을 하고 있던 신후의 얼굴은 어느새 험악해졌다.

"친구도 아니라니? 최은서!"

"그렇게 부르지 않아도 나 최은서라는 것 알아. 솔직하게 말할까? 난 네가 내 친구였는지도 의심스러워. 적어도 친구라면 나…… 최은서를 믿었겠지. 아니, 적어도 물었겠지. 무슨 일이 있었는지, 아니면 왜 그래야 했는지. 근데 넌 그렇지 않았어. 날 아주 외면해 버렸지. 실망했다는 얼굴로 뒤도 돌아보지 않고 떠나 버렸지. 내 가장 친한 친구라는 녀석이……."

"묻지 않아도 다 빤히 알 수 있는 상황 아니었니?"

"묻지 않아도 다 빤히 알 수 있는 상황? 혁이 오빠를 차지하기 위해 수연이 몰래 내가 오빠를 덮친 걸로밖에 보이지 않던? 너 역시 다른 애들과 하나도 다르지 않아. 관두자. 내가 뭘 기대했는지……."

은서는 말을 이을 수가 없었다. 그동안 눌러왔던 눈물샘이 고장났는지 그녀의 통제를 벗어나 이미 눈가가 젖어들었다. 옆에 놓여 있던 가방을 잡아끌며 이미 눈을 떠나 볼을 흘러내리는 눈물을 신후에게 보이지 않기 위해 그녀는 돌아섰다. 그러나 몇 걸음 옮기지 못하고 서고 말았다. 뒤에서 매끄럽지 않은 신후의 목소리가 들려왔다.

"형이랑 헤어질 거면 깨끗하게 헤어져. 이렇게 도망치듯 떠나지 말고 완벽하게 정리하란 말야."

언제 다가왔는지 은서의 팔을 붙잡은 신후였다. 하지만 그녀는 신후를 볼 수가 없었다. 한 번 넘쳐 난 눈물은 그 바닥을 모른 채 기회를 잡기라도 한 듯 끝없이 흘러내렸다. 입술을 깨물면서까지 참으려 한 은서의 노력을 배반하고 이젠 아예 흐느낌이 되어버렸다.

처음 현관 앞에서 은서와 눈이 마주친 순간 신후는 그동안 수없이 잊으려고 했던 시간들이 수포로 돌아가는 걸 느꼈다. 3년이면 이제는 담담해질 거라고 생각했다. 그러나 은서의 얼굴을 보는 순간 그의 생각들이 틀렸음을 알았다. 그녀에게 느껴야 했던 배신감이 그의 가슴을 시리도록 차갑게 만들었다. 다른 사람의 여자가 되어버린 그녀. 단 한 번도 의심하지 않았다. 언젠가는 자신의 여자가 될 거라고 믿었다. 그녀가 그런 식으로 자신을 배신할 것이라고 생각하지 않았다. 늘 말썽을 피우고 장난이 심했지만, 혁을 만나고 올 때면 연예인을 만나고 온 듯 황홀한 표정을 감추지 못했지만, 그것은 단순히 어린 마음에 가진 순수한 동경 같은 걸로 생각했다. 그러나 한침대에 있는 혁과 은서를 봤을 때 신후는 그가 가졌던 모든 꿈이 무너져 내리는 걸 느꼈다. 그리고 그가 아는 은서는 결코 친구의 남자를 넘볼 사람이 아니라는 걸 알았지만 그 순간은 어떤 것도 생각할 수가 없었다. 눈앞에 보이는 광경은 그로 하여금 이성을 잃게 했다. 믿었던 만큼 배신감도 컸다. 은서에게 있어 그는 친구였다. 그러나 그에게 있어 은서는 친구이자 여자였다. 언젠가는 애인이 되고 미래를 함께하고픈, 그래서 마음속에 꼭꼭 숨겨놓은 오직 한 사람이 은서였다.

까무잡잡한 얼굴에 건강미가 넘치던 은서가 아니었다. 약간 창백해 보이는 얼굴에 식사 시간 내내 말이 없던 그녀. 밥알이 튈 만큼 수다를 떨던 은서는 없었다. 저녁 내내 묵묵히 식사만 하고 있는 그녀로 인해 자신의 말이 많아지고 있다는 걸 느꼈다. 여행을 간다는 말에 얼마나 놀랐는지 그동안 그를 힘들게 했던 감정은 다 잊고 묻지 않을 수 없었다. 밑도 끝도 없이 밤기차를 타보고 싶다는 그녀의 말을 듣고 그냥 보낼 수는 없었다. 은서는 그가 알던 모습이 아니었다. 표정이 없는 얼굴은 은서에게 있을 수 없는 일이었다. 얼굴에 수만 가지의 표정을 해서 사람을 웃게 만드는 사람이 은서였다. 그녀는 행복해 보이지 않았다. 배신감에 치를 떨고, 미워하려 했고, 잊으려 했지만 그녀가 불행해지기를 바라지는 않았다. 비록 내 것이 될 수는 없지만 적어도 그녀는 행복하리라 생각했다.

화를 내려 했던 것은 아니었다, 은서가 자신이 없는 곳으로 떠날 거라는 말만 하지 않았더라면. 두 번 다시 생각하고 싶지 않은 그 일을 꺼내 서로의 상처를 헤집을 생각은 없었다. 그의 차가운 말에 서운하다는 얼굴이 순간 무심한 얼굴로 바뀌자 신후는 덜컥 가슴이 철렁 내려앉는 것만 같았다. 더 이상 이야기를 나누고 싶지 않다는 표정, 모든 게 귀찮다는 표정을 하는 은서의 모습은 그에게 너무 낯선 모습이었다. 무엇이 그녀를 변하게 만든 것일까? 아무것도 묻지 않고 떠나 버린 그를 원망하는 그녀를 보며 그의 심장은 떨려왔다. 그날 이후로 멈춰 버렸던 심장이 다시 뛰기 시작했다.

그날 무슨 일이 있었던 것일까? 내가 널 붙잡고 물었더라면 우리의 상황은 달라졌을까라는 생각이 들며 잠시 할 말을 잃었다. 멀어져 가는 그녀가 보였다. 지금 붙잡지 않으면 안 될 것만 같았다. 떠나려 하는 그녀, 은서가 울고 있었다. 놀이터 모랫바닥에 후두두 떨어지는 눈물을 보고 말았다. 그녀의 부모님이 돌아가셨을 때 말고는 결코 눈물을 보이지 않던 그녀가 울고 있었다. 애써 참으려는 듯 꽉 다문 입술과 굳게 말아쥔 주먹. 그럼에도 그녀의 어깨는 떨리고 있었고, 끝내는 흐느낌으로 변하고 말았다. 은서의 눈물 앞에 그는 속수무책이었다. 그가 지난 시간 느껴야 했던 감정들은 아무것도 아니었다. 그녀의 눈물이 골짜기를 만들어 그의 가슴으로 흘렀다. 서서 눈물을 떨구고 있는 은서를 신후는 꼭 껴안았다. 가슴을 적시는 은서의 눈물은 쉽게 끊이지 않았다. 애써 억누르다 트인 눈물코는 주체할 수 없을 만큼 흘러넘쳤고, 결국은 어깨까지 들썩이며 엉엉 소리 내어 울어댔다. 신후는 은서를 꼭 껴안아줄 수밖에 없었다. 그리 서럽도록 울어대는 은서를 보며 가슴이 따끔거렸다. 무엇이 널 그렇게 힘들게 한 것일까? 그가 힘들었던 시간은 은서가 흘려내는 눈물 속에 맺힌 서러움과 아픔에 비하면 너무 보잘것없는 것처럼 느껴졌다. 그의 말이 그녀를 더 아프게 했을 것이다.

한참을 신후의 품에서 울던 은서가 어느 정도 마음을 추슬렀다. 들썩이던 어깨도 조금씩 진정되고 울음소리도 잦아졌다. 머뭇거리며 그의 가슴을 밀어내는 은서를 신후는 내려다보았다. 울어서 빨갛게 충혈된 눈을 하고 마음을 다잡으려는 듯 두 손을 꼭 쥐는 모습이 보였다.

"미안해. 너한테 우는 모습 보이고 싶지 않았는데."

"그럼 나 말고 네 울음 받아줄 사람 또 있니?"

빈정대듯 하는 말이지만 이미 잃었다고 생각했던 예전 신후의 말투였다. 늘 그렇게 신후는 은서에게 어깃장을 놓는 듯하면서도 챙겨주던 친구였다. 말로는 욕하고 비웃으면서도 행동으로는 다 그녀의 뜻을 따라주던 친구. 그 신후가 지금 은서 앞에 서 있다.

"고마워. 울고 나니 더 마음이 정리되는 것 같아. 이젠 새로운 희망이 보이는 것도 같고."

"은서야, 너……."

"아니. 신후야, 내가 먼저 말할게. 미안해. 너희가 없는 곳이면 어디라도 상관없다는 말, 내가 좀 심했어. 나 많이 힘들었어. 결코 내가 원하던 상황은 아니었지만 결국 수연과 혁이 오빠를 갈라놓았다는 죄책감이 나를 좀먹고 있었고, 한 번도 생각해 보지 못했던 혁이 오빠와 묶이자 그래, 욕심도 내봤어. 어쩌면 오빠가 나를 봐줄지도 모른다는 어리석은 생각 때문에 무던히 노력도 했어. 그치만 내가 얻은 건 아무것도 없어. 오빠도 결국 내 사람이 되어주지 않았고, 무엇보다 슬픈 건 널 잃었다는 거야. 가장 친한 친구인 너마저 내게 실망하고 돌아섰는데 어떤 친구가 내 곁에 남아 있었겠니? 처음으로 내가 잘못 살았다는 생각을 했어. 친구라는 게 뭐니? 내가 힘들 때, 내가 비록 큰 잘못을 저질렀다 한들 욕을 하면서도 곁에 머물러 줘야 하는 게 친구 아니니? 근데 아무도 없더라. 내게 친구는 없었어. 모두 너와 수연이의 친구였어. 그래서 더 떠나고 싶어."

넋두리하듯 한숨을 내쉬며 자신의 이야기를 남의 이야기 하는 것처럼 담담하게 말하는 은서를 보며 신후는 부끄러워 고개를 들 수가 없었다. 친구에 대해 말하는 은서의 말이 하나도 틀리지 않았다. 하지만 그녀는 모를 것이다. 그녀가 그에게 있어 친구일 수만은 없음을, 떠나지 않고는 견딜 수 없었음을 이해하지 못하는 게 당연했다. 한 번도 그녀에게 진지하게 내보이지 않았던 그만의 감정이 아니었던가.

"떠난다고 뭐가 달라지는 건데? 혁이 형이랑 헤어질 거면 여기 남아서 깨끗하게 정리해. 그리고 정말 바람이 쐬고 싶다면 나랑 같이 다녀오자."

은서가 고개를 흔들었다.

"내가 우스운 이야기 하나 할까? 결혼 3년 동안 내가 처녀라면 믿을 수 있겠니? 깨끗하게 정리할 게 아무것도 없다면 이해하겠니?"

"은서야."

놀란 눈으로 바라보는 신후로 인해 은서의 얼굴에는 씁쓸한 미소가 걸렸다.

"믿기지 않지? 그치만 사실이야. 혼인 신고도 안 했는데 정리하고 말고 할 게 어딨어?"

신후는 은서의 말에 손이 부들부들 떨려오는 것을 진정시키기 위해 주먹을 파란 실핏줄이 튀어나오도록 꼭 쥐었다. 도대체 은서에게 무슨 일이 있었던 것일까? 그녀가 끝을 알 수 없는 눈물을 쏟아내야 할 만큼 힘든 시간을 보내는 동안 자신이란 사람은 무엇을 하고 있었는지 한심스럽기만 했다. 그저 그녀를 밀어내며 잊으려 애썼던 시간들이 부끄럽고 미안했다.

"너, 그날 무슨 일이 있었던 거야? 정말 아무 일 없었던 거야? 그럼 결혼은 왜 했는데? 그리고 혼인 신고도 안 했다는 말은 또 무슨 말이야?!"

신후는 자신이 소리를 지르고 있다는 것조차 알지 못했다. 꽉 다문 잇새로 낮게 내뱉던 말은 어느 순간 거칠어져 놀이터를 울리고도 남을 만큼 큰 소리가 되어 있었다. 가늘게 떨리던 나뭇잎 소리마저 신후의 큰 음성에 숨죽인 듯 조용했다.

"왜…… 지금 묻는데? 왜 그때 묻지 않고 지금 묻는 거야? 내가 가장 후회하는 일이 있다면 그날 밤 정신을 잃을 만큼 술을 마셨다는 것이고, 그보다 더 후회하는 게 있다면 수연이와 혁이 오빠를 만난 거야. 나로 인해 그들 인생이 흐트러졌다면 나 역시도 그들로 인해 망가졌으니까. 그날 수연이가 자고 가라고 붙잡지만 않았더라면, 내가 정신을 차리지 못할 만큼 취하지 않아 혁이 오빠가 자고 있다는 걸 알았더라면 내 인생도 이렇게 꼬이지는 않았겠지?"

"수연이가 자고 가라고 붙잡았단 말이니?"

"그래. 집에 돌아가려고 너 불러달랬더니 너 잠깐 나갔다고 눈 좀 붙이라고 했던 게 여기까지 와버렸잖아."

신후의 얼굴빛이 굳어지는 걸 은서는 알지 못했다. 거친 숨을 몰아쉬는 것조차 느끼지 못했다. 가로등 불빛에 등져 그림자진 눈이 매섭게 변하는 것도 눈치 채지 못했다.

"그래서? 아무 일도 없었다며 결혼은 왜…… 너 설마 혁이 형 속여서 결혼한 거야?"

"이신후, 정신 차려!! 나 최은서야. 오빠한테 분명히 얘기했어. 책임질 일 한 적 없다고. 그치만 너만 봐도 알 수 있잖아. 거기엔 수연이도, 다른 친구들도, 거기다 수연이 부모님까지 계셨어. 아무리 결백하다고 주장해도 누가 믿어줄까? 내가 원하든 원하지 않든 주위의 시선은 결혼까지 가게 만들었어. 그래, 아주 욕심이 없었다고는 할 수 없어. 그렇게 냉정하게 돌아서 버리는 친구들을 보며 혁이 오빠라도 붙잡고 싶은 심정이었던 게 사실이야. 그리고 혼인 신고는 내가 안 했어."

"왜?"

"이렇게 끝나게 될 걸 알았나 봐."

은서는 작성된 서류를 가지고 와 구청에 접수하라며 던져 주고 나가던 혁을 떠올렸다. 메마른 표정에 귀찮다는 듯 툭 던져 놓고 가버린 서류들을 보며 그녀는 망설였다. 그녀에게 한 번만 웃음을 보이는 날, 그날 접수하리라 생각하며 서랍 속에 넣어두었던 서류. 끝내 빛을 보지 못하고 서랍 안에 3년을 묵히고 결국은 떠나왔다. 한 번도 접수했는지, 자신의 호적에 그녀가 올라갔는지 관심조차 없었을 혁이다. 떠나오는 순간까지도 그는 모를 것이다.

"은서야, 오늘은 너무 늦었어. 그리고 무작정 이렇게는 못 보내. 헤어지기로 했다면 그럼 된 거야. 네가 피할 필요는 없어. 여행 가고 싶으면 나랑 같이 가자."

"너 군대 간다며? 얼마 안 남았잖아. 수연이랑 보내야지. 이번에도 친구의 남자를 넘본다느니 하는 소리 듣고 싶지 않다. 고마워, 내 얘기 들어줘서. 당분간은 떠나 있을 거야. 답답해서

숨이 막힐 것 같거든."

"누가 그래, 수연이랑 약혼한다구? 수연인 친구일 뿐이야."

"그래? 이모가 약혼 이야기 하길래 군대 가기 전에 수연이랑 약혼하려는 줄 알았는데……."

"군대 가는 놈이 무슨 약혼이야? 있던 여자도 정리하고 가는 판에. 하여튼 너 갈 데도 안 정해놓은 상태로는 못 보내. 그만 들어가자."

"싫어."

"바보야, 여자 혼자 위험하게 어딜 간다고 그러는 거야? 너 걱정하는 사람은 생각 안 해?"

신후의 염려하는 말에 멈추었던 눈물이 눈가에 다시 고이기 시작했다. 얼마나 그리워했던가. 사람에게 받는 따뜻한 호의와 염려, 영원히 잃어버린 줄 알았던 친구가 돌아왔다. 그리고 그녀의 안위를 걱정했다. 한 번 고장난 눈물샘은 시도 때도 없이 눈물을 뿌리게 했다. 정말 바보처럼 눈물을 보이고 싶지 않았는데 그녀의 친구로 돌아온 신후 앞에 서러움이 한꺼번에 복받치는 듯 그녀는 울고 말았다.

볼에 흘러내리는 은서의 눈물을 신후는 손으로 닦아주었다. 닦아도, 닦아도 계속해서 흘러내리는 눈물. 그녀의 눈물을 멈출 수만 있다면 악마에게 영혼이라도 팔고 싶은 기분이었다. 은서의 눈가에 그의 입술을 갖다 대었다. 파르르 떨리는 눈을 느꼈지만 신후는 물러서지 않았다. 눈가를 적시는 눈물을 입 안으로 빨아들였다. 짭짤한 맛이 배어 나오는 그녀의 서럽디서러운 눈물을 한 방울도 남기지 않고 마시려는 듯 물기 가득한 볼을 그의 입술이 헤매었다. 더 이상 은서의 눈에서는 눈물이 나오지 않았다. 그러나 신후의 입술은 그녀에게서 떨어지지 않았다. 물어뜯어 통통 부어오른 그녀의 입술을 덮으며 위로하듯이 부드럽게 감쌌다. 은서는 당황했지만 밀어내지 못했다. 그녀의 눈물을 훔치는 신후의 입술은 너무나 따뜻했고 그 부드러움이 그녀를 진정시키고 편안하게 했다. 입술을 찾은 신후의 입술, 부르터서 피맛밖에 나지 않던 입 안에 사르르 녹는 아이스크림처럼 달콤한 맛이 전해졌다. 은서는 망설이지 않고 그 맛을 맛보는 데 몰두하고 말았다. 그녀의 첫키스, 항상 누구일까 궁금했던 그녀의 첫키스 상대는 오랜 친구 신후였다.

그를 거부하지 않는 은서를 느끼며 신후는 가슴이 뛰었다. 입 안에서 느껴지는 은서의 입술, 혀끝으로 전해지는 부드럽고 말캉말캉한 혀와 입 안의 속살들. 은서의 서툰 키스만큼이나 신후는 뜨거워지는 몸을 주체하기 힘들었다. 그러나 가까스로 몸을 추슬렀다. 거친 숨을 몰아쉬는 은서의 눈과 마주쳤다. 약간 상기된 얼굴, 어두워서 얼굴빛을 알 수 없었지만 분명 붉게 달아올라 있을 것이리라. 그의 손에 닿은 그녀의 얼굴은 몹시 뜨거웠다. 신후는 은서를 가슴에 안았다.

'이제부터 난 네 친구가 아니다. 오늘부로 넌 내게 여자일 뿐이야. 그 누구에게도 널 뺏기는 일은 없을 거야. 오직 나만의 여

자야.'

밖으로 내보이진 못했지만 가슴으로 되뇌었다. 그의 품에 안겨 있는 은서를 꼭 껴안으며 두 번 다시 널 놓는 일은 없을 것이라고, 널 아프게 하지 않을 거라고, 널 지킬 거라고 자신의 마음판에 새겼다. 그러나 은서를 붙잡지는 못했다. 한 번 해야겠다고 마음먹으면 꼭 하고 마는 그녀의 성격을 잘 아는 탓이었다.

다시 돌아오겠다는, 어디를 가든 연락하겠다는 약속을 받고서 내키지 않은 마음을 감추고 서울역으로 함께 갔다. 그리고 마지막 열차를 타는 은서를 배웅했다. 지금까지 힘들었던 시간과 사람들, 마음속으로 깨끗하게 정리하고 오기를 간절히 바라는 마음으로 신후는 은서가 보이지 않을 때까지 그 자리에 서 있었다. 이렇게 보내는 게 또 다른 실수이지 않기를 바라면서, 마음 같아서는 당장이라도 끌고 집으로 가고 싶었지만 은서의 눈빛은 단호했다.

서늘한 밤 공기가 온몸을 감쌌다. 플랫폼에 서서 기차가 들어오기를 바라며 캄캄해 보이지 않는 철로만을 바라봤다. 신후에게 돌아오겠다고 약속을 했지만 그게 언제가 될지 모르겠다. 보내주지 않을 것 같아 그러마 약속을 하고 돌아섰지만 한동안, 아니, 아주 오랫동안 보지 못할 것이라는 걸 잘 아는 은서였다. 그녀에겐 오로지 자신만을 위한 시간이 필요했다.

어디로 가야 할지 정하지 못했지만 기차표는 종착역까지 가는 걸로 끊었다. 그녀의 결혼이 종착역에 도착한 것처럼 기차가

끝나는 종착역까지 가보면 무언가가 보이지 않을까 하는 마음
도 없지 않았다. 차를 기다리는 많은 사람들 속에 묻혔다. 차가
서서히 들어오기 시작하자 사람들이 기차를 타기 위해 각자의
차표와 좌석 번호를 봐가며 입구 쪽으로 몰려들었다. 은서는 힘
겹게 발걸음을 옮기며 자꾸만 뒤돌아보았다. 분명 영원히 떠나
는 것이 아님에도 다시 돌아오지 못할 것처럼 자꾸 뒤돌아봐지
는 것은 어쩔 수 없었다. 신후는 아직도 역을 떠나지 못하고 있
을 것이다. 열차 출발 시간이 지날 때까지.

그렇다면 혁은? 그는 아마도 자신이 떠났다는 것도 아직 모
를 것이다. 그만큼 그와 은서는 먼 거리에 있었다. 한집에서 같
이 산 세월이 무색하리만큼 그녀가 그를 향해 해바라기를 한 무
수한 시간에도 불구하고 결코 좁혀지지 않은 거리, 그 거리를
이제는 인정해야만 했다.

조금이나마 가지고 있던 미련 같은 것은 이 열차에 오르는 순
간, 서울에서 멀어져 가는 순간 모두 떨쳐 버릴 것이다. 누군가
를 사랑한다는 것, 이젠 감히 엄두조차 나지 않았다. 사랑한다
는 이유로 너무 많은 것을 버려야 했다. 너무 많이 인내해야 했
고, 무엇보다도 그녀 자신을 잃어버렸다. 자신의 모습이 어땠었
는지조차 어렴풋했다. 예전의 그녀였더라면 이렇게 나약해져서
울기나 하고 바보처럼 도망치듯 떠나지도 않았을 것이다. 가진
것 하나 없이도 당당하기만 했던 자신이 아니었던가. 다시 그녀
자신을 찾고 싶었다. 그러기 전에는 돌아오지 않으리라. 안내

방송과 더불어 열차가 움직이기 시작했다. 서울에서 멀어지는 기차만큼이나 그녀 역시 그녀의 어깨를 짓누르고 있던 힘든 감정들로부터 자유로워지기를 희망했다.

수연의 귀국은 하루 종일 혁을 안절부절못하게 만들었다. 상처받은 얼굴로 떠날 거라고 얘기하던 수연의 얼굴을 잊어본 적이 없다. 그 상처받은 수연의 얼굴이 떠오를 때마다 집에서 그를 기다리고 있는 은서가 더 역겹기만 했다. 그렇게 무시하고 밀어내는데도 끄덕도 하지 않고 매일같이 똑같은 얼굴로 그를 대하는 그녀를 볼 때면 소름마저 끼친다. 어쩌다가 이런 여자한테 걸린 것일까? 자신의 의도와 전혀 상관없이 치러진 결혼. 부모님의 얼굴과 강 회장의 지병만 아니었더라면 어떤 일이 있어도 마다할 결혼이었다. 보는 것만으로도 화가 나는 여자와 결혼이라니……. 그 당시 그런 맘도 없지 않았다. 어디 한번 당해봐라. 날 덫에 빠뜨렸으니 그래, 한번 살아보자. 나랑 사는 게 지옥이라는 걸 알게 해주마.

혁은 그녀가 쉽게 두 손 들고 떨어져 나갈 거라고 생각했다. 그러나 그녀는 생각보다 더 지독했다. 그의 철저한 무관심을 가장한 횡포에도, 식구들의 거침없는 비난과 무시에도 꿋꿋하게 버티었다. 강씨 집안 며느리라도 되는 척. 그 자리에는 수연이 있어야 했다. 그의 꼬마 신부, 한 번도 의심해 본 적이 없었다. 아무리 많은 여자와 염문을 뿌리고 다니고 젊은 날의 혈기를 자제하지 못하고 여자 품속에 놀아났어도 그 자리만은 수연일 거라고 생각했다. 작은 꼬마가 숙녀가 되도록 늑대의 본성을 숨기면서까지 지켜온 그의 순결한 신부. 그러나 수연은 그의 손에서 날아가 버렸다. 그것이 다 그의 집에 떡하니 버티고 있는 바로 그 여자 은서 때문이다.

수연의 귀국으로 뒤틀린 기분은 좀처럼 회복되지 않았다. 오늘은 끝장을 보리라. 더 이상 그녀가 손 털고 나가기를 바라기엔 그의 인내심도 한계에 도달했다. 지금 마음 같아서는 재산의 절반이라도 줘서 떼어내 버리고 싶은 심정이었다.

직원들이 다 퇴근하고 혼자 남아 자동차 불빛들로 가득 메운 거리를 내려다보던 혁은 서둘러 책상을 정리했다. 컴퓨터 전원을 끄고 서류들을 파일에 꽂는 그의 얼굴에는 조급함이 느껴졌다. 한 번 결심을 하니 마음이 급했다. 옷걸이에 걸려 있던 양복 재킷을 들어 손에 걸치고 밖으로 나왔다. 다른 어느 때보다 이른 퇴근이었다.

집 안 공기가 이상했다. 그가 원하든 원하지 않든 그를 반기던 은서는 보이지 않고 낯선 공기가 집 안을 채우고 있었다. 무심코 흘려버린 시간이었지만 3년이었다. 항상 그의 주위를 맴돌던, 때로는 질식할 정도로 그를 숨막히게 하던 은서에게서 풍겨 나오던 향이 느껴지지 않았다. 너무나 고요한 집 안. 살아 있는 생물이라고는 존재하지 않는 듯 고요하기만 한 집에 들어선 그는 한동안 멍하니 서 있었다. 무언가 변화가 있다. 확실하게 말할 수는 없지만 이 집 안에 어떤 변화가 있음을 피부로 느꼈다. 공기가 말하고 있었다.

곧장 은서의 방으로 가 문을 두드렸다. 대답없는 침묵. 한 번도 스스로 넘어가지 않았던 곳을 향하여 차가운 문 손잡이를 조심스럽게 돌렸다. 깨끗하게 정리된 방, 작은 꽃무늬 침대 커버와 같은 무늬의 커튼, 한쪽 벽으로 붙박이장, 그리고 침대 옆에 놓인 화장대와 서랍장. 그가 알고 있는 그대로인 것 같은데도 무엇인가 비어 있는 듯한 느낌을 감출 수가 없었다. 자신이 이상한 것인지 갈피를 잡지 못해 작은 변화라도 찾으려는 듯 방 안을 둘러보던 그의 눈에 덩그러니 비어 있는 화장대가 보였다. 그래, 분명히 저기엔 화장품이 있어야 했다. 그는 서랍을 열었다. 가지런히 정리되어 있던 그녀의 속옷들이 자취를 감추고 없었다. 그의 느낌이 틀리지 않았다. 혹, 긴 숨을 내쉬며 옷장을 열었다. 휑하니 비어 있는 옷장. 그녀가 떠났다. 어떤 말이나 쪽지 한 장 남기지 않았지만 혁은 알 수 있었다, 그녀가 떠났다는 것을.

기분이 묘했다. 결혼 내내 그녀가 제 발로 떨어져 나가길 바랐다. 오늘은 끝장을 보리라 숨이 넘어갈 정도로 급하게 달려왔다. 그런데 그런 그의 마음을 알기라도 한 듯 자신의 흔적을 남기지 않고 사라져 버리다니. 지루한 싸움의 끝을, 잔인한 말들을 서슴없이 터뜨릴 준비를 해왔던 그에게 미련 한 점 없이 자취를 남기지 않고 떠나 버린 은서는 또 다른 충격이었다. 이유는 알 수 없지만 바람 빠진 풍선처럼 허탈감이 밀려왔다. 그는 한 번의 접촉도 허락지 않았던 그녀의 침대에 털썩 주저앉고 말았다. 험한 말을 입에 담지 않아도 됐으니 다행이라 생각하면서도 마음이 개운치 않았다. 화장실에서 볼일 보고 뒤를 깨끗이 하지 못한 것 같은 찜찜한 기분이라고 해야 할까? 무엇인가 중요한 것을 빠뜨린 것 같은 시원치 않은 기분에 한동안 주인 없는 빈 침대에 우두커니 앉아 있었다.

한참을 앉아 있던 그의 눈을 그녀의 속옷이 사라진 빈 서랍장 바닥에 깔려 있는 빛이 바랜 서류 봉투가 사로잡았다. 생각 없이 서류 봉투 안의 서류를 꺼내던 혁의 눈에는 황망함이 가득했다. 혼인 신고서, 그리고 그 밖의 혼인 신고에 필요한 서류들. 그가 3년 전 은서에게 내던지다시피 한 서류들이 고스란히 남아 있었다. 분명 관공서에 가 있어야 할 서류들이 그녀의 서랍 속에서 잠자고 있었다.

열커덕. 얼마나 많이 열고 닫았는지 조금 헐거워진 교실 문이 소리를 내며 열렸다. 교실 안을 떠들썩하게 하던 소리가 잠시 주춤해지는가 했더니 다시 웅성こ

3

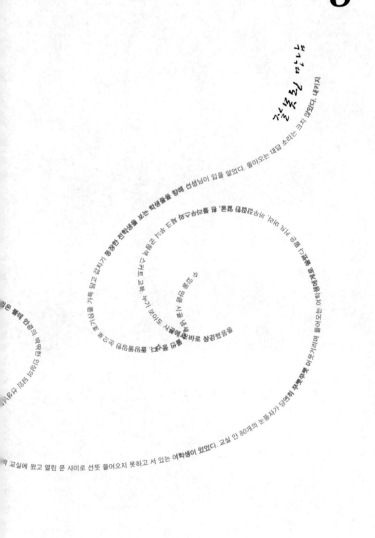

적 교실에 왔고 열린 문 사이로 선뜻 들어오지 못하고 서 있는 여학생이 있었다. 교실 안 80개의 눈동자가 담임여

덜커덕.

얼마나 많이 열고 닫았는지 조금 헐거워진 교실 문이 소리를 내며 열렸다. 교실 안을 떠들썩하게 하던 소리가 잠시 주춤해지는가 했더니 다시 웅성거림이 시작되었다. 검은 뿔테 안경의 딱딱한 인상의 담임 선생님이 아침 조회 시간보다 일찍 교실에 왔고 열린 문 사이로 선뜻 들어오지 못하고 서 있는 여학생이 있었다. 교실 안 80개의 눈동자가 당연히 쭈뼛쭈뼛 머뭇거리며 들어오는 여학생에게로 쏠렸다.

짧은 커트 머리, 까무잡잡한 얼굴, 흰 블라우스와 체크 무늬 군청색 스커트 교복. 누가 보아도 시골에서 바로 상경했음을 알 수 있을 만큼 시골 냄새가 물씬 풍겼다. 똘망똘망한 눈으로 호기심을 가득 담고 갑자기 등장한 전학생을 보는 학생들을 향해 선생님이 입을 열었다.

"오늘 새로 전학 온 친구 최은서다. 낯선 환경이라 많이 힘들 테니 여러분이 도와주도록. 알았나?"

돌아오는 대답 소리는 크지 않았다. 내키지 않은 듯 어쩔 수 없어 하는 대답임에 분명했다. 어디선가 키득거리며 웃는 소리도 들렸다. 은서는 쉽지 않으리라 생각했지만 막상 부딪치니 마음이 무거웠다.

"저기 빈자리에 가서 앉아."

그렇게 은서의 서울에서의 학교 생활이 시작되었다.

갑작스런 교통사고로 부모님을 잃은 후 별로 달가워하지 않는 친척들을 뒤로하고 부모님의 오랜 친구 경진을 따라 서울로 왔다. 서울로 가자는 경진의 제의를 은서는 기쁘게 받아들였다. 그녀에게 있어 친척이란 멀리 있어 1년에 얼굴 한 번 보기도 힘들고 연락조차 않는 사람이 아니라, 가족처럼 왕래하던 경진과 신후였다.

좋은 대학, 좋은 직장을 버리고 귀농을 한 부모님은 대책없는 낭만파였다. 물론 그 대가를 호되게 치러야 했지만 그럼에도 불구하고 세상을 떠나는 그 순간까지도 멋진 미래를 꿈꾸는 소년, 소녀 같은 분들이었다. 아무것도 모르고 시작한 농사라는 게 어디 호락호락한 것인가? 몇 번의 실패를 거듭하고 큰 수확을 얻었다 기뻐하면 가격이 폭락하는 정말 시련의 연속이었다.

그러나 자신들이 선택한 삶을 결코 후회하지 않는 부모님 밑에서 자란 은서 역시 씩씩한 아이였다. 어려서부터 집에 있기보다는 논밭과 들로 돌아다니기 바빴고 남자애들과 섞여서도 곧잘 대장 노릇을 하곤 했다. 바닷가 근처에 살았던 은서에게 검게 그을린 피부는 어쩔 수 없는 결과였지만 서울 학생들, 특히나 한창 예민한 나이 열여섯 소녀들의 뽀얀 피부 앞에서 은서는 자신이 외계인처럼 느껴졌다. 그네들의 넉넉하지 않은 시선도 그랬다.

수업이 시작되고 오전 수업이 끝나가는 동안 누구도 그녀에게 말을 걸어오지 않았다. 시골 학교에서 왈가닥에 배짱 좋고 놀기 좋아하던 그녀였지만 부모님의 죽음은 그녀에게 많은 변화를 안겨주었다. 예고도 없이 찾아온 불행을 받아들인다는 게 쉽지 않았다. 경진과 신후의 배려 덕에 많이 밝아졌지만 새로운 변화는 그녀를 위축되게 했다.

점심 시간이 되자 우르르 끼리끼리 모여 도시락을 먹는 데 열중이었다. 은서는 물끄러미 애들을 돌아보며 앉아 있었다. 그때 복도 유리창 밖에서 나오라는 듯 손을 흔드는 신후가 보였다. 애들의 시선이 모두 그쪽으로 쏠려 있다는 것도 의식 못한 채 은서는 신후에게 달려갔다.

"꼴 좋다. 첫날부터 도시락도 안 싸오고."

"그러게 누가 늦게 깨우래? 일찍 좀 깨우지. 5분만 일찍 깨웠어도 도시락 가져올 수 있었어. 이모가 다 준비해 놓고 가셨는데 늦게 깨운 네 잘못이지."

"어라, 나 깨웠다. 그냥 컵라면 먹자니까 도시락 싼다고 빡빡 우기더니 결국은 컵라면이잖아. 네가 그러면 그렇지, 이 덜렁아."

지방에 사는 친척의 결혼식에 간 경진 때문에 은서는 전학 오는 첫날 도시락을 직접 준비해야 했다. 걱정하는 경진에게 걱정 말라고 장담했지만 늦잠을 자는 바람에 빈손으로 와 신후의 구박을 듣는 중이었다. 신후와 함께 등교하고, 같은 학교에서 공부를 하고, 같이 점심을 먹는다는 게 기분이 묘했다. 한껏 위축되어 있던 어깨에 힘이 들어가는 느낌이라고 해야 할까? 괜히 장난이 하고 싶을 만큼 신후의 구박도 정겹게 느껴졌다.

"야, 이신후, 어디 감히 대장님한테 덤벼?"

"어이구, 대장? 네 키를 봐라. 내 가슴밖에 안 오는 녀석이."

그러면서 길지도 않는 은서의 머리를 손으로 헝클어놓았다.

"어허, 이게 대장을 우습게 여긴다. 음, 여기가 어디지? 이신후가 폼 재고 다니는 학교겠다. 너의 과거를 내가 움켜쥐고 있다는 걸 머리 나쁜 네가 잊은 것 같다."

"어쭈? 뭐야, 너 지금 나 협박하는 거야?"

"그래, 덤벼만 봐봐. 당장 교실에 가서 애들한테 네가 어땠는지 불어버리는 수가 있어. 그러니 알아서 모셔라."

기가 막히다는 듯 은서를 보면서도 능청스럽게 손을 거수경

례라도 할 것처럼 이마로 가져갔다.

"넵, 대장님!"

신후의 절도있는 대답에 만족스러운 웃음소리가 은서의 입에서 흘러나왔다. 껵껵 웃는 특이한 웃음소리에 신후도 같이 웃으며 교내 매점을 향해 나란히 걸었다. 점심을 먹던 아이들이 잠시 멈추고 그들을 바라보고 있다는 것을 알지 못했다.

은서가 새로 전학 온 중학교는 사립재단으로 유치원에서부터 대학교까지 한곳에 위치해 있었다. 남녀공학으로 한 학년이 10개 반으로 남녀 각각 5개 반. 남녀공학이라는 큰 울타리 안에 남고와 여고가 존재하는 학교였다. 남학생이 여학생 교실에 찾아오는 것은 흔하지 않는 일이었다. 그것도 여학생들 사이에서 인기 순위도 1위를 달리는 신후가 전학 온 시골촌닭을 찾아왔으니 빅뉴스 중에 빅뉴스이지 않을 수 없었다.

매점에서 간단하게 점심을 해결하고 들어오는 은서에게 애들이 갑자기 모여들기 시작했다. 당황스러워 쳐다보는 은서에게 질문도 아닌 말들을 늘어놓았다.

"너 4반 신후랑 사촌이라며?"

"어?"

"그럼 신후랑 한집에서 살아?"

"응."

"좋겠다."

"정말? 한집에 살아?"

점심 먹고 잠시 수다를 떨던 애들의 시선과 귀가 은서에게로 집중되었다.

"근데 왜?"

은서의 질문에 애들이 웃음을 머금고 애매한 표정을 지었다. 은서는 그날 알았다, 자신의 소꿉친구 신후가 여학생들 사이에서 최고의 인기 남학생이라는 걸. 하교하는 길에 그녀가 애들한테 받아가는 러브레터만 해도 몇 통이었다. 사실 신후의 인기에 좀 놀랐다. 신후의 어떤 모습에 애들이 그렇게 열을 올리는지 궁금했지만 아무래도 상관없었다. 힘들 것 같던 학교 생활이 한결 수월해질 것 같았기 때문이다.

집에 와 그녀가 내민 편지들에 황당해하며 거부하는 신후에게 은서는 주먹을 내밀며 편지들을 품에 안겼다.

"내가 답장까진 강요 안 할 테니까 받기는 해라. 네 덕에 나도 좀 편하게 살아보자."

"네가 왜 편한데?"

"다들 내가 네 사촌인 줄 알더라. 애들이 대하는 태도가 달라. 텃새 때문에 한동안 고생할 줄 알았는데. 알았지, 사촌?"

"미치겠네. 너랑 나랑 피 한 방울 안 섞였는데 웬 사촌?"

"야, 그럼 다들 사촌으로 알던 걸 나더러 어쩌라구? 네가 먼저 나랑 한집에 산다는 것 말하기 그래서 사촌이라고 그런 것 아냐? 난 그런 줄 알고 내버려 뒀는데."

그때서야 무언가 떠올랐는지 신후는 짧은 신음을 토했다. 은서의 부모님 장례식에 참석하느라 친척이 돌아가셨다고 대충 얼버무렸던 것이 생각난 것이다. 아마도 그래서 모두들 은서를 사촌으로 생각했나 보다. 한숨이 절로 나왔지만 그 이유를 말해 은서에게 아직 아물지 않은 부모님을 떠올리게 하고 싶진 않았다.

"그럼 이제부터 오빠라고 불러. 내가 너보다 한 달 빠르니까."

"쳇, 웃겨? 야, 울보, 내가 누구야?"

정색을 하며 고집스러운 눈을 빛내는 은서를 보며 신후는 내키지 않은 얼굴로 웅얼거렸다.

"뭐라구? 안 들려."

"어휴, 이걸 정말? 쥐방울만한 게. 대장, 대장, 됐니?"

"히. 다시 한 번 오빠니 뭐니 해봐."

신후에게 은서는 한주먹거리도 안 되었지만 초등학교도 들어가기 전 그녀와 한 약속으로 인해 그녀는 대장, 그는 그녀의 부하 졸병이었다.

*

여자애처럼 하얀 피부와 곱상한 얼굴의, 서울에서 내려온 여섯 살짜리 꼬마 신후는 시골 아이들에게 호기심의 대상이었다. 조금 적의를 표하는 녀석들도 있었지만 대부분 호의를 갖고 신후를 그들의 무리에 끼어주었다.

어느 여름 날, 동네 애들이 떠난 개구리 사냥에서 그래도 듬직했던 경철이가 개구리를 잡자 멀리서 놀러 온 신후를 생각해서 신후의 손에 올려주었다. 그런데 신후는 기겁해 비명을 지르곤 울며 도망가 버렸다. 그날 괜히 신후를 괴롭혔다는 명목으로 된통 혼이 난 경철은 그 후 신후를 괴롭히기 시작했다. 은서도 모른 척했다. 남자애가 여자애처럼 생겨 가지고 눈물이나 흘리고 다니는 게 마음에 안 들었다. 매일같이 맞고 우는 게 신후의 일과였다. 여름 내내 은서네 맡겨졌던 신후에게는 힘든 여름이었다.

그날도 애들과 냇가에서 한참 놀다 들어오던 은서는 혼자 마당 구석에 쪼그려 앉아 있는 신후가 조금 불쌍해 보였다.

"너, 앞으로 내 졸병 할래?"

"뭐?"

놀란 듯 꼬마 신후가 올려다봤다.

"그러면 내 부하니까 경철이가 너 못 괴롭히게 해줄게."

"정말?"

"그래."

은서의 말이 믿기지 않는 것처럼 살피는 신후에게 은서는 확신에 찬 눈빛을 보냈다.

"알았어."

"불러봐, 대장이라구."

"응?"

"대장!"

망설이는 것 같은 신후를 은서는 따라하라는 듯 재촉했다. 그러자 작은 목소리가 들려왔다.

"대장."

"가자. 점심 먹고 개울가에서 고기 잡기로 했거든."

그날 이후로 은서는 신후의 대장이었다. 괴롭히는 경철이도 없었고, 키도 몸도 부쩍 자랐으며 또 어려서 약한 탓에 운동도 열심히 해 누구한테 얻어맞고 다니지 않을 만큼 주먹도 강해졌지만, 은서에게만은 그녀의 손에 놀아나는 어울리지 않는 덩치 큰 심부름꾼이고 졸병이었다. 물론 그것을 마다하지 않는 신후였다.

✳

어느덧 한 학기가 다 지나가고 기말고사를 얼마 남지 않았을 때였다. 같은 반이었지만 별로 친하지 않던 수연이가 말을 걸어왔다. 다른 애들에 비해 확연히 드러날 만큼 뛰어난 미모에 부잣집 외동딸이라는 소문과 더불어 열여섯의 나이에 좀처럼 갖기 힘든 요염함까지 그야말로 학교가 알아주는 퀸카였다. 한 학기 동안 왈패가 되어 있는 은서와 수연은 도저히 어울리지 않는 그림이었지만 수연이 먼저 다가왔다.

"우리 집에 놀러 안 갈래?"

"너희 집에?"

"응. 부모님 모두 해외 나가셨거든. 너 수학 잘하지? 나 좀 도와주면 안 될까?"

"그래, 좋아."

거절할 이유가 없었다. 여자가 봐도 보호 본능을 자극하리만큼 맑고 투명한 피부에 가녀린 몸매, 그 몸매에서 느껴지는 여성스러움이 묘한 분위기를 풍기는 수연이었다. 은서는 기뻤다. 신후라는 매개체를 통해서가 아닌 자신에게 다가와 준 수연이가 마음에 들었다. 사람 좋아하는 성격의 은서는 수연과 얼마 되지 않아 둘도 없는 친구가 되었다. 수연은 생각처럼 새침데기도, 공주병이 심하지도 않았다. 그저 자신보다 좀 더 좋은 환경을 타고난 친구일 뿐이었다.

처음 수연의 집을 방문하던 날, 커다란 성벽처럼 높은 담장과 육중한 철제 대문을 지나 넓게 펼쳐진 정원의 나무들과 잔디, 드라마 속에서나 볼 수 있었던 거실의 고급 소파와 탁자 등 은서는 놀란 눈을 감추지 못하고 둘러보았다. 입으로는 연신 감탄사를 내뱉으면서. 2층으로 올라가 수연의 방을 구경했다. 신후와 그녀의 방을 합친 것보다 더 넓은 방과 드레스 룸, 욕실까지. 처음으로 은서는 수연이네가 정말 부자인 것과 그 환경의 차이까지 실감했다. 학교에서 알던 수연과 지금처럼 수연이 소유한 것들과 함께 있는 모습은 너무 다르게 느껴졌다. 수연은 정말 은서가 상상하던 공주님이었다.

"뭘 그렇게 두리번거리니?"

"야, 너네 진짜 부자다. 무슨 드라마에서 나오는 사장님 집 같은데?"

"하하. 은서 너, 너무 재밌는 거 알아? 맞아, 우리 아빠 사장이야."

"정말? 근데 한 가지는 다르네."

"뭐가?"

"드라마에서 보면 부잣집 사장 딸들은 하나같이 약간 망나니잖아. 잘난 척하고. 근데 넌 아니잖아."

"뭐? 하하."

수연이가 웃음을 참을 수 없다는 듯이 옆구리를 움켜쥐고 웃었다. 그러나 전혀 웃기지 않았던 은서는 웃는 수연을 힐끔 쳐다보고는 여전히 호사스러운 가구들과 벽에 걸린 그림들에게 관심을 더 보이고 있었다.

"나 씻고 나올게. 잠깐 기다려. 참, 아줌마가 간식거리 갖다 줄 테니까 먹고 있어."

수연이 욕실로 사라지자 은서는 두 다리를 소파 위로 올리고 옆으로 누워버렸다. 팔걸이 부분이 조금 높아 목이 아팠지만 소파에 누워 다리를 꼬고 기하학 무늬의 천장과 예쁜 조명들에 정신이 팔려 2층으로 올라오는 묵직한 남자의 발소리를 듣지 못했다.

"색시야!!"

"악!!"

쿵!

은서는 갑자기 뒤에서 소파를 두드리며 들려오는 굵은 남자의 목소리에 놀라 비명을 지르며 바닥으로 굴러 떨어졌다. 바닥에 세게 부딪친 팔꿈치가 얼마나 아프던지 부딪치지 않은 다른 손으로 팔꿈치를 문지르느라 그녀를 놀라게 한 남자를 바라볼 새도 없었다.

"어, 우리 꼬마 색시가 아니네."

깊게 깔린 저음의 목소리는 대답을 요구하듯 말꼬리가 올라갔다. 그제야 고개를 든 은서는 문제의 남자 얼굴을 볼 수 있었다. 그녀가 좋아하는 순정 만화 속의 우울한 듯 반항기 가득한 주인공 같은 남자가 그녀를 내려다보고 있었다. 은서는 아픈 것도 잊은 채 그 남자에게서 눈을 뗄 수가 없었다. 아직은 소년티를 벗지 못한 또래 남자애들과 달리 굵은 선과 성인 남자의 향취가 물씬 풍겼다. 아무런 대답 없이 눈만 빼끔거리고 있는 그녀가 이상해 보였는지 이마를 약간 찡그리더니 그녀의 맞은편 소파에 털썩 앉았다.

"계속 거기 그렇게 있을 거니?"

"네?"

한참을 바보처럼 멍하니 있던 그녀는 소파 바닥에 널브러져 있는 자신을 보았다. 놀란 은서는 벌떡 일어나 소파에 바로 앉았다. 그런 그녀를 남자는 재밌다는 듯 약간 입꼬리를 올렸다.

"그런데 넌 왜 여기 있어?"

"네. 저는 수연이 친구……."

"수연이는?"

남자는 은서의 말을 싹둑 잘라 버리고 묻고 싶은 말을 계속해서 물었다.

"저, 잠깐 씻으러 들어갔는데요."

욕실에서 흘러나오는 물소리를 듣고 원하는 대답을 다 들었다는 듯 탁자 위에 올려져 있던 신문을 들어 펼쳤다. 앞에 앉아 있는 은서는 싹 무시하고 무료한 표정으로 신문을 들척였다. 그녀의 호기심을 자극하던 화려한 가구며 조명 등은 저 너머로 사라지고 입을 굳게 다문 입술과 암울해 보이는 눈빛을 넋을 잃고 바라보았다. 그에게서 느껴지는 차가우면서도 강한 힘에 빨려드는 것만 같았다. 그때 욕실 문이 열리는 소리가 들렸다.

"어, 우리 색시 샤워했어?"

욕실에서 나오는 수연이를 보더니 무료하고 암울해 보이던 남자가 하얀 이를 드러내며 환하게 웃었다. 그의 시선이 온통 수연에게로 향하는 걸 보면서 왜 자신의 가슴이 뛰는 건지 알 수는 없었지만 은서는 그로부터 시선을 돌릴 수가 없었다.

"오빠!!"

비명에 가까울 정도로 크게 지르는 소리에는 웃음이 배어 있었다. 수연이를 색시라고 부르는 남자와 그 말이 마음에 안 든다는 듯 비명을 지르면서도 웃는 친구를 당황스러운 눈길로 지켜보다 결국 한마디 하고 말았다.

"수연이 너, 결혼했니?"

"뭐?"

"하하하하!!"

황당한 표정을 짓고 있는 수연과 집 안이 울리도록 웃어대는 남자 사이에서 은서는 잘못이라도 저지른 사람처럼 조마조마한 마음으로 그들을 봤다.

"오빠, 자꾸 색시, 색시 할 거야?"

"야, 그럼 내 색시보고 뭐라구 하냐?"

"왜 내가 오빠 색시인데?"

눈꼬리를 올리며 따지는 수연을 남자는 귀여워 어쩔 줄 모르겠다는 눈으로 바라보며 계속해서 놀렸다.

"어, 이거 오리발 내미는 것 봐라. 너 머리 좀 컸다고 막 거짓말만 늘었어. 나한테 시집온다고 떼쓴 게 누군데?"

"에이, 그거야 초등학교도 들어가기 전이잖아."

투덜거리는 수연을 보며 남자는 웃었다.

"초등학교 들어가기 전이든 후든 무슨 상관이야. 나랑 약속했잖아, 크면 오빠 색시 된다고."

"치, 오빠는 지금 대학생이야. 난 중학생이구. 말도 안 되는 것 알지?"

"어, 이것 보게. 우리 꼬마 색시가 오빠를 차려고 하네. 너, 남자 친구 생겼어?"

남자의 말에 놀란 듯 수연은 얼굴을 붉히며 머리에 걸치고 있던 수건을 풀어 그에게 날렸다. 가볍게 수건을 낚아챈 그가 수연을 보고 눈이 부실 만큼 환하게 고른 치아를 드러내며 웃음을 머금은 채 계속해서 수연을 놀렸다.

"어라, 정말인가 보네?"

"아냐."

"그래? 그럼 그래야지. 얌전히 있다가 오빠한테 시집와. 알았지? 오빠는 수연이가 크기만 기다리고 있다. 하하하."

은서는 그 두 사람 사이에 끼어들 수 없는 이질감을 느끼며 그들의 대화가 끝나기만을 기다렸다. 한참 둘이서 떠들던 수연이가 은서를 가리키며 남자에게 말했다.

"내 친구 은서야. 인사했어?"

"어? 아니. 난 수연이 약혼자 강혁이다."

그가 손을 내밀었다. 조금 전 그녀가 있다는 것도 잊은 것처럼 무료한 표정을 하고 신문을 읽던 남자가 친절한 미소를 지으며 자신을 소개했다. 얼떨결에 은서는 고개 숙여 인사를 했다. 그는 어른이었다.

"안녕하세요."

은서의 정중한 인사에 수연과 혁이 다시 웃음을 터뜨렸다. 은서에게 있어 너무 당연한 인사가 수연과 혁에게는 좀 우스웠나 보다. 잠깐의 눈맞춤. 그는 더 이상 은서를 보지 않았다.

"금방 기말고사라며? 이 오빠가 어렵게 시간 내서 우리 색시 공부 도와주러 왔다."

"치, 만날 가르쳐 준다고 와서 구박만 하려구? 은서가 도와주기로 했으니까 오빠는 그만 가."

수연과 혁의 다정한 모습을 말없이 지켜보며 은서는 수연과 친구가 된 후 처음으로 수연이가 부럽다는 생각을 했다. 수연의 부유함이나 외모에 대한 부러움이 아니라 그녀 옆에서 그녀의 약혼자라고 말하는 혁에 대한 부러움이었다. 그 우울한 듯 차가운 눈동자가 수연 앞에서 햇살처럼 환하게 변하는 걸 보면서, 코와 입을 타고 들어간 공기가 폐를 풍선마냥 부풀게 하는 것처럼 벅차오르는 가슴을 느꼈다. 설렘이었다. 열여섯 은서의 눈에 들어온 혁은 그녀의 상상 속에나 존재하던, 현실에서 만날 수 있으리라고는 생각지 못했던 남자였다. 오매불망 만화책을 보며 그녀가 꿈꾸던 그런 남자를 만났다. 은서의 가슴에 첫사랑이자, 짝사랑의 감정은 그렇게 어느 날 갑자기 찾아왔다. 친구를 향해 환하게 웃는 그를 보며 혼자만의 사랑을 시작한 것이다.

기말고사가 끝나고 여름 방학이 시작될 무렵, 수연과 친하게 지내면서 자연스럽게 신후도 함께 어울리게 되었다. 은서가 가는 곳에 신후가 빠지는 일은 상상할 수도 없는 일이었으니 당연한 결과인지도 모른다. 같이 어울리는 친구들이 생기기 시작했다. 전부터 수연과 친하게 지내던 미연과 신후의 친구 민석이까지, 그렇게 어울리던 친구들은 그 해 중학교를 졸업하고 고등학교를 졸업할 때까지 이어졌다. 매일처럼 붙어 다니면서 옥신각

신 싸우는 은서와 신후를 못 말리는 사촌 사이라며 친구들이 놀릴 때면 은서와 신후는 그들만이 서로 교환하는 눈짓으로 웃곤 했다. 가끔 혁이 함께할 때도 있었다. 고등학생들 사이에 어엿한 성인 남자였던 그는 주로 물주 노릇을 했다. 신후나 민석이도 형 하며 친하게 지냈고, 은서 역시 오빠 하며 편하게 지냈다.

그날도 패밀리 레스토랑에서 혁이 사주는 밥을 먹고 있었다. 가끔은 그녀의 성격답게 농담으로 사람들 앞에서 떠들기도 했다.

"내 이상형은 혁이 오빠야. 수연아, 오빠 간수 잘해라. 너 한눈팔면 이 최은서가 한입에 꿀꺽하는 수가 있어."

"뭐?"

은서는 그녀의 눈에 들어온 혁이 얼마나 멋진지 굳이 숨기지 않았다. 그렇다고 혁을 어떻게 해보겠다는 것은 절대 아니었다. 원래 성격이 안으로 감추는 걸 잘 못했고 농담처럼 자기 감정을 표현해 버리면 더 이상 혼자만의 감정을 키우며 속앓이 할 필요가 없었기 때문이다. 그렇게 당당하게 오빠는 내 이상형이니, 나 오빠가 맘에 든다고 떠들 수 있었던 것은 수연에 대한 혁의 사랑이 어떤지 너무 잘 알고 있었기에 가능한 것이었다. 조금이나마 그녀에게 여지가 있었다면 감히 그렇게 말하지 못했을 것이다. 다른 사람에게 상처 주면서까지 자신의 행복을 추구할 만큼 은서는 악하지 못했다.

"수연아, 신경 쓰지 마. 은서가 그런 말 하는 게 어디 하루 이

틀이니? 애 어제 텔레비전 보고 질질 짜더니 자기 이상형은 원빈이란다. 기가 막혀서, 하루가 멀다 하고 이상형이 바뀌니."

"이신후, 그러니까 이상형이지. 다 멋있는 걸 어떡해? 원빈, 정우성, 장동건, 헤~ 혁이 오빠도."

"어휴, 말을 말자."

그때까지 침묵을 지키고 있던 혁이 입을 열었다.

"하여튼 고맙다, 그 수많은 사람들 속에 나도 끼워줘서. 그치만 어떡하냐? 내 눈에는 수연이밖에 안 보이는데."

"웩!!"

"읔!!"

혁의 닭살 멘트에 친구들은 헛구역질을 하는 척했고, 수연은 얼굴이 붉어지면서 어쩔 줄 몰라 친구들 얼굴을 살피며 혁에게 눈을 흘겼다. 혁은 그것마저 예뻐서 어쩔 줄 몰라 웃고 있었다. 부러우면서도 보기 좋은 모습이었다.

"나도 남자 친구 하나 만들고 싶다. 그러고 보니 나만 짝이 없네."

"내가 해줄게."

"정말?"

"그래."

옆에서 신후가 아무렇지도 않게 은서의 말에 대꾸하자 수연의 눈빛이 잠깐 흔들렸다. 그러나 친구들의 야유에 금방 묻혀버려 누구도 보지 못했다.

"어휴, 사촌끼리 말하는 것 하고는. 누가 친척 아니랄까 봐 어떻게 하는 행동도 똑같냐? 은서야, 그러지 말고 나랑 사귀자."

민석이가 못 말린다는 듯 고개를 저으며 놀리더니 한술 더 떠 노려보고 있는 미연을 무시한 채 은서에게 바짝 다가와 앉았다.

"관둬라. 넌 싫다. 내가 이래 봬도 임자 있는 남자는 안 건드린다."

"내가 임자가 어딨어?"

"정말 없어? 없단 말이지. 그럼 내가 미연이 데리고 소개팅 나가도 괜찮겠네."

은서의 말에 바로 꼬리를 내리고 멀어지는 민석이다. 은서의 남자 친구 이야기는 그렇게 얼버무려지고 말았다. 친구들은 모두 신후와 은서를 사촌으로 알았다. 중학교 때 신후와 은서가 사촌이라는 소문은 그들이 부정도, 긍정도 하지 않는 사이 기정사실이 되어버렸다. 지금 와서 우린 사촌이 아니라고 밝히기도 그렇고 애매한 입장이 되어 은서도, 신후도 서로 묵인 하에 여전히 사촌이었다. 아마도 그들이 사촌이 아니었더라면 누가 봐도 연인 사이였을 것이다. 매일같이 서로 붙어 다니고, 챙기고, 싸우고, 웃고, 보통 연인들의 모습이었지만 사촌이라는 이유로 색안경을 끼고 보지 않았다. 물론 두 사람도 친구 이상의 관계는 아니었지만 오해를 하자면 충분히 할 수 있을 만큼 가까워 보였다. 그들의 수다스런 대화를 한동안 말없이 지켜보던 혁의 입에서 폭탄선언이 흘러나왔다.

"수연이 학교 졸업하면 바로 약혼식 할 생각이다."

"와!"

"좋겠다. 수연아, 축하한다."

혁의 발표에 수연은 당혹스러운지 난처한 표정을 지었다. 그러나 친구들의 환호성과 축하한다는 말이 쏟아지자 쑥스러운 양살짝 웃었다. 수줍어하는 공주님처럼 살포시 웃는 수연의 모습은 참 예뻤다. 친구인 은서가 보아도 너무 예쁜 친구, 그 친구를보고 환하게 웃고 있는 남자 혁. 정말 잘 어울리는 한 쌍이었다.

친구들과 헤어져 돌아오는 길, 나란히 걷던 신후가 은서의 손을 잡았다.

"왜?"

"그냥. 오늘만 내가 네 남자 친구 해줄게."

은서의 손을 잡는 신후의 손은 참 따뜻했다. 정말 연인이라도된 것처럼 두 손을 꼭 붙잡고 흔들며 밤거리를 나란히 걸었다.신후는 제목도, 가사도 잘 모르는데 자꾸 입에서 맴도는 노래를흥얼거렸고 은서 역시 거들었다. 신후가 모르는 부분은 은서도몰랐고, 신후가 아는 부분은 은서도 알았다. 서로 말도 안 되는노래를 부르며, 그 모습이 너무 웃겨 서로 마주 보고 웃었다.

걷다 보니 집 근처의 놀이터가 보였다. 왠지 그냥 들어가기가아쉬운 밤이었다.

"너, 그네 탈래? 내가 밀어줄게."

"정말? 와, 좋지. 가자!!"

놀이터 그네에 앉은 은서를 신후가 있는 힘껏 밀었다. 공부하다 졸리거나 잠이 안 올 때면 가끔 나오는 놀이터였다. 주말 오후에는 배드민턴도 치던 은서와 신후에게는 참 친숙한 곳이다. 이미 커버린 그들을 놀이터가 반길 리 없건만 은서는 그네 타는 걸 아직도 좋아했고 신후는 은서의 등을 곧잘 밀어주곤 했다.

"간다!!"

"야!!"

얼마나 세게 밀었는지 저 멀리 올라간 은서가 소리를 질렀다. 그리고는 자신의 소리에 그만 놀라 입을 꾹 다물어 버렸다. 당황하기는 신후도 마찬가지였다. 아무리 놀이터라지만 한밤중이었고 은서의 비명 소리는 너무 컸다. 놀란 두 사람은 재빨리 그네에서 내려 누가 쫓아라도 올까 봐 두리번거리면서 달렸다. 결국 집 앞에 도착한 두 사람은 숨을 헐떡이며 웃고 말았다.

"와, 정말 날씨 푹푹 찐다."

"어서 와라."

대학가 근처 커피숍에서 은서는 친구들과 함께 한여름 무더위를 피했다. 뒤늦게 온 민석이 투덜거리면서 자리를 차지하고 앉았다. 미연은 집에 일이 있다며 없었고, 혁은 저녁에나 합류하기로 했다.

"수연아, 이 더운 날 약혼식을 해야 하니? 아무리 좋아도 그렇지."

민석은 실내의 시원한 에어컨 바람도 성이 차지 않는 듯 연신 셔츠의 깃을 흔들며 얼음물을 꿀꺽꿀꺽 마셨다.

"무슨 약혼식을 뙤약볕 아래서 하니? 시원한 실내에서 할 건데 더위가 무슨 상관이야?"

은서는 투덜대는 민석에게 한마디 했다. 말없이 아이스커피를 마시고 있던 신후가 웃으며 수연에게 말했다.

"아줌마, 약혼 축하해."

"아줌마라니?"

신후의 말에 수연은 정색을 하며 얼굴까지 굳어졌다.

"이제 나 임자 있소 하고 사람들 앞에서 공개 선언하는 건데 반은 결혼한 거나 마찬가지 아니야? 에구, 부러워라. 은서야, 우리도 약혼하자."

"이신후, 너 더위 먹었어?"

은서는 눈을 흘기며 신후의 말을 무시했다.

내일은 수연의 약혼식 날. 다행히도 친구들은 낙오자 없이 모두 대학에 갔다. 약혼식을 서두르는 혁을 설득해 1년을 미룬 수연이다. 그 역사적인 날이 내일로 다가왔다. 그런데 수연의 표정이 별로 밝지 않았다. 긴장감 탓이겠지 싶으면서도 신후의 농담에 얼굴까지 굳어지며 신후를 노려보는 수연이 조금은 낯설었다. 사랑하는 사람과의 약혼을 앞둔 자신이라면 어땠을까? 분명히 너무 행복해 감정을 감추지 못하고 연신 웃음을 흘렸을 텐데. 수연은 늘 자신의 약혼 이야기가 나와도 표정의 변화가 없었다. 어쩌면 너무 오래 알아왔고 이미 정해진 약혼이라서 익숙해진 탓인지도 모르겠다. 은서는 자신의 짝사랑을 접어야 할 때가 왔음을 느꼈다. 이제는 농담이라도 혁이 이상형이라니 맘에 든다느니 그런 말을 해서는 안 된다는 것을 모르지 않았다.

가슴 선과 허리 라인을 강조한 연분홍빛 드레스를 입은 수연은 하늘에서 내려온 선녀를 연상케 할 정도로 아름다웠다. 수연의 옆에 나란히 선 혁 역시 잡지 광고 속에서 바로 빠져나온 듯 멋졌다. 선남선녀의 모습 자체였다. 가족들과 친구들만이 함께한 자리, 은서는 붉은 장미로 축하의 마음을 전했다. 혁은 수연을 바라보며 환한 웃음을 감추지 못했다.

"오빠, 축하해."

"고맙다."

"수연이 너무 예쁘다. 오빠, 입이 귀에 걸린 것 알아?"

"하하. 그랬니?"

혁은 웃으면서 다소곳이 앉아 있는 수연을 돌아다봤다. 은서도 수연에게로 다시 눈길을 돌렸다. 너무 예뻐 보이는 수연이었지만 다소 긴장한 탓인지 얼굴이 굳어 보였다. 하긴 결혼을 약속하는 자리인데 긴장한 것은 당연한 건지도 모른다. 은서는 너무 잘 어울리는 수연과 혁의 행복을 빌었다. 그녀가 사랑하는 친구와 처음 남자로 느꼈던 혁의 사랑을 진심으로 축하해 주고 싶었다. 그들은 은서에게 있어 너무 좋은 사람들이었다. 남자와 여자를 떠나 인간적으로 그녀가 아끼는 사람들이었다. 언제 다 가왔는지 신후가 옆에 서 있었다.

"왜, 내가 대성통곡이라도 할까 봐 감시하러 왔니?"

"말하는 것 하고는."

"수연이 너무 예쁘지?"

"성깔만 빼면 너도 예뻐."

은서는 신후를 올려다보았다. 그리고 웃어줬다. 신후의 눈에서 자신에 대한 염려를 보았기에 안심시키려고 환하게 웃었다. 그녀의 첫사랑이자 짝사랑과 이별하는 날, 은서는 슬프지 않았다. 든든한 그녀의 보디가드, 언제든 어깨를 빌려줄 수 있는 친구 신후가 곁에 있었기 때문이다.

"내 성격이 어때서? 명랑, 쾌활이면 양호하지?"

"명랑, 쾌활이 도를 넘어서니까 그렇지. 고집은 어떻고, 한 번 마음먹으면 죽이 되든 밥이 되든 뒤도 안 돌아보고 해야 하잖아. 주위 사람들은 안중에도 없고."

"뭐야? 이신후, 오늘 잔소리하려고 작정이라도 했니? 나한테 무슨 고집이 있다고 그래? 내가 고집이 있었으면 혁이 오빠를 고이 보내주겠니?"

서로 옥신각신하는 사이 약혼식은 끝나가고 있었다. 은서는 자신이 농담으로 내뱉은 말이 불운의 씨앗이 되리라고는 결코 생각지 못했다.

약혼식이 있고 얼마 후 수연의 생일이었다. 약혼 축하파티 겸 생일파티가 성대하게 치러졌다. 해외 출장을 간 혁은 수연의 집으로 바로 오기로 했고, 친구들은 오후부터 모여 파티를 시작했다. 은서와 친했던 친구들 말고도 수연과 개인적인 친분을 나누는 친구들까지 집 안을 가득 메웠고 쾅쾅 울려대는 요란한 음악은 집을 흔들고 있는 듯한 착각에 빠지게 했다. 수연의 부모님은 지방에서 밤늦게 올라오시기로 한 탓에 그들만의 파티였다. 다들 흥에 겨워 어깨를 들썩이고 벌써부터 몇몇은 취해 소파 구석에 쓰러져 자는 녀석들도 있었다. 2층 거실 소파에 죽치고 앉아 은서는 신후의 어깨에 머리를 기대고 있었다. 맞은편에 앉아 있던 민석이 먹던 과자를 던지며 이죽거렸다.

"야, 너희들 좀 떨어져. 약혼한 건 혁이 형하고 수연이다. 어째 너희가 더 붙어 있냐?"

"유민석, 왜? 부러우면 너도 미연이한테 네 어깨 빌려주면 되지 왜 남을 걸고 넘어져? 자식, 괜히 신경질이야?"

신후는 반듯이 앉으려는 은서를 잡아당겨 그대로 어깨에 기대게 했다. 조금 전에 도착한 혁은 말없이 맥주 잔을 비우고 있을 뿐이었다. 이쪽저쪽 친구들에게 불려 다니던 수연이 혁의 옆에 와 앉으며 기대고 앉아 있는 은서와 신후를 쳐다보았다. 잘못 본 것일까? 자신과 신후를 바라보는 수연의 시선이 곱지 않았다. 갑자기 웃음이 나왔다. 정말 말도 안 되는 생각을 하는 자신을 보니 혁에 대한 감정이 다 정리되지는 않았나 보다. 정말 혁에 대한 감정을 떨쳐 버릴 때가 온 것이다. 농담이라도 그런 말을 하게 되면 분명히 수연이가 방금 자신이 보았다고 생각하는 그런 경고의 눈빛을 보낼 것이다. 좀 전에 마신 술이 취기가 올라왔다. 민석도 꽤나 마셨는지 실없이 미연의 어깨에 손을 올렸다가 퇴짜를 당하고 그 민망함을 괜히 은서와 신후에게로 돌렸다.

"너희 솔직히 말해 봐. 사촌 아니지? 사귀는 사이지?"

약간 풀린 눈으로 민석이 손에 든 잔을 은서와 신후에게 흔들며 물었다. 당연히 농담이었다. 어떤 대답이 돌아올지 알고 하는 멋쩍음을 모면하기 위한 농담이었는데 신후의 대답은 한동안 그들에게 말을 잃게 만들었다.

"그래, 우리 사촌 아니야. 그렇다고 사귀는 사이는 아니고."

"뭐……?"

"야, 이신후, 내가 아무리 농담한다고 너도 그렇게 받냐? 자식, 너무하네."

"농담 아니야. 은서야, 우리도 사귀자."

"정말? 좋지. 너만한 남자를 내 능력에 어디서 구하겠니?"

은서는 여전히 신후의 어깨에 머리를 기댄 채 늘어지는 하품을 하며 장단을 맞췄다. 후끈 달아올라 있던 분위기가 조금 이상해졌다. 갑자기 찬물이라도 뒤엎은 것처럼 썰렁해졌다. 말없이 듣고만 있던 수연의 놀란 듯 다그치는 음성이 다들 조금씩 취해 풀어져 있는 친구들의 신경을 깨웠다.

"너희들, 정말 사촌 아니야?"

"하하, 그렇다니까. 은서는 우리 엄마 친구 딸이야. 은서야, 그치?"

"어."

"말도 안 돼. 그럼 너희 지금까지 우릴 속인 거야?"

수연의 목소리가 심상치 않았다. 머쓱해서 농담을 했던 민석도 신후의 대답에 조금 놀란 얼굴이기는 했지만 화가 난 듯 굳은 수연의 음성은 미묘하게 들렸다. 낯설기도 했으며 이상한 방향으로 흘러가는 분위기를 느낄 수 있었다. 분명히 놀랄 일이었지만 그렇다고 화를 낼 일도 아니라고 생각했는데 얼굴까지 굳어가며 화를 내는 수연이가 그들에게는 더 당황스러웠다.

"속이기는. 난 은서가 내 사촌이라고 말한 적 없다, 너희들이 그렇게 생각한 거지. 은서도 마찬가지일걸. 은서야, 우리가 사촌이니?"

"아니, 사촌은 무슨 사촌? 너는 내 영원한 졸병이지? 킥킥."

여전히 은서의 어깨를 감싸 안은 채 태평스럽게 묻는 신후에게 술에 취한 은서는 키득거렸다. 수연의 눈빛이 차갑게 변하며 매섭게 노려보는 것을 은서는 알지 못했다.

"어쩐지 너희들 수상했어. 사촌끼리 나누기에는 좀 심한 말을 한다 했지. 근데 지금까지 시치미를 떼? 우리가 다 사촌으로 알고 있는 걸 알면서? 너흰 공범이야."

민석은 별다른 감정 없이 신후와 은서를 채근했다. 그때 잠자코 술을 마시던 혁이 일어났다.

"너희들, 사촌이 아니면 사귀면 되겠네. 잘 어울리는데. 수연아, 나 시차 때문에 도저히 졸려서 안 되겠다. 어디서 눈 좀 붙여야겠어."

"따라와. 저쪽 손님 방 비웠거든."

혁을 데려다 주고 온 수연은 여전히 신후의 품에 기대앉아 있는 은서를 한번 쳐다보더니 얼굴을 찡그릴 뿐 더 이상 은서와 신후가 사촌이 아니라는 것에 대해 의문을 제기하지 않았다.

다들 다른 때보다 술을 과하게 마신 탓에 취기가 올라오는 것 같았다. 은서는 술에 취해 신후의 어깨에 기대고 있는 것도 나쁘지 않았다. 마음이 편했다. 혼자만의 사랑을 키우는 일, 은서는 아무렇지도 않은 듯 쉽게 말하고 표현했지만 그렇다고 해서 마음까지 아무것도 아닌 것은 아니었다. 이제는 설레는 마음으로 혼자 바라보는 것마저 멈추어야 했다. 결심 후 마음을 비우고 나니 오히려 홀가분하고 편했다. 그녀의 마음속을 가득 메우고 있었던 혁을 떠나보내고 나니 이제는 다른 누군가를 받아들일 수 있을 것도 같다. 농담처럼 만날 사귀자고 떠드는 신후에게도 마음의 여유가 생겼다. 오늘만은 신후의 농담을 받아주었다.

화장실에 온 은서는 끝내 구토를 하고 말았다. 먹었던 음식물들을 변기에 게워내고 밖으로 나오니 수연이 기다리고 있었다. 더 이상 버티고 서 있을 다리에 힘이 남아 있지 않았다. 문을 잡고 기댄 은서는 수연에게 부탁했다.

"신후 좀 불러줄래? 나 너무 많이 마셨나 봐."

"어? 신후 답답하다고 잠깐 나갔어. 그러지 말고 눈 좀 붙여. 그럼 금방 술 깰 텐데."

"그럴까?"

은서는 수연이가 알려준 방에 들어가 잠이 들었다.

얼마나 잔 것일까? 새벽인지 방 안이 어슴푸레 했다. 지난밤 흥겨웠던 파티도 막을 내렸는지 고요하기만 했고 머리는 끊어질 듯 지끈거렸다. 언제 옷을 벗어버렸는지 기본적인 언더웨어만 입고 있었다. 잠잘 때는 옷이 거추장스럽게 느껴져 다 벗고 자는 게 그녀의 잠버릇이었다. 갈증이 났다.

침대에서 빠져나오려는데 기분이 이상했다. 그녀의 발에 걸리는 또 다른 발의 정체는 뭐란 말인가? 여전히 몽롱해 아무것도 보지 못했던 은서는 생소한 느낌에 온몸에 소름이 돋는 것만 같았다. 금방 입에서 쏟아질 것 같은 비명을 손으로 막으며 이불을 뒤집어쓰고 있는 사람의 정체를 확인하기 위해 조심스럽게 이불을 살짝 들썩였다. 헉! 혁이었다. 아무것도 입지 않은 상반신의 혁이 그녀의 옆에 누워 있었다. 가슴이 철렁 내려앉았다. 도대체 어제 무슨 일이 있었던 것일까? 술에 취해 잠들었던 게 분명한데 왜 혁이 옆에 누워 있는지 은서로서는 암담하기만 했다. 옷을 찾아 입고 나가야만 했다.

은서는 분명히 술기운에 자신이 벗어 던졌을 옷을 찾아 두리번거렸지만 잘 보이지 않았다. 그렇다고 불을 켤 수도 없는 일이었다. 조용히 빠져나가야겠다는 생각으로 마음은 급했지만 몸은 움직일 수가 없었다. 숨을 내쉴 때마다 위아래로 움직이는 혁의 가슴에서 시선을 뗄 수가 없었다. 가끔 샤워하고 나오는 신후의 맨가슴을 보지 않은 것은 아니었지만 무방비 상태로 잠들어 있는 혁을 보자 주체하지 못할 정도로 날뛰는 심장을 그녀도 어쩔 수가 없었다. 날뛰는 심장과 그의 평온한 숨소리가 그녀의 귓가에 흩뿌리는 유혹, 금단의 열매를 바라보았던 아담의 마음과 같지 않았을까 싶다. 결코 욕심 부려서는 안 되는 것을 눈앞에 두고 잠시 동안 일어나는 수많은 갈등 속에서 은서는 아무것도 할 수 없었다. 그저 달콤한 꿈이라도 꾸는 것처럼 평온한 잠을 취하고 있는 그를 내려다볼 뿐이었다. 열여섯, 꿈속의 왕자님처럼 느꼈었던 혁을 두 사람만이 존재하는 공간에서 마음 놓고 자세히 볼 기회가 없었다. 견물생심이라는 고사성어가 떠올랐다. 다 정리되었다고 생각했지만 평화롭게 잠들어 있는 그를 보며 은서는 돌아서지 못했다. 어쩌면 신이 그녀에게 허락한 마지막 작별의 선물인지도 모른다는 생각이 들었다. 그러자 용기가 생겼다. 처음이자 마지막이 될 입맞춤 정도는 신도 허락할 것만 같았다.

　혁이 깨어나기 전 살짝 하고 사라질 요량으로 누워 자고 있는 그에게 다가갔다. 도둑키스. 그녀가 원했던 것은 단지 그것뿐이었다. 그러나 남의 물건을 훔치는 도둑도 아무나 하는 것은 아니었다. 그녀는 초보였고 그의 입술에 그녀의 입술이 닿기도 전에 그녀의 발은 그의 팔을 짓누르고 말았다.

"아."

놀란 그가 눈을 떴다. 입술과 입술이 만나기 몇 초 전. 그녀는 더 이상 다가가지 못했다. 놀란 눈이 만났다. 한동안 멍해 있던 그의 눈이 커지면서 얼굴이 일그러졌다. 밀쳐 내려는 듯 그가 그녀의 어깨를 잡았다. 무슨 말을 해야 하는데, 분명 혁은 오해하고 있는 게 분명한데 은서는 너무 놀란 나머지 벙어리가 된 것처럼 한마디도 할 수 없었다. 작별 인사만 하려던 것뿐이라고 말한다면 믿어줄까? 싸늘한 음성이 들렸다. 은서를 밀쳐 낸 그가 몸을 일으켜 앉았다.

"너…… 너…… 네가 왜 여기 있어?"

은서는 자신이 거의 다 벗고 있다는 것을 잊고 있었다.

"저도……."

그러나 은서의 대답은 문이 열리는 소리에 중간에서 끊기고 말았다. 수연이었다. 침대 위에 있는 두 사람을 보고 놀란 눈으로 비명을 지르면서 쓰러졌다. 그 소리에 뒤쫓아온 친구들, 그리고 수연의 부모님까지, 꿈이라면 깨고 싶은 믿기지 않는 악몽 같은 새벽을 맞아야 했다. 한침대에서 아무것도 걸치지 않고 있는 혁과 겨우 몸을 가리고 있는 은서, 더 이상 설명이 필요없는 현장을 보기라도 한 듯 욕설과 비난의 시선이 쏟아졌다.

칸을 달리는 기차 안에서 창밖의 밤 풍경을 보려던 기대는 어긋났다. 오래된 형광등 불빛에 반사된 창문 유리에는 기차 내의 모습이 자리 잡았다. 덜컹거릴

4

할 수 없었다. 다만 피곤에 지쳐 잠을 청하는 사람들, 머리를 맞대고 속닥거리는 연인들, 빈 감지 않은 모습들만이 눈에 들어왔다. 은서는 눈을 감았다.

4

홀로서기

밤을 달리는 기차 안에서 창밖의 밤 풍경을 보려던 기대
는 어긋났다. 오래된 형광등 불빛에 반사된 창문 유리에는 기차
내의 모습이 자리 잡았다. 덜컹거릴 때마다 사람 얼굴이 겹쳐
보이기도 했지만 가끔 지나치는 도시의 불빛만 보일 뿐 어떤 것
도 볼 수 없었다. 다만 피곤에 지쳐 잠을 청하는 사람들, 머리를
맞대고 속닥거리는 연인들, 반갑지 않은 모습들만이 눈에 들어
왔다. 은서는 눈을 감았다. 어디에서 내릴지 결정을 미룬 채 눈
을 감아버렸다.

음악 소리가 들리는 듯하다. 온몸이 뻐근하고 한쪽으로 기울
어져 잔 탓에 목도 아팠다. 좌석을 꽉 메우고 있던 사람들은 다

내렸는지 드문드문 앉아 있는 사람들만 보였다. 잠시 생각할 겨를도 없이 안내 방송이 흘러나왔다. 종착역, 그녀는 호남선의 마지막 역인 목포에 와 있었다. 바쁘게 짐칸에서 짐들을 내려 챙기는 사람들을 따라 그녀도 내렸다.

새벽 밤 공기가 매섭게 피부를 파고들었다. 얇은 코트깃을 여미며 역내로 들어섰다. 작은 도시의 역에는 마중을 나온 몇몇의 사람들과 외곽으로 빠지는 손님들을 잡으려는 택시기사들이 호객 행위를 하고 있었다. 순식간에 역내를 떠들썩하게 메웠던 사람들이 썰물처럼 빠져나가 버리고 어디로 가야 할지, 무엇을 해야 할지 결정하지 못한 은서는 난감해하며 한동안 주위를 두리번거렸다. 철저하게 혼자라는 생각에 가슴이 뻥 뚫린 것만 같았다. 무작정 떠나왔지만 막막함은 여전하다. 낯선 도시와 낯선 공기, 사람들, 그리고 말투마저도 생소해 이상한 나라에 온 엘리스처럼 느껴졌다. 야구 모자를 눌러쓰고 약간 살집이 있는 남자가 다가왔다.

"아가씨, 어디까지 가요?"

낯선 남자의 익숙지 않은 억양의 말은 은서를 얼어붙게 했다. 아무 말도 못하고 고개를 절레절레 저었다. 그랬더니 눈을 치켜뜨고 어깨를 들썩이며 사라졌다. 심장 뛰는 소리가 귀까지 들리는 것 같았다. 어슬렁거리며 아직도 역을 떠나지 못한 사람들을 찾아다니는 사람들이 보였다. 다시 한 남자가 다가왔다.

"아가씨, 영암 안 가요? 내가 싸게 해줄게."

은서는 다시 고개를 흔들었다.

"저…… 바닷가 가려면……."

조심스럽게 묻는 은서를 본 남자는 그녀를 위에서부터 아래로 쭉 훑어보았다.

"목포 첨 왔소? 바닷가 가려면 저기 택시 정류장 가서 시내가는 택시 타요. 그런데 이 새벽에 바닷가라니……."

다시 한 번 은서를 본다. 살짝 고개를 숙여 고맙다는 인사를 하고 역 밖으로 나왔다. 생각보다 큰 광장이 기다리고 있었다. 아직 시내버스도 다니지 않는 시간 탓인지 도로는 텅 비어 있었고 간혹 지나가는 차들은 무서운 속력을 자랑하며 달렸다. 넓은 역 광장을 둘러보던 은서의 눈에 왼쪽에 위치한 택시 정류장이 보였다. 빈차라는 등을 켠 채 몇 대의 택시들이 대기하고 있었다.

택시에 오른 은서에게 택시기사가 어디로 갈 건지 물었다. 정말 갈 곳이 없다는 것, 찾아갈 사람도, 기다리는 사람도 없다는 것. 그 어떤 질문보다 어려운 질문 앞에 똑같은 대답밖에 할 수 없었다.

"저…… 바닷가에 가고 싶은데요."

룸미러로 힐끔 쳐다보는 아저씨의 시선이 느껴졌다. 이른 새벽에 무거운 여행 가방을 들고 바닷가로 가자고 하는 여자가 어디 정상으로 보이겠는가. 힐끔거리면서도 차는 계속해서 움직였다. 정말 택시는 바닷가 쪽을 향하고 있었다. 짭짤한 바다 내

음과 비릿한 냄새가 코끝에서 느껴졌다.

검푸른빛을 띠는 바다가 보이기 시작했다. 창밖으로 시선이 쏠려 있던 사이 택시는 멈추었다. 어딘지 몰랐지만 분명 바다에 와 있었고 자꾸 이상한 시선으로 바라보는 아저씨가 부담스러워 돈을 지불하고 빨리 내렸다. 멀어져 가는 택시를 바라보던 은서는 짐 가방을 잡아당기는 손길에 놀라 경악하며 뒤를 돌아보았다. 그 운전기사는 커다란 호텔 앞에 내려준 것이었다. 바닷가에 자리 잡은 호텔. 생각지도 않은 친절이었다.

서울을 떠나온 지 일주일째. 이틀을 내리 잠만 잤다. 기본적이고 원초적인 욕구인 먹는 것과 화장실에 가는 것을 제외하고는 침대 밖으로 한 발자국도 나오지 않은 채 이틀을 보내고 나니 조금 기운이 생기는 것 같았다. 부잣집에 시집가 안락하다고 하면 안락할 수 있는 생활을 했던 그녀였지만 그녀의 잠자리는 늘 불편했다. 숙면을 취하지 못했던 시간들이 누적되어 긴장이 풀리자 거칠 것 없이 밀려오는 잠을 피할 수가 없었다. 더 이상 그녀를 짓누르던 힘들었던 감정에서 벗어난 탓인지 마음껏 편안한 잠을 잤다.

그리고 기운을 차린 은서는 바닷가를 거닐었다. 동해안처럼 푸른 바다가 반기는 것은 아니었지만 어두운 회색 빛을 띠고 넘실거리는 바다는 그녀에게 또 다른 느낌으로 다가왔다. 푸른 바다 빛깔과는 비교도 할 수 없을 만큼 갯벌로 인해 흐리고 뿌옇

게 보여 볼품없었지만 그 안에 수많은 생명체들이 살아 숨 쉬고 있다는 사실은 그녀에게 위안을 주었다. 과거의 그녀처럼 세상을 아름답게만 보던 소녀로 돌아갈 수는 없겠지만, 너무 많이 변해 버린 그녀였지만, 그녀는 여전히 숨 쉬고 있었고 이제 새로운 도약을 준비하고 있었다. 이렇게 나약하고 초라한 모습으로 머무르지 않으리라. 바다에 속삭였다. 변할 것이라고, 예전 자신의 모습을 찾을 거라고, 아픈 기억들과 시간들은 다 잊을 거라고.

공중전화 앞을 지나갈 때면 머뭇거리는 버릇이 생겼다. 분명히 그녀의 전화를 손꼽아 기다리고 있을 신후, 당장이라도 찾아 내려올 게 불 보듯 훤해 더 전화를 못했다. 그러나 차일피일 미루다 보면 경진마저도 걱정을 할 것 같아 결국 공중전화 박스문을 열었다. 차마 신후와의 통화는 자신이 없었다. 당분간은 피하고 싶었다. 그래서 경진의 가게로 전화를 했다.

—여보세요?

"이모, 저예요."

—아니, 은서야, 연락을 해야지. 이모 숨 넘어가는 것 보려고 작정을 했어?

많이 걱정하고 있었는지 그녀의 목소리를 확인하자마자 안도의 한숨과 함께 나무라는 말이 쏟아졌다.

"미안해요, 이모. 나 잘 있으니까 걱정 말아요."

—그럼 전화를 해야지. 신후도 외출도 안 하고 전화기 옆에

붙어 있는데. 몸은 괜찮아? 밥은 잘 먹고? 어디야? 언제 올 거야?

경진의 끝없는 질문이 수화기 너머로 들려왔다. 코끝이 찡했다.

"이모, 나 괜찮아요. 밥도 잘 먹고 잘 있으니까 걱정하지 말구요. 그리고 신후한테는 어디 있는지 꼬치꼬치 물고 늘어질 것 같아서 전화 안 했어요. 신후 군대 얼마 안 남았죠?"

─응. 이제 3주 남았어. 그전에 올 거지?

"이모, 나 여기가 맘에 들어요. 신후한테는 위문 편지 보낸다고 전해주세요."

─은서야, 그러지 말고 올라와라. 신후도 곧 군대 가고 나 혼자 있을 텐데 같이 지내자.

"이모, 나 홀로서기 한번 해볼래. 그러고 나서 돌아갈게요."

─은서야.

"이모⋯⋯."

그만 끊어야 하는데 은서는 수화기를 놓을 수가 없었다. 그리고 마지막 말을 끝내 잇지 못하고 망연자실하게 서 있었다. 정말 묻고 싶었던 말이 무엇이었는지 깨닫는 순간 입을 열 수가 없었다. 그녀는 혹시라도 혁에게서 연락이 오지 않았는지, 찾지는 않았는지 궁금해하는 자신을 보고 말았다. 씁쓸했다. 무엇을 기대했단 말인가. 3년으로 부족했단 말인가. 자신이란 존재는 아무런 의미 없는 하찮은 존재라는 걸, 사라지길 바라는 눈들을 잊었단 말인가. 바보 같은 자신에게 화가 나고 속상했다.

경진은 끝내 그녀가 원하는 말을 하지 않았다. 다만 몸 상하지 않게 잘 챙겨 먹으라는 당부만 남긴 채 전화를 끊었다. 혁에게서 아무런 연락이 없었다는 사실을 은서는 알 수 있었다. 혁이 그녀를 찾았더라면 무엇보다도 먼저 그 말을 꺼낼 사람이 경진이라는 것을 아는 은서였다. 미련스럽게 굴었던 시간은 3년, 그것으로 끝내야 한다. 이제 그녀의 인생에서 혁은 깨끗이 지워내리라. 비우리라. 경진과의 전화 통화를 끝낸 후 다시 한 번 마음을 추슬렀다.

힘든 일주일이었다. 도착하자마자 연락하기로 했던 은서에게서 일주일째 연락이 없자 피가 마르는 것만 같았다. 만나자는 친구들의 성화도 미룬 채 은서의 전화를 기다렸다. 정말 그때 보내지 말았어야 했는지도 모른다. 입대 날짜는 다가오는데 전화 한 통 없는 은서로 인해 신후는 불안하고 초조하기만 했다. 기다림에 목말라 하고 있을 때 경진으로부터 들은 은서의 소식은 또 한 번 후회를 하게 했다. 정말 보내지 말았어야 했다는 생각만이 그의 머리를 가득 메웠다. 그냥 집에 앉아 있을 수만 없었다. 어떻게 해서든 찾아야겠다는 생각으로 정신 나간 사람처럼 밖으로 나왔지만 어디 가서 찾아야 할지 망막하기만 했다. 도대체 어디쯤에서 내린 것일까? 아는 사람 하나 없는 타지에서 얼마나 외로울까? 또 울고 있는 것은 아닐까 하는 생각들이 쉼

없이 맴돌았다.

딸랑딸랑.

카페 문이 열릴 때마다 신후의 시선이 문 쪽으로 향했다. 한 가닥 희망을 갖고 3년 만에 만나는 미연을 기다리고 있었다.

연락처도 다 바뀐 탓에 몇 사람을 거쳐 겨우 알아낸 연락처로 전화를 해온 신후를 미연은 생각지도 못했다는 듯이 놀라는 목소리였다. 전화기 너머로 느껴지는 묘한 뉘앙스는 오랜 친구의 전화에 대한 반가움보다는 망설이는 것 같은 어색한 감정이 묻어났다. 그러나 다급했던 신후는 미연의 망설임 정도를 생각해 줄 여유가 없었다. 혹시라도 은서가 미연과는 연락하고 지낼지도 모른다는 생각은 그녀의 생각을 묻지도 않고 약속 장소와 시간부터 말해 버렸다. 미연과의 거리감은 3년 동안 떠나 있었던 탓도 있었지만 그보다는 2년 전 미연과 결별하고 뉴욕으로 날아온 민석 탓이 더 컸다. 무슨 이유에서 헤어졌는지 한마디 입 밖으로 내비치지 않은 민석이었지만 많이 힘들어한다는 것을 알았다. 그렇지만 신후는 어떤 위로도 할 수 없었다. 그 역시 자신의 감정을 추스르고 다스리는 데 바빴기 때문에 남의 상처를 위로한답시고 마음에도 없는 입에 발린 말을 할 수 있을 만큼 마음이 넉넉하지 못한 시기였다. 신후도, 민석도 서로의 상처를 혼자 끌어안고 보냈던 타국에서의 생활이 결코 행복할 수만은 없었다. 말 많고 농담 잘하던 민석은 많이 변했다. 미연과 무슨 일로 헤어졌는지 알 수 없지만 민석은 여자를 더 이상 신뢰하지 않았다. 다소 차가운 녀석이 되어버렸다. 그 역시 조만간 귀국할 것이다. 민석도 입대 계획이 잡혀 있었고, 귀국해서 본격적으로 아버지의 사업을 도울 생각이라는 걸 돌아오기 얼마 전 술을 마시던 중 들었다.

약속 시간 5분 전. 마음이 급한 탓에 약속 시간보다 30분이나 일찍 나와 신후는 미연의 모습이 보이기만을 기다렸다. 정말 작은 소식이라도 들을 수 있기를 간절히 바랄 뿐이었다. 은서가 미연만이라도 연락하고 있기를 바라는 마음, 속이 타는 시간은 일주일째. 경진을 통해 들은 소식으로는 부족했다.

누이가 어린 동생들을 바라보듯 선한 눈을 가진 미연을 생각했던 신후는 순간 당황했다. 카페에 들어서는 미연에게서 그런 모습은 찾아볼 수 없었다. 오랜만에 만난 신후를 보면서도 별로 반가워하는 표정도 없이 그저 아는 정도의 사람에게 하는 눈인사처럼 살짝 고개를 끄덕이더니 맞은편 자리에 앉았다. 민석이가 변했듯이 미연도 변해 있었다. 나이에 비해 조숙하고 따뜻했던 미연은 없었다. 감정을 나타내지 않는 무표정한 얼굴에는 싸늘함까지 느껴졌다. 무턱대고 전화를 해 만나자고 약속을 하고 아무렇지도 않게 물을 수 있을 거라고 생각했는데 막상 앞에 앉아 있는 미연에게 말을 건네기가 망설여졌다. 그러나 신후는 자신의 망설임을 은서를 위해 잠시 접었다.

"오랜만이다. 그동안 잘 지냈지?"

"응. 너두 좋아 보인다. 그런데 왜……. 사실 네 전화 받고 놀랐어."

"그래, 갑자기 전화해서 놀랐을 거야. 사실은 은서 때문에……."

신후의 망설임을 아는지 모르는지 미연의 표정은 변화가 없었다.

"은서가 왜?"

"너 혹시 은서 어딨는지 아니?"

"은서가 어딨다니? 혁이 오빠랑 결혼했잖아."

이상한 것을 묻는다는 말투였다.

"후, 너 은서랑 가끔 연락이라도 하고 지냈니?"

미연은 더 이상 말이 없었다. 신후는 미연의 말없는 대답이 무엇을 말하는지 알 수 있었다.

"한 번도 연락 안 했어? 한 번도 안 만나본 거야? 너 정말 은서 친구니?"

그렇게 미연에게 내뱉으면서도 자신도 미연에게 화를 낼 처지가 아니라는 걸 그도 알고 있었다. 하지만 세상 아래 친구라 믿었던 사람들이 모두 등을 돌리고 외로웠을 은서를 생각하니 가슴이 미어지는 것만 같았다. 오죽했으면 어디론가 숨어버린 것일까? 그와 수연, 그리고 혁이 없는 곳이면 어디라도 좋다는 말, 다시는 돌아오지 않을 것이라는 말이 목에 걸려 침 한 방울 삼키는 것조차 힘이 들었다.

찻잔만을 만지작거리던 미연이 신후의 거친 말투에 고개를 들었다.

"친구라…… 그러는 넌? 왜 내게 와서 은서를 찾는 건데? 나
보다는 너랑 더 친했잖아. 미안하지만 난 오래전에 너희들이 내
친구라는 생각을 버렸어. 과정이야 어떻든 은서, 자기가 좋아했
던 혁이 오빠랑 결혼했잖아. 그런데 지금 왜 내게 와서 은서를
찾는 거야? 궁금하면 혁이 오빠한테 가봐."

신후는 할 말을 잃은 채 미연을 바라봤다. 도저히 그가 알던
미연이가 아니었다. 참 착한 아이였는데. 짓궂은 은서의 장난에
도, 여리기만 한 수연을 언니처럼 잘 챙기던 친구가 미연이었는
데 차갑기만 한 모습에 기가 질릴 정도였다.

"미안하다. 내가 괜히 널 찾아왔나 보다. 이만 일어서자."

신후는 더 이상 미연과 마주 앉아 있고 싶지 않았다. 친구라
는 이름이 너무나 퇴색되어 버린 미연에게 일말의 안타까움이
나 동정 같은 감정을 가지기엔 그의 마음은 은서에 대한 염려로
가득 차 빈 공간이 없었다.

일어서려는 그를 미연의 떨리는 음성이 붙잡았다.

"은서한테 무슨 일 있니?"

미연의 눈이 슬퍼 보이는 것은 무엇 때문일까? 그냥 돌아서
려던 신후는 다시 푹신한 의자에 몸을 묻었다.

"은서…… 떠났다. 많이 힘들었나 봐."

"뭐?"

놀랐는지 미연은 입을 다물지 못했다.

"후……. 솔직히 너한테 내가 화낼 입장이 아니란 것 나도 알아. 근데 화가 나 미치겠다, 은서가 그렇게 힘든 시간을 보내고 있었는데 아무도 곁에 있어주지 않았다는 게. 미안하다, 오랜만에 만나서 괜한 사람한테 화나 내고. 정말 나쁜 놈은 나인데 말야."

자책하는 신후의 말을 들으며 미연이 조심스럽게 물었다.

"어디 있는지 모르는 거야?"

"응. 잘 있다고만 연락 왔더라. 혹시 너하고는 연락하고 지내지 않았을까 해서 왔는데…… 그만 가봐야겠다."

신후는 일어섰다. 은서에 대한 목마름은 조금도 해갈되지 못한 채 그녀의 외로움과 아픔만 더 껴안고 말았다.

"신후야……."

나가려는 신후를 미연이 다시 한 번 붙잡았다.

"응?"

"미안해."

처음 대면했을 때와 달리 미연의 얼굴에도 수심이 가득했다.

"아냐, 네가 뭘……."

신후는 카페 밖으로 나왔다. 도저히 서울의 하늘이라고 믿어지지 않을 만큼 파란 가을 하늘이 그를 반겼다. 시원한 바람과 따뜻한 햇살, 은서가 좋아하는 가을이었다. 하지만 이 가을을 함께할 은서가 없다는 것, 그것은 신후에게 있어 절망이었다. 너 역시 어느 하늘 아래서 나와 같은 파란 하늘을 바라보고 있을까? 눈가가 젖어오고 있었다. 더 이상 하늘을 바라볼 수가 없었다.

혁은 온몸을 감싸는 회전의자에 기대고 앉아 손가락으로 책상을 두드렸다. 깊은 생각에 잠길 때마다 무심코 나오는 버릇, 그는 밀린 일들을 쌓아둔 채 멍하니 앉아 손가락만 까딱거렸다. 은서가 떠난 지 일주일째. 누구보다도 기뻐해야 할 사람이 자신이었다. 그리고 또한 그 소식을 반길 사람들이 기다리고 있었다. 표현은 안 했지만 어머니와 주희, 그리고 다른 식구들도 쌍수 들고 환영할 것이다. 그러나 그는 은서가 떠남을 알리지 않았다. 왜 자신이 어머니께 전화해 은서가 떠났다는 것을 말하지 못하는지 그조차 알 수 없었다. 떠났으니 기뻐해야 했지만 생각만큼 기쁘지도, 홀가분하지도 않았다. 말끔하게 정리되지 않는 느낌, 자꾸만 돌아보게 하는 자신도 알 수 없는 감정의 잔재들이 그를 옭아매고 있었다.

그의 책상 서랍으로 옮겨온 빛 바랜 서류 봉투. 자신을 얼기설기 옭아매고 있다고 생각했던 결혼과 아내라는 이름의 은서는 결코 그를 옴짝달싹 못하게 한 덫이 아니었다는 사실은 치를 떨며 벗어나고자 했던 그 시간들을 웃음거리로 만들었다. 필요없는 몸짓이었다. 은서는 언제든 떠날 준비가 되어 있었다. 호적에 이름을 올리고, 강씨 집안 며느리를 꿰차고 주위의 무시에도 아랑곳하지 않고 의연하게 버티던 그녀를 그는 비웃었다. 겨우 호적에 오른 이름 석 자, 언제든 지워낼 수 있는 걸 대단한 거라고 강씨 집안 사람이라도 된 듯이 행동하는 그녀가 같잖아 보였던 것도 사실이었다. 그런데 그의 호적 어디에도 그녀는 없었다. 주민 등록 등본에조차 올라와 있지 않았다. 결혼이라는 이름 앞에 그저 한집에서 함께 3년 동안 동거 아닌 동거를 한 사이 정도였다. 누구보다도 가족들은 환영할 것이다. 그 역시 아무 흔적도 남기지 않게 되어 즐거워해야 했지만 전혀 즐겁지가 않았다. 그는 지긋지긋한 결혼 생활로부터 자유로워진 해방감을 느껴야 했다. 그러나 은서가 남기고 간 혼인 신고 서류는 그 해방감을 그에게서 빼앗아가 버렸다. 해방감을 느껴야 할 이유를 없게 만드는 서류였다. 한 번도 구속된 적이 없던 사람에게 해방감이라는 건 불필요한 감정이기 때문이다. 그는 3년 동안 자유로운 사람이었다. 단지 결혼식만 올렸다 뿐이지 3년 전에도, 지금도 그는 미혼남이라고 서류는 증명했다. 어디 서류뿐이겠는가? 그는 마음껏 즐겼다. 결코 집에서 기다리는 아내를 염두에 두고 생활했던 시간들이 아니었다.

은서가 흔적을 남기지 않고 떠난 지 일주일째, 전화 한 통화 정도는 하지 않을까 생각했다. 전화벨이 울릴 때면 자신도 모르게 바짝 신경이 곤두서는 것도 그런 이유에서였다. 그러나 은서에게서는 전혀 소식이 없었다. 그와 한집에서 3년을 살았나 하는 의문이 갈 만큼 그녀의 빈자리는 깨끗했다. 그녀를 기억할 수 있는 물건이라고는 찾아볼 수 없었고, 그와 관련된 물건들은 하나도 빠뜨리지 않고 남겨두고 떠난 은서였다. 오래전부터 떠날 것을 준비해 온 것처럼 너무나 깨끗하게 정리된 집은 그를 당혹스럽게 했다.

언제까지 은서가 떠난 것을 숨길 수는 없는 일이었다. 그러나 쉽게 입이 열리지 않는 것도 사실이었다. 그의 긴 침묵 속으로 전화벨이 울렸다.

"네."

—어미다.

"네."

무뚝뚝한 그의 성격답게 짧은 대답만 반복했다.

—요즘 무슨 일 있냐?

"무슨 일이라뇨?"

—허참, 그것도 사람 기분 묘하게 만드네. 매일같이 지겹도록 안부 전화 하던 네 처가 일주일째 전화를 안 하니. 참 별것도 아닌 게 사람 신경 쓰이게 하는구나.

혁은 더 이상 미룰 수 없음을 깨달았다. 미루고 있었던 자신이 이해가 되지 않기도 했다.

"은서, 걔 떠났어요."

—그래?

조금 놀란 듯했지만 그래 하는 어머니의 말꼬리는 반가움이 배어 이미 올라가고 있었다.

—그렇지 않아도 잘됐다. 사실은 내일 수연을 집에 초대했는

데 아무래도 걔가 맘에 걸렸거든. 내일 저녁은 집에 와서 먹어라. 참, 서류는 깨끗이 정리했냐? 이번 기회에 확실히 해. 질펀하게 붙잡고 늘어지지 못하게 해라. 적당히 쥐어주고 끝내.

어머니의 말에 어떤 대답도 할 수 없었다. 침묵을 긍정으로 받아들였는지 이만 끊으마 한마디를 남기고 전화를 끊었다. 깨끗하게 정리할 서류도 없고, 질펀하게 붙잡고 늘어지지도, 돈을 요구하지도 않는다고 말할 수는 없었다. 기다렸다는 듯이 떠나 전화 한 통화 없다고 말한다면 그것은 분명히 자신의 이기적인 투정이라는 것을 모르지 않았다. 그러나 아무런 말 한마디 없이 떠나가 버린 은서에 대한 감정이 개운치 않음은 어쩔 수 없었다. 그렇다고 이 알 수 없는 감정의 잔재가 그를 막지는 못했다.

현관문을 열고 들어서는데 웃음소리가 들렸다. 수연과의 저녁 식사를 위해 일찍 퇴근한 혁에게 들려오는 어머니의 다정한 음성과 주희의 웃음소리, 그리고 수연. 전혀 익숙지 않은 풍경이 그를 반겼다. 그가 당연히 누렸어야 할 것들이 제자리를 찾은 것처럼 그가 소망하던 가족의 모습을 보는 것 같았다. 그 안에서 용솟음치는 기대감이 전신으로 퍼져 갔다. 가족들과 어울리는 게 너무 자연스럽기만 한 수연을 바라보며 그에게 다시 한번 기회가 주어지길 바라는 희망이 몽글몽글 피어올랐다.

"오빠."

"어. 수연아, 더 예뻐졌다."

그를 향해 뒤돌아선 수연은 더 아름다운 여인이 되어 있었다. 설익은 향을 풍기던 소녀에서 농익은 과실처럼 남자의 손길을 기다리는 것 같은 요염함이 몸에서 묻어났다. 분명히 그의 품에서 꽃을 피우고 열매를 맺을 거라고 확신했었는데…… 그가 처음 느낀 좌절이었고 패배였다. 그의 품으로 옮겨오기 직전 날아가 버린 작은 새를 잊어본 적이 없었다.

혁은 수연이가 자꾸 그의 등 뒤를 살피는 것을 보며, 그녀의 눈부신 자태로 인해 잠깐 잊었던 은서를 찾고 있음을 알았다. 그것을 느꼈는지 어머니가 나섰다.

"수연아, 배고프지? 앉아라. 너도 빨리 손 씻고 나와. 밥 먹자."

"언니, 나 안 보고 싶었어? 난 언니 많이 보고 싶었는데."

주희가 수연의 옆으로 바짝 다가서며 살갑게 굴었다. 아주 오래전부터 그래 왔던 사이처럼 행동하는 주희를 보며 문득 스치는, 반갑지 않은 손님 같았던 은서의 모습이 뇌리를 스쳤다. 이곳에 있어야 할 사람은 분명 수연이어야 했다.

저녁 식사 내내 화기애애한 분위기였다. 약혼까지 갔다가 파혼한 사이라면 조금은 어색하고 불편해야 할 텐데 그들은 아픈 기억을 다 잊은 듯 시종일관 수연의 기분을 챙기는 어머니와 다정하게 구는 주희 덕분에 식사는 꽤 유쾌했다. 그 누구도 은서의 이야기는 꺼내지 않고 있었다. 암묵적으로 약속이나 한 듯이.

당연히 은서의 부재를 궁금해할 것이라고 생각하던 그들에게 아무것도 묻지 않는 수연을 바라보는 신 여사의 눈은 한껏 기대로 부풀어 올랐다. 어려서부터 며느릿감으로 점찍어놓았던 수연의 여성스러운 모습은 군침을 흘리지 않을 수 없게 만들었다. 놓친 고기가 더 커 보이는 것처럼 어떻게 해서든 수연을 며느리로 맞이하고 싶었다. 은서가 떠난 것은 정말 호기였다.

"우리 수연이 여전하구나."

"아주머니는? 저…… 늙었죠?"

"늙기는, 이 할망구 앞에서 못하는 소리가 없어."

"하, 그런가요? 근데 오빠는 왜 혼자야?"

그 순간 모두 입을 다물었다.

"흐흠, 오랜만에 만났으니 너희들끼리 얘기 좀 해라. 수연아, 이제 자주 놀러와라. 난 이만 들어가 쉬어야겠다."

저녁을 먹은 후 거실에서 차를 마시던 신 여사는 수연의 시선을 피하며 일어섰다.

"오빠, 나도 일어나야겠다. 리포트가 잔뜩 밀려서. 언니, 놀다가. 우리 밖에서 한번 보자."

주희도 자신의 찻잔을 들고 2층으로 올라가 버렸다. 수연도 분위기가 이상하다고 느꼈는지 혁을 바라보며 다시 입을 열었다.

"오빠, 나한테 미안해하지 마. 그때는 정말 힘들었는데 지금은 괜찮아. 오빠를 사랑했지만 난 은서도 사랑했어. 그래서 더 많이 화가 나고 속상했어. 오빠도, 은서도 너무 미웠는데, 그치만 시간이라는 게 약인가 봐. 나 오늘 은서 만나면 행복하라고 말해 주고 싶었는데. 은서, 나 때문에 안 온 거야?"

혁의 가슴은 수연의 한 마디 한 마디에 의해 난도질당하는 것만 같았다. 여전히 여리고 착한 수연을 보며 안타까움이 커져 감을 느꼈다. 얼마나 힘들었을까? 가장 친한 친구에게 배신당하고 그에게 실망하고 떠나야 했던 수연에 대한 미안함과 아쉬움이 가슴을 휘저었다. 다시 시작하고 싶었다. 그녀를 향한 마음이 결코 변함이 없음을 이야기하고 싶었다.

그러나 그를 바라보는 수연의 눈빛은 너무 담담했다. 시간이 약이라고 말하는 수연. 그에 대한 한 조각 아련한 감정조차 보이지 않는 시선에 그는 그 어떤 기대도 내비칠 수가 없었다.

"은서랑 헤어졌어."

"뭐?"

수연의 낯빛이 흐려졌다. 혁과 가족들에게는 당연하게 받아들여지는 상황인데 수연은 다른 얼굴을 했다.

"왜?"

"왜……?"

"은서, 오빠 좋아했잖아. 오빠도 은서랑 있으면 만날 웃고 살거라고 그랬잖아."

질책하는 듯한 수연의 말은 혁을 당황하게 했다. 왜라니, 정말 그 이유를 모른단 말인가. 그에게 있어 한수연이라는 여자가 어떤 존재인지 정말 모른단 말인가. 그녀가 달라 보였다. 그가 지금까지 기억하고 알아왔던 사람이라고 느껴지지 않았다. 3년 이라는 시간의 갭이 그렇게 크단 말인가.

"내게 은서는 네 친구였을 뿐이지, 사랑은 아니었으니 까……."

혁의 말에 한마디 더 하려는 것처럼 입을 들썩이던 수연은 머뭇거리며 입을 다물고 말았다. 둘 사이에 흐르는 공기는 그 예전의 편안함이 아니었다. 수연이 만들어내는 어색함과 은서와 헤어짐에 대한 민감한 반응은 혁에게 다시 과거로 돌아갈 수 없음을 말하는 것 같았다. 적어도 혁이 느끼기에 수연은 그와 같은 마음이 아니었다. 수연은 변해 있었고 그녀를 향한 그의 마음은 일방통행이었다. 시계를 보며 놀란 듯 일어서는 수연의 표정엔 서두르는 모습이 역력했다.

"오빠, 너무 늦었다. 나 그만 일어날게."

"그래, 나가자. 데려다 줄게."

"아냐, 나 차 가지고 왔어. 오빠도 피곤할 텐데 쉬어."

배웅을 하러 나오는 혁을 수연은 말렸다. 그리고 대문을 열고 나가려던 수연이 잠시 멈칫하며 혁을 돌아다봤다.

"오빠, 나…… 조금 당황했어. 전혀 예상치 못했거든. 기분 상한 것 아니지? 내가 연락할게."

혁은 수연이 닫고 나간 대문을 황망히 쳐다보았다. 마지막에 그녀가 던진 말은 그에게 묘한 여운을 남겼다.

 혁의 집을 나온 수연의 눈빛은 흔들리고 있었다. 초조함을 감추려는 듯 신경질적으로 핸들을 돌리던 그녀는 뒤에서 울리는 경적 소리에 거친 욕설을 서슴없이 내뱉었다. 그녀는 마음이 바빴다. 혁이 은서와 헤어지다니, 정말 생각지도 못했던 일이다. 신 여사의 초대를 받았을 때 적당히 거절할까도 싶었지만 확인하고 싶었다. 그들의 행복과 불행에는 관심없었다. 더 이상 그녀의 앞날에 방해가 되지 않는다면 그것으로 족했다.
 그러나 그녀가 접한 뜻밖의 소식은 그녀가 소망하던 것을 물거품으로 만들 수 있었다. 그녀가 소망하는 것, 갖고자 하는 것, 그것은 신후다. 은서가 혁을 오랜 시간 좋아했다면 수연은 은서보다 더 오랜 시간 신후를 바라봤다. 벙어리 냉가슴 앓듯 혼자서 바라본 시간들. 서울로 돌아오면서 이제는 그 시간들이 끝나는가 보다 했는데, 신후도 자신을 보기 시작했다고 생각했는데 혁에게 들은 소식은 그녀에게 청천벽력과도 같았다. 혁과 헤어진 은서가 어디에 있을까? 그건 묻지 않아도 알 수 있는 일이다. 서울로 돌아와 한 통의 전화도 없는 신후를 의심해 봤어야 했다. 그녀의 전화에도 바쁘다며 피하던 신후의 뒤에는 은서가 있는 게 분명하다.
 ―나야, 수연이.
 "응. 밤늦게 왜?"

—나 네 집 앞이야. 잠깐 나올래?

　"어."

　면바지에 가벼운 스웨터를 걸친 신후가 보였다. 어느 자리에
서나 튀는 그다. 황금빛 갈색으로 염색한 머리도 그랬지만 남자
답지 않은 하얀 피부에 장난기 가득한 미소는 사람을 잡아끄는
매력이 있다.

　그를 처음 보았던 때는 갓 중학교를 입학한 지 얼마 되지 않
아서였다. 짧게 자른 머리카락에 귀에는 이어폰을, 옆구리에는
농구공을 끼고 가던 그를 보았을 때 그녀의 가슴은 뛰기 시작했
다. 그러나 그녀는 알아주는 도도한 공주였다. 신후 역시 하늘
을 찌르는 인기를 누리고 있었고, 그녀는 결코 자존심 때문에
자신의 감정을 신후에게 내비치지 못했다. 그러다 만난 은서.
우연히라는 말은 거짓말이다. 신후의 사촌이기에 은서에게 다
가갔다. 신후와 사촌? 우습게도 은서와 친구라는 이름으로 묶여
있던 근 다섯 해 동안 기만당하고 있다는 것도 모른 채 감히 은
서는 그녀를 속이고 있었다. 신후와 사촌이 아니라며 거의 신후
의 품에 안겨 있다시피 하는 은서를 봤을 때 그녀는 잠시 이성
을 잃을 뻔했다. 피가 거꾸로 솟는 것만 같았다. 자신이 누구 때
문에 그녀를 친구라 부르며 옆에 두는 건데 주제 파악도 못한
채 늘 당당하기만 하던 은서를 보고만 있을 수 없었다. 은서에
게는 혁도 아까웠다. 그렇지만 신후에게서 은서를 떼어놓기 위
한 최선의 방법이었다.

"잠깐 타."

"너무 늦었다. 웬일이야?"

"왜? 다 큰 성인 남자가 밤에 잠깐 나갔다 온다면 집에서 걱정할 사람이라도 있니?"

"후, 왜 비꼬는 소리로 들린다. 이 야심한 시간에 급하게 만나야 할 일이라도 있는 거야?"

"글쎄. 나 방금 혁이 오빠네 갔다 오는 길이야."

더 이상 말이 필요없었다. 신후는 바로 차에 탔다. 그만큼 시간이 지난 다음에도 신후에게 있어 은서는 중요한 사람이었다. 수연은 그 모습을 보며 입술을 깨물었다. 그녀의 눈에 들어오는 신후는 늘 은서가 1순위다. 여전히 변함없는 그가 그녀의 분노를 부채질했다.

"어디 가려구?"

"베네치아."

"거기까지? 너무 멀다. 큰 도로까지만 가. 거기 괜찮은 집 있어."

"그래."

수연과 신후가 찾은 호프집은 늦은 시간인데도 젊은 사람들로 붐볐다. 한쪽 구석 테이블을 차지한 신후는 수연이 말문을 열기만을 기다렸다. 혁과 헤어지기로 한 결정이 단순히 은서만의 생각은 아닌지 궁금했다. 물론 은서가 떠나고 나서 혁으로부터 은서를 찾는 전화는 없었다. 그래서 나름대로 정말 두 사람

의 결별을 확신했는데 밤늦게 찾아온 수연은 신후를 불안하게
했다. 신후가 그녀의 말을 기다리고 있다는 걸 알면서도 수연은
좀처럼 입을 열지 않았다.

"혁이 형 집에 갔다 왔다며?"

"응."

"근데?"

신후는 무슨 말을 하려고 자신을 찾아왔는지 묻고 있었다. 은
서의 소식을 모를 리 없는 신후였지만 아무런 감정의 내색도 없
이 그녀를 재촉하는 듯한 말투에 수연의 망설임은 더 커져 갔
다. 설마 은서와 혁이 헤어진 것을 모르지는 않을 테지. 그런데
도 저렇게 담담할 수 있을까?

"은서…… 집에 와 있니?"

"아니."

신후의 대답에 수연의 굳어 있던 얼굴은 다소 안심이 된다는
듯 풀어졌다.

"근데 은서는 왜 찾는데?"

"어, 그러니까…… 그러니까…… 오빠랑 은서 헤어졌다고 그
러더라."

"그래."

신후는 이미 알고 있었다는 듯 전혀 놀라지 않았다.

"넌 알고 있었어?"

"응."

"그런데 괜찮아? 어떻게들 그럴 수가 있니? 다른 사람 가슴에 대못을 박고 결혼했으면 잘살아야지, 이게 뭐니? 이렇게 헤어질 거면서 사람을 그렇게 비참하게 만들었대니? 난 그래도 오늘…… 은서 만나면 묵은 감정 접고 잘살라고 말해 주려고 했는데……. 흑."

수연은 더 이상 말을 잇지 못하고 눈물을 흘렸다. 아직도 그날의 아침만 생각하면 도저히 견딜 수 없다는 듯이 말꼬리를 흐렸다.

신후는 그날을 생각하면 수연에게 묻고 싶은 게 있었다. 많이 취한 은서를 집으로 데려가려고 찾았지만 보이지 않아 수연에게 물었다. 먼저 집에 갔다고 했던 수연의 대답과 얼마 전 놀이터에서 들은 은서의 말이 달라 그날 무슨 일이 있었는지 확인하고 싶었다. 그러나 눈물까지 흘리며 속상해하는 수연을 보니 도저히 그녀가 거짓말을 했을 것 같지 않았다. 아니, 수연이 거짓말을 했을 이유가 없었다. 아마도 취한 은서가 수연에게 집에 간다고 말해 놓고 혁의 방을 잘못 찾아간 게 분명했다. 신후는 한숨이 나왔다. 아직 상처가 다 아물지 않은 것처럼 원망 가득한 눈을 한 수연을 이해하면서도 신후는 아무 위로도 할 수 없었다. 사랑하는 사람을 친구에게 빼앗기고 가슴 아파하는 친구보다, 친구의 남자를 빼앗고도 행복하지 않은 은서에 대한 연민이 더 큰 것은 그로서도 어쩔 수 없었다. 수연에게는 아직도 그녀를 잊지 못하는 혁이 있고, 가족이 있고, 친구가 있었다. 그러나 은서에게는 아무도 없었다. 지금도 어디에서 얼마나 아파하고 있을까 하는 생각만으로 가슴이 뻐근했다.

"그게 사람 마음대로 되는 거니? 은서도 많이 노력했나 보더라."

"은서 만났구나."

"응."

"그럼 집에 없으면 어디 간 거야?"

"나도 몰라. 떠나고 싶다더니 정말 떠나 버렸어. 잘 있다고만 연락 왔다."

"그랬구나. 은서에게 배신감을 느끼기는 했지만 결코 불행해지길 바란 건 아니었는데……."

"알아. 왜 네 맘 모르겠니? 네가 마음 여린 애라는 거 다 아는데. 두 사람이 결정한 일이니 우리가 뭐라 할 수는 없지. 기운 내라, 괜히 힘들어하지 말고."

이해한다는 듯 부드러운 신후의 말에 수연의 얼굴은 생기가 돌기 시작했다. 결정적으로 은서가 떠났다는 말은 그녀 안에 내재되어 있던 불안과 긴장을 덜어주었다.

신후는 어서 자리를 털고 일어나고 싶었다. 수연과 은서의 이야기를 나누고 싶지 않았다. 수연에게 있어 은서는 가해자일지 몰라도 신후에게 있어 은서는 그가 끝까지 지키고 보호해 줘야 할 그의 여자였다.

"너무 늦었다."

"응. 태워다 줄게."

"아니, 동네인걸. 그냥 좀 걷고 싶다. 가라."

신후는 수연의 차가 출발하는 걸 보고 천천히 걸었다. 걷다 보니 놀이터에 와 있었다. 아주 오래된 듯한 착각에 빠지게 하는 밤, 고작 일주일밖에 지나지 않은 그 밤에 그는 이곳에서 은서의 입술을 훔쳤다. 은서의 부드러운 입술과 달짝지근한 혀, 그리고 입 안의 속살들, 무섭도록 질주하던 심장과 숨소리. 그날 밤, 더 이상 은서는 그에게 있어 친구가 아니었다. 그 역시 그녀에게 남자가 되기로 주저함없이 결심한 날이었다. 보고 싶다. 다시 한 번 그녀의 입술을 맛보고 싶고 두 손을 맞잡고 숨이 차도록 달려보고 싶다.

은서는 신후가 입대하는 날까지 끝내 돌아오지 않았다. 그러나 떨어지지 않는 발걸음을 옮길 수 있었던 것은 은서가 보내온 한 통의 편지였다. 따라오겠다는 경진과 수연을 말리고 혼자 기차에 오른 그의 재킷 주머니를 차지한 건 은서의 편지였다. 짧게 자른 머리카락은 모자에 눌려 보이지 않았다. 기차가 움직이고 있었다. 그 밤, 은서도 이 기차를 타고 어디론가 향하고 있었겠지.

그는 재킷 주머니에서 몇 번이나 읽었던 편지를 다시 꺼냈다. 가슴에 사무친 은서에 대한 그리움은 편지를 꼭 쥔 손까지 흐르고 있었다. 성격답지 않게 여성스럽기만 한 글씨체가 신후의 눈을 떠돌았다.

   내 좋은 친구 신후에게.

   눈이 부실 만큼 파란 가을 하늘이다. 잠깐 동안 난 그 하늘을 잊고 살았다. 그러나 지금 다시 하늘을 올려다보며 아름답다고 느낀다.

   연락 못해서 미안해. 내 전화를 기다리고 있을 거라는 걸 잘 알면서도 못했다. 왜냐구? 음…… 내가 말하지 않아도 넌 알 거야. 누구보다 날 잘 아는 너니까. 다음에 널 만날 때는 웃고 싶다.

   나…… 은서는 밥 많이 먹고 씩씩해질 거야.

   나…… 은서는 아프지 않고 건강할 거야.

   나…… 은서는 열심히 살 거야.

   나…… 은서는 울지 않을 거야.

   나…… 은서는 많이 웃을 거야.

   나…… 은서는 외로워하지 않을 거야.

   나…… 은서는 네 친구라는 걸 잊지 않을 거야.

   내가 네게 하는 약속이야. 약속 꼭 지킬 테니까 넌 멋진 군바리 아저씨가 되길 바래. 아주 가끔은 아저씨를 위한 위문 편지 보낼게.

   고마워, 신후야.

   고개를 들어 창가를 바라보니 황금빛 들녘이 스쳐 지나갔다.

은서가 다시 보기 시작한 파란 하늘도 있었다. 한동안 밖을 쳐다보던 신후는 편지를 다시 주머니에 넣으며 모자를 더 깊이 눌러썼다.

서울역 개찰구는 어디로부터 온 사람들인지 알 수 없으나 끊임없이 사람들을 쏟아내고 있다. 대량으로 출고되는 공산품처럼 기차 하나가 도착할 때마다 똑같

5

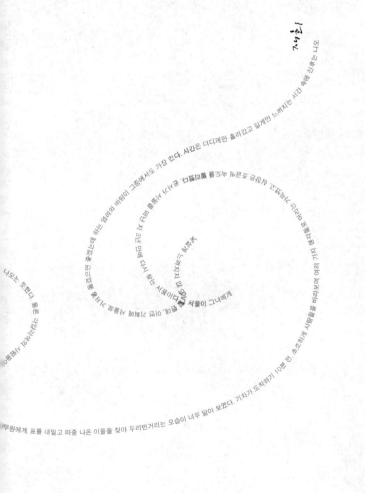

감사!

시간은 더디게만 흘러갔고 길게만 느껴지는 시간 속에 신후는 나오

서울이 그녀에게

느껴지지 않았

6시간

무원에게 표를 내밀고 마중 나온 이들을 찾아 두리번거리는 모습이 너무 닮아 보였다. 기차가 도착하기 10분 전 초초하게 사람들을 바라보며 여러 가지 생각이 들었다.

5

재회

서울역 개찰구는 어디로부터 온 사람들인지 알 수 없으나 끊임없이 사람들을 쏟아내고 있다. 대량으로 출고되는 공산품처럼 기차 하나가 도착할 때마다 똑같은 사람들이 쏟아져 나오는 듯했다. 물론 각양각색의 사람들이었지만 일렬로 줄을 서서 역무원에게 표를 내밀고 마중 나온 이들을 찾아 두리번거리는 모습이 너무 닮아 보였다.

기차가 도착하기 10분 전. 초조하게 사람들을 바라보며 여러 가지 생각들로 머리는 가득했고, 심장은 조금씩 속도를 빨리했다. 은서가 서울을 떠난 지 3년 만에 다시 찾는 서울이다. 그 서울이 그녀에게 낯설게 느껴지지 않아야 할 텐데, 이번 기회에

서울로 거처를 옮겼으면 좋겠는데 하는 염려와 바람이 그중에서도 가장 컸다. 시간은 더디게만 흘러갔고 길게만 느껴지는 시간 속에 신후는 나오는 사람들이 잘 보이는 곳으로 가 섰다. 눈은 자꾸 시계로만 향했다.

기차는 서울에 들어서고 있었다. 처음 서울행 기차를 오르는 순간부터 불편했던 마음은 차창 너머로 지나치는 거리가 서울에 가까워지고 있음을 느낀 순간부터 걷잡을 수 없이 소용돌이치기 시작했다. 그 밤 도망치듯 떠나왔던 서울, 언젠가는 돌아갈 곳이라고 생각했지만 막상 서울에 가까워지자 그녀의 신경들이 날카롭게 곤두섰다. 긴장감이 그녀를 휘감았다. 숨을 쉴 수 없을 정도로 목까지 끓어오르는 답답함과 떨리는 심장은 다시 접하게 될 사람들에 대한 그녀의 두려움과 아픔을 대변하는 듯했다.

3년 만이다. 혁과의 결혼 생활 3년, 그리고 딱 그만큼의 3년을 홀로 지냈다. 담담하리라 생각했다. 충분히 극복했다고 생각했기에 이번 서울행에 망설임없이 응했다. 더 이상 도망치지 않고 당당하게 부딪칠 수 있을 것이라 장담했는데 단지 서울이라는 땅에 발을 내디딘다는 것만으로도 가슴이 떨린다. 물론 설렘은 아니다. 희망이 가득 찬 땅에 대한 설렘과는 거리가 멀다. 그 새벽, 처음 목포에 도착했을 때와 마찬가지로 서울 역시 그녀에게는 다시 시작해야 하는 망막함이 존재하는 곳이기 때문이리라.

*

　작은 소도시에서 그녀가 일자리를 찾기란 무척 힘들었다. 대학을 제대로 졸업한 것도, 특별한 기술을 가진 것도 아니었기에 그녀를 반기는 곳은 없었다. 그래서 그녀가 가진 얼마 안 되는 돈으로 방 한 칸짜리 집을 얻고 시작한 게 신문 배달이었다. 그녀에게 돈이 절박했던 것은 아니었다. 부모님의 사고로 나온 보험금은 통장에 그대로 남아 있었지만 그것을 건드릴 수는 없었다. 부모님의 목숨과 바꾼 돈. 그것은 일신상의 안위를 위해 쉽게 써버릴 수 없는 그녀의 마지막 자존심이었다. 그녀에게 필요했던 것은 돈이 아니라 일이었다. 몸이 편하면 자꾸만 생각나는 과거의 시간들과 사람들, 그리고 그 안에서 느껴지는 자신의 초라함, 외로움. 생각하면 할수록 자꾸 나락으로 떨어질 것 같은 감정을 극복하기 위해서 일을 해야만 했다. 아침부터 밤까지 새벽 신문 배달부터 시작하여 편의점, 써빙, 피자 가게, 빵집 등 다수의 아르바이트를 섭렵했다. 24시간이 모자라게 바쁜 생활을 보냈다. 집에 돌아오면 무언가를 생각할 겨를도 없이 잠에 떨어지고 새벽이면 눈을 떴다.

　그날도 새벽부터 시작한 하루 일과가 밤이 늦어져서야 끝이 났다. 그녀의 마지막 아르바이트인 편의점에서 돌아오는 길, 어두운 골목길의 먼 가로등 불빛에 그녀의 집 담벼락에 기대선 한 남자가 보였다. 어느 도시나 밤거리는 위험하다. 특히나 여자 혼자 걷는 어두운 골목길은 항상 조심해야 한다. 그녀의 생존 본능이 민감하게 반응했다. 그녀의 집 담벼락에 기다랗게 기대선 남자의 시선을 피해 은서는 대문 옆에 달린 그녀만이 사용하는 작은 문을 향했다. 쳐다보지 않는 게 상책이다. 혹시 눈이라도 마주쳐 이상한 꼴이라도 당할까 봐 그녀의 조급한 마음을 숨긴 채 남자의 앞을 지나려는데 남자가 내쉬는 긴 한숨 소리가 발을 멈추게 했다. 왠지 친숙하게 느껴지는 남자의 체취, 고개를 돌린 은서 앞에 신후가 서 있었다.

"은서야."

"신후야……."

군복을 제대로 갖춰 입고 모자를 눌러쓴 신후였다. 긴장이 풀리면서 갑작스런 신후의 출현에 은서는 말을 잇지 못했다. 아는 사람 하나 없는 타지에서 만난 신후로 인해 벌써 울컥 눈물이 몰려왔다. 다시 만날 때는 울지 않으려고 했는데 그녀의 마음과 상관없이 눈물은 볼을 타고 흘러내렸다. 창피하다는 듯 손으로 눈물을 훔치며 웃으려 하는 그녀의 표정이 신후의 마음을 얼마나 더 아프게 하는지 은서는 알지 못했다. 신후는 은서를 꼭 껴안았다.

"최은서, 이제부터 울보는 너야."

신후의 품에서 진정한 은서가 그를 밀어내며 얼굴을 올려다봤다.

"누구보고 울보래? 그냥 반가운 티 좀 낸 것 같고. 근데 어떻게 된 거야?"

"뭐가?"

여전히 붉게 물든 눈을 하고 묻는 은서에게 신후는 딴청을 부렸다.

"뭐긴, 너 군대에 가 있어야지 여긴 어떻게 왔어?"

"아, 지금은 휴가 중이고 여긴 너의 그 성의없는 편지 보고 찾아왔다."

"역시 넌 내 멋진 친구다. 여기까지 찾아올 거라고는 생각지도 못했는데……."

신후의 빈정거리는 듯한 말투에 은서의 얼굴에 웃음이 고였다.

"넌 좀 맞아야 돼."

"뭐? 대장한테 덤빈다."

장난스런 은서의 미소에 신후의 입가도 보기 좋게 올라갔다.

"웃기지 마. 이젠 그 계약 무효야. 울보가 대장은 무슨. 아, 배고파."

"아직 저녁 안 먹었어?"

"그럼 어디 가서 저녁을 먹어, 네가 언제 나타날 줄 알고? 넌 무슨 여자가 밤길 위험한데 이렇게 늦게 다니는 거야?"

"하하하하!"

은서는 신후의 잔소리가 너무 정겹게만 느껴져 큰 소리로 웃고 말았다. 신후는 투덜거리던 걸 멈추고 갑자기 웃는 은서를 바라봤다. 큰 소리로 시원하게 웃는 은서의 모습에 신후는 잠시 그의 걱정거리를 잊었다. 은서가 웃고 있었다, 그의 은서가.

"들어와. 밥 먹자."

"그래. 밥 먹고 각오해."

"어? 밥 먹기 싫다는 소리로 들리는데?"

그녀의 자취집. 작은 대문을 열고 들어오면 부엌문을 열기 전에 담벼락에 붙은 화장실이 있었다. 그리 오래되지 않은 건물인지 나름대로 깨끗한 화장실과 타일이 깔린 부엌, 그리고 부엌보다 약간 높은 방. 너무나 간소한 방이었다. 책상과 비키니 옷장, 방 한쪽 구석에 개어진 이불, 그게 전부였다. 가슴에 황량한 바람이 부는 것 같았다. 부엌에서는 은서가 저녁을 준비하는지 달그락거리는 소리가 들렸다. 신후는 방을 둘러보며 어금니를 꽉 깨물었다. 그녀의 초라한 방만큼이나 그의 가슴 한구석이 뻥 뚫린 듯 차가운 한기가 스며들고 있었다.

"신후야, 장을 본 지 오래되어서 반찬이 별로 없다."

은서가 밥상을 들고 방으로 들어왔다. 신후는 얼른 밥상을 받아 내려놓으며 은서를 노려봤다.

"너, 당장 짐 싸."

"갑자기 너 왜 그래?"

"왜 그러냐구? 너 꼭 이러고 살아야겠니? 널 기다리는 따뜻한 집이 있는데 왜 여기까지 와서 사서 고생을 하고 있는 거야?

도대체 이게 뭐냐구!"

아무것도 없는 썰렁한 방, 외로움이 덕지덕지 묻어나는 방일지언정 그녀에겐 몸을 뉘울 수 있는 따뜻한 보금자리였다. 신후가 비키니 옷장을 열더니 옷가지들을 꺼내 구석에 세워져 있던 가방에 주섬주섬 담기 시작했다.

"이신후, 너 그만 안 둬?"

그러나 신후는 들은 척도 하지 않고 계속해서 가방을 챙겼다.

"신후야. 신후야, 알았으니까 밥부터 먹자."

그제야 바쁘게 움직이던 손을 멈추고 내키지 않는 듯 밥상 앞으로 다가왔다. 된장찌개와 몇 가지 안 되는 반찬. 초라한 밥상이었지만 신후는 그 어느 때보다 밥을 맛있게 먹었다. 은서는 신후가 밥을 다 먹어갈 때쯤 조용히 입을 열었다.

"신후야, 네 맘 다 알아. 내가 이렇게 지내는 게 맘에 안 들 거야. 그치만 한 번만 봐주라. 나, 이제 스물다섯이고 이름뿐인 결혼이었다 하더라도 한 번 했었어. 충분히 스스로 내 인생을 책임질 만한 나이지. 이 집이 너무 썰렁해서 그렇지? 돈 없어서 여기 사는 것 아냐. 더 좋은 집에서 살 수도 있지만 나…… 여기서 영원히 살 사람 아니잖아. 언젠가는 돌아갈 거잖아. 이곳에다 많은 정을 주고 싶지 않아서 그래. 모든 걸 다 갖추고 살다 보면 떠나고 싶지 않을지도 몰라."

"은서야."

"나, 지금 많이 좋아. 정신없이 바쁘게 살다 보니 시간이 어떻게 가는지도 모르고 조금씩 알아가는 사람들도 좋고. 아직은, 그래, 솔직히 말할게. 아직은 서울 하늘 아래에서 혁이 오빠나 수연을 만나고 싶지 않아. 좀 더 나다워진 다음에, 내 삶에 자신감이 생길 때 그때 올라갈 거야. 나 잘 지내고 있어. 봐, 튼튼하지? 여기 알통 좀 볼래?"

은서는 셔츠의 팔을 걷어 올려 보이며 스스로 대견스러운 듯 웃었다. 그런 은서를 보며 가슴에 몰아쳤던 찬바람이 조금씩 온풍으로 바뀌는 것 같았다. 전혀 그녀답지 않은 무표정한 얼굴을 봤을 때의 그 안타까움을 생각한다면 활짝 웃고 있는 모습에 기뻐해야 했다. 웃고 있지만 눈빛은 흔들림이 없었다. 그녀는 스스로 원하지 않으면 결코 돌아오지 않을 것이라는 걸 신후도 알고 있었다. 그러나 그녀의 초라한 방 앞에 어떤 것도 생각할 수 없어 억지를 부리고 화를 냈다. 그런 그를 은서는 어르고 달랬다.

"밥은 잘 챙겨 먹고 다니지?"

"그럼. 밖에서 먹을 때가 많아서 그렇지, 잘 챙겨 먹어. 걱정하지 마."

"어머니한테 전화 좀 자주 드려라."

변함없는 신후의 잔소리가 시작되었다.

"그래, 자주 전화할게. 우와, 근데 너 멋져졌다. 군대물이 좋은가 봐. 음, 남자 냄새가 좀 나려고 하네."

"혁, 이거 봐라. 사나이 이신후를 무시하네."

"군복 입은 네 모습 참 보기 좋다. 나보다 더 까무잡잡한 것도 맘에 들고."

정말 신후는 남자다워져 있었다. 하얀 피부에 미소년 같은 신후의 모습을 찾아볼 수 없었고 늠름한 남자의 냄새가 물씬 풍겼다.

"응. 얼마 전에 훈련 들어갔다 나왔거든. 좀 많이 탔다. 너도 좀 시골스러워진 것 같은데?"

"뭐? 이것 봐라. 은근슬쩍 사람 놀리는데?"

"놀리다니! 진실을 이야기하고 있구만. 근데 나 어디서 자나?"

얼굴에는 장난기가 가득한 채 작은 방을 두리번거리며 신후가 물었다.

"음, 글쎄. 골목 조금만 더 돌아가면 여관이 있긴 한데. 그냥 여기서 자라, 저쪽 구석에서 찌그러져서. 알았지?"

"너어? 분명히 여기서 자라고 했다. 이건 분명한 초대야."

"얘 좀 봐. 무슨 엉뚱한 소리를 하고 있어? 우리가 하루 이틀 같은 방에서 잤니?"

대수롭지 않다는 얼굴로 눈을 한번 흘긴 후 밥상을 내놓고 씻고 들어온 은서는 이불을 폈다.

"최은서, 나 스물다섯의 혈기왕성한 남자야."

"그래, 남자라고 해. 나 지금 너무 피곤해. 새벽에 일어나야 되거든. 잘 자라."

신후에게 이불 하나를 건네주고 누워버리는 은서였다. 신후
역시 군복 상의를 벗고 몸을 눕혔다. 그러나 잠이 올 리 만무했
다. 초행길이라 피곤했을 터지만 옆에 은서가 누워 있다는 걸
생각하면 마른 장작에 불을 붙인 것처럼 활활 걷잡을 수 없이
타오르는 몸이었다. 주택가라서 차 지나가는 소리마저 너무 희
미했고 오로지 신후의 귓가에 크게 울려 퍼지는 것은 은서의 숨
소리뿐이었다. 자신의 숨소리와 뒤엉켜 자꾸만 야릇한 상상이
그를 부추겼다. 끌어안고 느끼고 싶다는 욕망이 스멀스멀 올라
와 그를 유혹했다.

"은서야."

"응."

"자니?"

"아니."

"너…… 생각나니?"

"음, 뭐?"

"놀이터에서 우리 키스했던 거……."

돌아오는 대답은 규칙적인 은서의 숨소리다. 그녀는 잠이 들
어버렸다. 새벽부터 바쁘게 움직이는 은서에게 달콤한 잠의 향
연이 찾아온 것이다. 신후는 긴 한숨을 내쉬었다. 늑대를 옆에
두고 한 치의 의심도 없이 평화로운 잠에 빠져 버리는 그녀를
허탈하게 바라볼 뿐이었다. 아무리 잠을 청해도 잠이 오지 않는
밤이었다. 정신만 더 맑아지는, 자꾸만 잠든 은서를 훔쳐보게

되는 힘든 고행의 밤이었다.

결국 신후는 밖으로 나왔다. 시원한 밤 공기를 마시며 대책도 없이 달아오른 몸을 가라앉혔다. 은서를 향한 그의 뜨거운 갈망을 그녀가 알았더라면 감히 함께 자자는 이야기를 하지 않았을 것이다. 예전에도 그렇고, 지금도 그렇고 그녀에게 있어 그는 친구일 뿐이라는 사실을 절감하자 씁쓸했다. 그 달콤했던 키스를 은서는 어떻게 받아들인 것일까? 그냥 친구로서의 한낱 위로쯤으로 생각했을까? 묻고 싶었다, 우기고 싶었다, 친구가 아닌 남자임을.

밤을 하얗게 지새우고 새벽녘이 다 돼서야 신후는 겨우 잠이 들 수가 있었다. 한참을 말없이 잠이 든 은서를 내려다보다 옆에 누워 잠이 든 신후는 창가로 스며드는 태양빛에 눈이 부셔 눈을 떴다. 아침, 아니, 정오가 다 되어가고 있었다. 은서가 잤던 자리는 말끔히 치워져 있고 아랫목 쪽에는 밥상이 놓여 있었다. 그리고 은서가 남겨 놓고 간 메모 한 장.

잠을 곤하게 자기에 깨우지 않았어. 난 오늘도 바쁘다. 모처럼 휴가 나온 너랑 놀아주지 못해서 미안해. 신발장에 열쇠 있으니까 잠그고 나가. 열쇠는 그냥 가져가. 담에 또 언제 볼는지 모르겠지만 그때는 밖에 서서 기다리지 말아라. 오늘 서울 올라갈 거지? 이모 기다리시겠다. 최은서 걱정은 뚝!!

밤늦게 돌아온 은서를 반기는 것은 부엌의 냉장고 가득히 담긴 과일들과 찬거리, 그리고 짧은 메모였다.

　네 웃는 얼굴 봐서 기쁘다. 절대 굶으면 안 돼. 그리고 바쁜 건 알지만 편지도 좀 자주해. 외로운 군인 오빠 생각도 하고. 은서야, 사랑한다!!

　은서는 신후가 남긴 메모를 보며 웃고, 또 웃었다. 그러나 눈은 촉촉이 젖어가고 있었다. 마음속으로 사랑한다, 사랑한다를 되뇌면서. 그녀는 그녀 안의 사랑을 지워가고 있는 중이다. 정말 듣고 싶었던 말, 그녀가 가슴 가득 담았던 사랑이라는 감정, 그 감정을 털어내려 무던히 애쓰고 있는 시간들이다. 다시는 사랑이라는 감정으로 자신을 잃어버리지 않을 거라고 다짐하고 또 다짐했다. 혁을 사랑하므로 그녀가 잃은 것들, 감수해야 했던 것들을 생각하면 다시는 그 감정으로, 나락으로 빠지고 싶지 않았다. 그러나 신후가 남긴 사랑한다는 말은 또 다른 느낌이다. 지금까지 그녀에게 있어 사랑이 아픔이고, 인내였다면 농담처럼 남긴 신후의 사랑한다는 말은 그녀의 가슴을 따뜻하게 했다. 그녀 역시 신후를 사랑한다. 단지 그것이 이성으로서의 감정이 아닐 뿐이지, 사랑은 사랑이니까.

　신후는 휴가를 나올 때면 은서에게 다녀왔지만 결코 자고 오지는 않았다. 밤차를 타고 내려갔다가 하루를 보내고 다시 밤차를 타고 올라왔다. 두 번 다시 그 힘들었던 밤을 경험하고 싶지도 않았지만 다시 한방에 같이 눕게 된다면 그 어떤 것도 장담할 수 없을 것만 같았다. 지금 자신을 추스르기도 바쁜 은서에게 섣불리 자신의 감정을 보여 더 힘들게 하고 싶지 않았다. 충분한 시간을 주고 싶었다.

목포발 서울행 열차가 도착했음을 알리는 안내 방송이 흘러나왔다. 신후는 은서를 놓칠세라 쏟아져 나오는 사람들에게 시선을 고정시켰다. 은서가 보였다. 청바지에 니트를 걸친 은서가 큰 여행용 가방을 끌면서 나오고 있었다. 두 사람의 눈이 마주쳤다. 은서가 미소 짓고 있었다. 신후는 생각할 새도 없이 은서에게 달려가 품에 안았다. 다른 사람들의 시선 같은 건 눈에 보이지도 않았다. 큰 여행용 가방을 보고 은서가 다시 서울로 돌아오기로 결정한 것임을 안 순간 그 기쁨이 너무 커 다른 걸 생각할 겨를이 없었다. 아주 오래된 연인들의 재회처럼 뜨거운 포옹을 하고 있는 그들에게 쏟아지는 따가운 시선을 한참 후에야 느끼고서 은서를 살며시 품에서 풀어주며 가방을 챙겨 들었다. 신후의 안면엔 웃음이 가득했다.

"이모는?"

"지금쯤 제주도에서 친구들이랑 신이 나 있겠지 뭐."

"그럼, 재미있게 놀다 오셔야지. 얼마 만에 가시는 여행인데."

"가자."

다시 찾은 집, 하나도 변하지 않은 그녀의 방. 결혼 전 모습 그대로 그녀를 반겼다. 참 많이 변했다고 생각했는데 변함없이 그녀를 기다리고 있는 방을 보려니 가슴이 뭉클했다. 항상 그 자리에 존재했던 것처럼 그녀를 반기고 있는 그녀의 물건들을 손으로 만져 보며 감회가 새로웠다.

"나가자."

"어딜?"

눈을 크게 뜬 채 묻는 은서를 보고 신후가 윙크를 했다.

"오늘 같은 날은 술 한잔해야지. 오빠가 근사한 데로 모시마."

"허, 학생이 무슨 돈이 있다구?"

"너 모르는구나, 이 몸이 그래도 잘 나가는 건축학도라는 걸. 빨리 나와."

으스대는 듯한 신후의 모습에 은서는 피식 웃었다.

"알았어. 졸병이 모신다는데 가서 마셔줘야지."

"어휴, 쪼만한 게 입만 살아가지고. 오늘은 특별한 날이니까 내가 봐준다."

어렸을 때처럼 자연스럽게 은서의 머리를 흩뜨려 놓는 신후다.

"근데 알바해?"

"알바? 글쎄, 알바라고 해야 하나. 선배 하는 일 좀 돕고 있어."

"돕는 정도가 아닌가 본데? 네가 큰소리치는 것 보니까."

"그럼, 당근으로 요직을 맡고 있지."

여전히 기가 죽지 않고 어깨에 힘을 주는 신후를 보며 고향에 돌아온 것 같은 기분이었다.

"공부하기도 벅찰 텐데 괜찮아?"

"하하, 걱정 마라. 남아도는 거라고는 체력밖에 없으니까."

신후는 제대를 하고 대학원에 다니고 있었다. 건축가였던 아버지의 뒤를 따라 그도 같은 길을 걷고 있었다. 진학 당시 경진의 반대에 부딪치기도 했지만 끝내 뜻을 굽히지 않은 신후였다. 그가 아버지 이야기 하는 걸 은서는 한 번도 보지 못했다. 여섯 살 무렵부터 여름과 겨울이면 그녀의 집에 맡겨지던 신후, 그 사연에 대해서는 은서도 잘 알지 못한다. 어려서는 그다지 궁금하지 않았고 조금 머리가 컸을 때쯤 부모님이 나누시는 이야기를 우연히 듣게 되면서 신후에게 아버지의 이야기를 묻지 않게 되었다.

강남의 거리는 젊은이들로 넘쳐 났다. 낮보다 밤이 더 활기차고 살아 움직이는 것 같은 생동감이 느껴지는 이 거리를 얼마만에 찾는 것인지 모른다. 결혼과 함께 멀어졌던 자신의 생활, 역동감이 넘치는 사람들 속에 흠뻑 빠져 보고 싶은 욕구가 치솟

앉다. 신후는 너무 자연스럽다. 그들 속에 거리낌없이 하나의 개체가 되어 흐름을 만드는데 오랜만에 발걸음 한 그녀는 어색하고 동떨어진 기분 또한 들었다. 그러나 도시에서 뿜어져 나오는 열기를 들이키며 신후의 손에 자신의 손을 맡겼다.

화려한 네온사인과 거리에 넘쳐 나는 음악 소리, 그리고 사람들에 한눈이 팔린 나머지 정작 신후가 어디로 데려가는지조차 알지 못했다. 낮처럼 휘황찬란한 거리에 정신이 팔려 있던 은서에게 갑자기 다가온 어둠은 눈을 멀게 했다. 아무것도 보이지 않는다는 생각뿐이었다. 그러나 신후에게 붙들린 손은 길을 안내하고 있었고 자리에 앉고 나서야 분위기 그윽한 칵테일 바라는 것을 알게 되었다. 어두운 조명과 낮게 깔린 재즈의 선율, 장막이 걷힌 것처럼 모든 게 선명하게 드러났다.

"어때?"

"흠, 좋은데? 근데 친구랑 오기는 좀 그렇지 않냐?"

실내를 연신 둘러보며 은서가 한 말이었다. 바를 차지한 대부분의 손님들이 쌍쌍의 커플들이었고, 앉아 있는 모양새 또한 왠지 야릇한 분위기를 연상케 했다.

"후후, 여긴 연인들의 장소 같지?"

"응. 너 가끔 여자 데리고 여기 오는구나!"

"내가 여자가 어디 있어? 너 말구."

눈을 빛내며 묻는 은서에게 신후는 정색을 하며 퉁명스럽게 대답했다.

"이신후, 입에 침이나 바르고 얘기해라. 네가 바람둥이라는 건 중학교 때부터 다 아는 사실인데 뭘?"

"그래, 말은 바로 하자. 너 내가 좋다고 따라다니는 여자 봤어? 여자들이 날 가만 안 놔뒀지. 난 일편단심 민들레야. 최은서 바라기지."

또다시 얼굴에 장난스러운 미소가 가득했다.

"어휴, 내가 미쳐. 어떻게 넌 하나도 안 변했니?"

"기분 좋지? 좋으면 좋다고 해. 이 오빠가 너한테 일편단심이라는데 말야."

"하하! 말이 안 나온다."

신후와 마주 보고 앉아 느긋하게 이야기를 나누고 있으려니 여러 가지 감정이 교차했다. 많은 시간이 흘렀는데도 변함없이 그녀의 곁을 지켜주는 신후. 참 많은 것을 잃었다고 생각했는데 잃지 않은 게 있다는 사실, 아주 소중한 것을 잃지 않았다는 생각에 몹시 흐뭇했다.

"너, 서울로 온 거지?"

은서가 고개를 끄덕인 후 머뭇거리며 말했다.

"응. 나…… 신후야, 다시 공부하려고 해."

"진짜? 잘 생각했어. 과외는 이 잘 나가는 고액 과외 선생이 특별히 해주마."

"하하하, 정말 못 말려. 너 군대 갔다 오더니 사람이 더 실없어진 것 같다."

오랜 고심 끝에 결정한 은서의 결심을 신후는 망설임없이 받아들이며 장난스럽게 도와주기까지 하겠다고 한다. 그의 약간 거만스러운 듯한 말투에 그녀가 놀리자 신후는 집게손가락으로 그녀의 이마를 콕콕 찔렀다.

"울보야, 다 너 때문이지. 나만 보면 우는데."

"내가 언제 울었다고 그래? 울보에 코 찔찔이는 너지."

"쳇, 호랑이 담배 피우던 시절에?"

신후와 은서는 내내 아웅다웅하면서 웃고 떠들었다. 과묵한 성격의 신후라는 걸 은서도 안다. 그런 그가 자꾸 오버하는 게 너무 웃겨서 웃음이 나왔다. 신후가 그러는 이유도 알고 있다. 그녀를 위해서라는 것도. 아, 다시 돌아와 기쁘다. 아주 오래전으로 되돌아간 듯한 기분이다. 미래를 꿈꾸고 젊음을 만끽하던 그때로 돌아간 것 같아 행복하다. 얼마나 그리웠던가.

얼굴을 맞대고 시간이 가는 줄도 모른 채 그들만의 이야기 속으로 빠져들고 있었다. 이야기는 무궁무진했다. 여섯 살 함께 보냈던 시골에서의 일부터 시작하여 그들이 함께한 시간들은 참 길기도 했다.

술잔을 바라보고 있는 혁은 신경질적으로 테이블을 손가락으로 두드렸다. 이번도 예외는 아니었다. 약속 시간이 30분이 지났는데도 수연은 나타나지 않고 있다. 이젠 이런 기다림도 지쳐가고 있었다. 오늘같이 바쁜 일을 뒤로 미루면서까지 약속 시간에 맞춰온 그에게 연락도 없이 마냥 사람을 기다리게 하는 일, 혁은 짜증이 나다 못해 울화가 치밀었다.

은서가 떠나면 은서가 떠나는 것으로 모든 게 해결될 줄 알았다. 그녀만 사라져 준다면 수연과 못다 한 사랑을 이룰 것이라고 생각했는데, 그에게 실망했기에 수연이 마음을 잠시 닫은 것뿐이라고 생각했는데 우습게도 그것은 혼자만의 착각이었다. 이렇게 일방적으로 약속을 정하고, 연락도 없이 나타나지 않는 것이 반복되는 수연의 행동에 혁은 지쳐 갔다. 아니, 그가 알아왔던 여리고 착하기만 한 수연이가 맞는 건지 의심하고 있었다. 감히 혁을 불러놓고 바람맞힐 수 있는 여자는 수연뿐이었다.

그의 약점, 한수연. 그녀에 대해 모든 것을 알고 있다고 생각했는데 요즘은 그가 그녀에 대해 아는 것이 무엇인지 의심스러웠다. 그가 알고 있는 수연은 사람과의 약속을 함부로 취급하지 않고, 어쩔 수 없는 상황으로 늦을 때면 미안해서 쩔쩔매는 여자여야 했다. 무엇보다 타인을 배려하는 여자여야 했다. 바쁘다고 말하는 그를 이해하고 특별한 일이 아니면 뒤로 미룰 줄 아는 현명한 여자여야 했다. 그러나 수연은 그가 필요할 때면 시간과 장소를 불문하고 세상에 오직 그밖에 없는 양 불러내고 그렇지 않을 때는 일주일이고 한 달이고 연락이 없었다. 오늘처럼 일방적으로 만나자고 우겨서 나오면 바람맞히는 것도 다반사였다. 은서가 떠나기만 하면 행복은 거저 쥐어질 줄 알았는데 3년 전이나 후나 그가 행복하지 않음은 여전하다.

수연의 귀국과 함께 현진과의 만남도 끝이라고 생각했는데 오히려 만나는 횟수가 더 잦아졌다. 은서가 떠나고 한동안 발을 끊었다가 수연의 제멋대로인 행동에 화가 난 현진을 찾아갔었다. 무엇인가 잘못되고 있는 것은 분명한데 그 원인을 찾을 수 없었다. 다만 그렇게라도 자신을 풀어내지 않으면 견딜 수 없을 것 같았다.

"어? 자기가 웬일이야? 이젠 아예 발길 끊은 줄 알았는데?"

"나, 하룻밤만 재워주라."

"허, 정말 마누라가 떠나긴 떠난 건가 보네. 여기 와도 잠은 한 번도 안 자고 가더니 재워달라고를 하고?"

그러면서 현진은 그를 잡아당겼다. 하늘하늘한 잠옷은 밀려 현진의 풍만한 가슴을 드러냈고, 그는 자신을 괴롭히는 정체 불명의 감정을 털어내 버리려는 듯 다급하게 그녀에게 달려들었다.

거친 호흡과 신음 소리가 잔잔해질 때쯤 현진이 일어나 침대 옆 테이블 위에 놓여 있는 담배를 물었다.

"뭐가 문제야, 그 끔찍한 마누라도 떠났는데? 왜, 터무니없이 원해?"

"아니."

그는 누워 천장만을 바라보고 있을 뿐이었다.

"그럼 뭐가 문제야? 자기가 열렬히 사랑하는 여자도 돌아왔다며?"

"둘 다."

"둘 다라, 그럼 돈 뜯어내려고 하는 건 아닌 것 같고. 왜, 이혼은 안 해주겠대?"

현진이 고개를 갸웃거리며 누워 있는 그를 돌아보았다.

"아니, 원하는 게 없어. 그게 마음에 걸려."

"후, 그 여자 자긴 정말 사랑했네."

"뭐?"

놀란 듯 짧은 말을 내뱉었지만 곧바로 긴 한숨이 나왔다.

"아마도 자기 와이프가 원했던 건 자기 마음이었을걸. 그러니 원하는 게 없지."

왠지 듣지 말아야 할 소리를 들은 것만 같았다. 그도 알고 있었다, 은서가 그를 사랑한다는 것을. 수연과 약혼했다는 것을 누구보다 잘 아는 은서가 잠들어 있는 그의 침대에 들어온 것은 사랑이라는 이유 말고 답이 없었다. 그러나 그는 은서의 사랑을 순수하게 받아들일 수가 없었다. 그녀의 지나친 욕심이었다. 그런 식으로 남의 것을 탐해서는 안 되는 것이었다. 아무리 당신을 사랑했기에라는 변명을 늘어놓아도 안 되는 것은 안 되는 거였다. 절친한 친구의 약혼자였다. 그가 내내 기다려 오던 사람이었다. 마침내 기다림의 끝을 목전에 두고 있었는데 사랑이라는 이름으로 그의 계획들을 헝클어 버린 은서를 용서할 수 없었다. 그녀에게 수연의 친구로서 가졌던 순수한 마음마저 잃어버렸다. 쾌활하고 밝은 아이, 사람을 유쾌하게 만드는 아이, 같이 있으면 생동감이 느껴지던 은서에 대한 감정은 그날 아침 그에게 키스하려고 다가오던 그녀를 보는 순간 다 잊었다.

"그럼 또 하나는? 왜, 자기가 싫대?"

"아니, 애매모호한 태도를 취해. 나를 좋아하는 것 같다가도 아닌 것 같고."

그답지 않게 자신없는 듯한 말투였다.

"자기 웃긴다. 뭘 망설여? 물어보면 되지."

"물어봤어. 시간을 달래."

그가 돌아누웠다.

"내 솔직한 의견이 궁금해? 음, 자기 전처는 자기를 정말 사랑했고, 돌아온 여자는 자길 좋아하지만 사랑하지는 않는 것 같아. 어때? 명쾌하지?"

수연을 기다리는 지루한 시간 동안 혁은 그날 현진과의 대화가 떠올랐다. 은서, 그의 인생에서 깨끗이 지워질 여자라고 생각했는데 수연에게 화가 나고 실망할 때면 왜 그녀가 생각나는지 알 수 없다. 한 번쯤은 만나고 싶었다. 그의 인생을 엉망으로 만들기는 했지만 그렇게 빈손으로 떠나 버리자 조금은 빚진 기분이 들었다.

이미 포기했는데도 문이 열릴 때마다 시선은 그쪽을 향한다. 한 남자가 여자의 손을 잡고 들어오고 있었다. 처음 오는 것처럼 두리번거리는 여자와 그런 여자를 재미있다는 듯 손을 끄는 남자, 어두운 조명이 익숙지 않은 듯 눈을 깜박이던 여자가 어느덧 흥미로운 시선을 하고 실내를 둘러보았다. 눈이 마주쳤다고 생각했다. 그러나 여자는 못 본 듯 시선을 앞에 앉아 있는 남자에게로 돌렸다.

바에 들어서는 남자와 여자를 본 순간 혁을 감싸던 지루함은 자취를 감추고 없었다. 숨 쉬는 것조차 잊을 만큼 신경들이 긴장하기 시작했고 그의 시선은 두 사람을 벗어나지 못했다. 분명 신후와 은서였다. 흔적도 없이 떠나 버렸던 은서가 웃는 얼굴을 하고 신후와 함께 이 현진의 가게를 찾은 것이다. 얼마든지 찾고자 했다면 찾을 수 있었다. 신후를 찾아가면 알 수 있을 것이라 짐작하고 있었다. 그러나 혁은 그러지 않았다. 찾아야 할 이유가 없었으므로. 그런데 신후와 웃으면서 이야기를 나누고 있는 은서를 보며 술잔을 쥔 손에 힘이 갔다. 그가 잊었던, 그와 함께하는 동안 결코 볼 수 없었던 미소와 특이한 웃음소리에 그의 눈은 굳어졌다. 머리를 맞대고 소곤소곤 속삭이는 웅성거림이 그의 신경을 자극했다. 끊임없이 조잘대며 터지는 웃음을 쏟아내는 은서는 행복해 보였다. 그녀의 눈빛엔 생기가 가득했다. 호기심 가득한 얼굴로 남자의 말에 귀 기울이고 있는 모습이 무척 귀여웠다. 그녀는 이십 대 후반이라고 믿어지지 않을 만큼 어려 보였고 생동감이 느껴졌다. 갓 고등학교를 졸업한 새내기처럼 풋풋함이 그녀를 감싸고 있었다. 그녀와 그에게 주어진 시간은 똑같았을 텐데 행복해 보이는 그녀, 그렇지 못한 자신. 씁쓸했다. 정작 행복해져야 할 사람은 그였는데, 어디서부터 잘못된 것일까? 혁은 그들에게서 시선을 떼지 못한 채 스스로에게 물었다. 그러나 어떤 대답도 찾을 수 없었다. 신후와 은서의 소곤거림은 지칠 줄 모르고 계속되었다.

수연은 나타나지 않을 듯했다. 신후와 은서가 현진의 바(bar)로 들어오고 나서도 한참의 시간이 흘렀건만 수연의 모습은 보이지 않았다. 현진이 다가왔다.

"자기, 오늘도 바람맞는가 보다. 후후."

"후. 그래서 고소해?"

"자기, 전혀 자기답지 않은 것 알지? 내가 보기에 수연 씬 자기한테 관심없다."

분명히 아니라고 부인할 줄 알았는데 대꾸가 없었다. 혁의 시선을 따라 고개를 돌리니 한쪽 테이블에 젊은 연인들이 앉아 있다. 그는 그의 옆에 그녀가 앉아 있다는 것도 잊은 채 온 신경을 그 연인들에게 향하고 있는 것처럼 보였다.

"왜, 부러워? 예쁘다, 쟤네들."

"……"

"술장사 8년 만에 사람 좀 볼 수 있게 됐지. 쟤네들 막 사랑을 시작하는 사이야. 너무 귀엽지 않니? 남자 잘생겼네, 여자는 깜찍하고. 어머, 저 남자가 여자 바라보는 눈 봤어?"

"아니."

혁의 퉁명스러운 대답을 의식하지 못한 듯 현진은 계속해서 조잘거렸다.

"자기는 그래서 안 돼. 자기는 방금 사랑이 가득 담긴 남자의 눈을 놓친 거야. 저 여자는 좋겠다. 우리 합석하자고 해볼까?"

"됐어."

현진은 질릴 정도로 딱딱한 그의 음성에 그제야 흠칫 놀라며 그 젊은 연인들로부터 시선을 돌려 혁을 봤다. 그의 눈빛은 여전히 그 젊은 남녀에게 향해 있었지만 표정은 확실히 달랐다. 뭔가 있는 게 분명했다.

"뭐야? 아는 사람들이야? 그래? 그럼 더 잘됐네. 우리 가게에 처음 온 손님들인데 내가 서비스도 할 겸 합석하자."

"내 전처야."

현진의 눈은 휘둥그레지며 다시 젊은 연인들에게로 시선을 돌렸다. 그녀의 얼굴에 묘한 미소가 걸렸다.

"오호? 내 보기엔 수연 씨보다 훨 나은데? 도대체 수연 씨가 어디가 그렇게 좋아 잘난 자기가 이렇게 매어 있는지 이해가 안 된다."

신후와 은서가 일어섰다. 너무 웃은 탓인지 은서의 얼굴은 약간 붉게 달아올라 있었고, 그런 그녀가 사랑스럽다는 듯이 자연스럽게 허리에 팔을 두르는 신후가 보였다. 혁은 자신도 모르게 일어서서 카운터를 향해 걸어가고 있는 그들을 향해 발걸음을 옮겼다.

허리에 둘러진 신후의 팔이 싫지 않았다. 보호받는 듯한 느낌, 참 오랜만에 느껴보는 감정이기에 밀어내지 않았다. 계산하는 신후 옆에서 발 앞꿈치로 바닥을 톡톡 치며 발장난을 하던 그녀는 뒤에서 들려오는 굵은 남자의 목소리에 순간 동작을 멈췄다. 나른하게 늘어져 있던 몸이 갑자기 등장한 목소리에 반응하며 바짝 긴장하는 것이 느껴질 정도였다. 3년 만이다. 3년이 지난 지금에도 은서는 그 굵은 저음의 목소리만으로 주인을 알 수 있었다. 아주 담담할 수 있을 것이라고 생각했는데 예기치 못한 만남은 그녀를 당황하게 했다. 죄지은 것도 없는데 긴장된 몸과 놀란 심장은 걷잡을 수 없이 뛰었다.

"오랜만이다."

신후도 알았는지 그녀의 허리에 두른 팔에 힘이 들어가고 있었다. 천천히 뒤돌아선 신후와 은서 앞에 여전히 강한 남성미가 물씬 넘치는 혁이 서 있었다. 세 사람을 둘러싼 공기는 너무 무거워 바닥에 가라앉아 버렸는지 숨 쉬기조차 곤란할 정도로 답답했다. 그들이 내뿜는 날이 선 침묵은 금방이라도 무너질 도미노처럼 위태해 보였다. 한동안 서로 말없이 날카로운 시선을 마주 보던 중 신후가 먼저 말문을 열었다.

"오랜만이야, 형."

"그래."

짧은 대답과 함께 시선은 은서를 향했다.

"나랑 할 얘기가 남아 있지 않아?"

은서는 혁의 시선이 그녀의 얼굴에서 허리에 놓여 있는 신후의 손으로 향하는 것을 느꼈다. 허리에 놓인 신후의 손에 더 힘이 들어갔다.

"전⋯⋯."

"어머, 혁이 씨 친구 분들이세요?"

은서가 막 입을 열려는 순간 한 여자가 다가와 그들의 어색한 만남에 동참했다. 화장이 조금 진한 게 흠이었지만 어느 공간에서라도 단연코 돋보일 아름다운 얼굴, 육감적인 몸매의 여자가 다가와 반갑게 아는 척을 하며 살짝 혁의 팔에 자신의 손을 넣어 팔짱을 끼었다. 현진의 환대에도 불구하고 누구도 그녀의 출현을 반기는 사람은 없었다. 혁은 은서의 대답을 기다리는 듯 계속해서 은서를 바라보았고 그런 혁을 못마땅한 눈으로 신후는 주시하고 있었다.

"전 오빠한테 할 얘기가 남아 있지 않은데요."

"아이 참, 그러지 말고 우리 저쪽으로 가요. 제가 한잔 대접할게요. 우리 가게 처음 오신 것도 기념하고, 오랜만에 만난 사이들 같은데."

현진은 세 사람의 모습이 다소 흥미로운 듯 지켜보며 혁과 팔짱을 끼었던 손을 풀고 은서에게 다가와 그녀의 손목을 끌었다. 현진이 그녀에게 가까이 다가오는 순간 은서는 3년이나 지난 시간에도 불구하고 코끝에서 느껴지는 그녀의 향을 기억하고 말았다. 혁이 늦는 날이면 그의 옷에서 느껴지던 다른 여자의 향수, 그 향이 후각을 자극하자 다 잊었다고, 이제는 미련도 아픔도 다 털어버리고 그저 좀 알았던 남남으로 대할 수 있으리라 생각했던 게 착각이었다는 사실을 절실히 느끼고 말았다. 잊었다고 생각했던 기억들은 너무도 선명하게 떠올랐다. 하물며 가끔 느껴야 했던 여자의 향수까지 기억하다니. 하나도 잊지 않았다. 혁과 보낸 시간들이 어떠했었는지 너무도 선명하게 떠올라 진저리처질 정도였다.

혁과의 우연한 만남으로 긴장했던 은서에게 분노라는 감정이 똬리를 틀고 있었다. 그녀의 인생에서 지워 버리고 싶은 시간, 그 시간을 확인시켜 주는 사람들과 얼굴을 마주하고 이야기를 나누고 싶은 생각은 추호도 없었다. 은서는 그녀의 손목을 끄는 현진의 팔을 쳐냈다. 현진의 눈이 놀란 듯이 커졌지만 무시하고 허리에 둘러진 신후의 팔을 풀어 손과 손을 맞잡았다.

"그만 가자."

"응."

모르는 사람인 양 앞에 서 있는 혁과 현진에게는 눈인사도 하지 않은 채 바를 나왔다. 그들의 유쾌하던 기분은 혁과의 재회로 엉망이 되고 말았다.

은서가 서울로 올라오며 그토록 불안했던 이유는 혁과의 재회였다. 그를 다시 만나게 되면 다 잊었다고 생각했던 감정들이 다시 일어나서 그녀를 괴롭히는 게 아닌가 두려웠었다. 오늘 막

상경한 날, 맞닥뜨리라고는 생각도 못했지만 그녀의 불안감은 기우였다. 물론 처음 그의 음성에 당황하고 긴장했지만 그를 향한 마음이 아프거나 아련한 감정은 생기지 않았다. 잊고 싶은 과거에 지나지 않는 듯했다. 그의 옆에 선 현진을 보며 그때로 두 번 다시 돌아가고 싶지 않음을 깨달았다. 다시는 경험하고 싶지 않은 비참함과 아픔. 될 수 있는 대로 멀리, 아주 멀리 떨어지고 싶었다.

신후는 은서와 손을 맞잡고 걸으며 생각이 많았다. 혁의 음성에 바로 반응하던 은서의 몸, 허리에 두른 팔로 인해 선명히 느낄 수 있었다. 혁의 목소리는 그 역시 단번에 알아들을 수 있었다. 그러나 긴장하는 은서의 모습은 유쾌하지 않았다. 은서가 혁을 만나도 모르는 타인처럼 담담하기를 바라는 게 무리한 욕심이었을까? 은서를 바라보던 혁의 눈빛도 불쾌했다. 이미 과거가 된 여자를 바라보는 시선이 아니었다. 실체를 감춘 미련이라는 감정이 끈적이는 것처럼 느껴져 그를 더 불안하게 했다.

묵묵히 고개를 숙인 채 걷고 있는 은서를 바라보며 그녀의 손을 쥔 손에 힘을 줬다. 은서가 고개를 들어 신후를 올려다봤다.

"괜찮아?"

"응. 사실은 많이 당황했어."

"미안하다. 하필이면 오늘 같은 날 저런 곳에 데려와서."

"후, 괜찮아. 언젠가는 만날 사람이었어. 매도 먼저 맞는 매가 낫다잖니?"

"은서야, 너 아직도 혁이 형한테……."

"신후야, 그런 것 아니니까 걱정하지 마. 갑자기 만나서 놀라고 당황했을 뿐이지, 네가 우려하는 그런 감정은 아니니까 걱정하지 마."

은서의 목소리는 차가웠다. 타인을 이야기하면서 그렇게 냉소적으로 말하는 건 신후로서는 처음 보는 일이었다. 혁에 대한 은서의 차가움을 다행이라고 생각해야 하는지, 염려해야 하는지 그의 마음은 심란하기만 했다.

"와, 예쁘다."

은서는 신후의 마음을 아는지 모르는지 노점상들이 팔고 있는 액세서리를 보고는 감탄사를 내뱉으며 신후의 손을 그쪽으로 이끌었다. 이미 혁과의 만남을 다 잊은 것처럼 그녀의 목소리는 들떠 있었고 눈은 분주하게 액세서리 위를 맴돌았다. 젊은 노점상 주인과 흥정까지 해가면서 깔깔 웃어대는 은서를 신후는 조용히 지켜볼 뿐이었다.

"남자 친구 뭐 해요? 여자 친구 하나 사줘야지."

말없이 지켜보고 있는 신후에게 노점상 주인은 넌지시 살 것을 종용했다. 신후는 연인 사이로 보는 듯한 주인의 눈길에 다소 기분이 나아졌다.

"맘에 드는 것 있어?"

"음."

갑자기 은서가 까치발을 하고 그의 귀에 입술을 가까이 가져

왔다. 생각지 못한 그녀의 행동에 생각은 저 멀리 달아나고 몸이 먼저 반응했다. 쿵쾅거리는 가슴과 몸에서는 따끔거리는 열기가 번졌다. 귓가에 느껴지는 가냘픈 숨소리에 은서의 상큼한 비누 향이 전해져 왔다.

"지금 아이쇼핑 중이야."

한마디를 남기고 바로 그에게서 멀어져 갔다. 귓속말을 하기 위해 다가온 것뿐인데 주책맞은 몸은 미리서부터 흥분했던 것이다. 괜히 창피했다.

"가자. 너무 늦었어."

뭉그적거리고 있는 은서의 손을 잡아끌었다. 마지못한 듯 신후의 손에 끌려오는 은서였다.

"맘에도 안 들면서 뭐 하러 히히덕거리고 있어?"

"그럼 어떡해? 자꾸 말 걸고 농담하는데. 조명발에 눈에는 번쩍 뛰었는데 막상 사려니 맘에 드는 게 없잖아."

"내가 다음에 좋은 걸로 사줄게."

"신후야, 네 손 참 따뜻하다."

은서는 엉뚱한 대답을 했다. 그러나 그 엉뚱한 대답으로 인해 혁과의 만남으로 불편했던 마음이 십 리 밖으로 사라졌다. 맞잡은 손과 적당히 뛰는 가슴. 그들은 다시 기분 좋은 밤으로 돌아와 있었다.

"우리 또 놀이터 갈까?"

신후의 제안에 은서의 얼굴이 약간 붉어져 보이는 것은 그만의 착각일까?

"저…… 신후야, 그때는…….”

결코 착각이 아니었다. 은서는 분명 그때 그와 나누었던 키스를 생각하고 있는 게 분명했다. 은서도 잊지 않고 있었다. 기분 좋은 설렘과 은서의 입에서 나올 말에 대한 두려움이라는 상반된 감정이 그 안에서 싸우고 있었다. 그러나 말을 잇지 못하고 망설이는 은서를 보는 순간 그는 은서의 말을 더 듣고 싶지 않았다. 그녀가 할 말이 어떤 말일지 듣지 않아도 알 것 같았기 때문이다.

"내 키스 끝내줬지?”

"뭐? 야, 이신후. 그러니까, 그러니까 그 키스는…….”

"언제든 말만 해. 기꺼이 무료 봉사할 테니까.”

"야! 보자 보자 하니까 이신후, 이 나쁜 놈아! 그게 내 첫키스였단 말이야.”

망설이던 은서의 모습은 자취를 감추고 신후의 말에 흥분한 나머지 큰 소리가 튀어나왔다. 그걸 기다렸다는 듯이 신후는 웃음을 터뜨렸다.

"하하하. 알아, 바보야.”

"알아? 그러니까 알면서 지금 나 놀린 거야?”

신후는 대답은 않고 배시시 웃기만 했다. 그러면 그럴수록 더 열이 받을 은서라는 것을 모르는 것도 아니면서 약 올리듯이 웃고만 있었다.

"이씨, 이 나쁜 놈. 이 손 놔!"

신후와 맞잡은 손을 떼어내려 했지만 불가능했다. 뿌리치려 하면 할수록 그녀와 맞잡은 신후의 손에 힘만 더해졌다. 손이 얼얼할 정도로 꽉 잡힌 손이다. 노려보는 은서를 향한 신후의 얼굴에 가득한 미소가 사라질 줄 몰랐다.

"은서야, 너 나한테 시집와라."

"헉! 정말 내가 미쳐. 나 결혼이라면 지긋지긋하다. 그리고 친구랑 결혼하는 사람도 있니?"

생뚱맞다는 얼굴을 하고 대수롭지 않게 말하는 은서였다.

"그럼 키스하는 친구 사이도 있냐?"

"그건…… 그건…… 뭐야? 그럼 우리, 친구 사이가 아니라는 거야?"

"그럼 당연하지. 친구 관계를 넘어선 연인 사이니까."

신후의 눈빛이 장난스럽지만은 않다는 것을 은서도 모르지 않았다. 그러나 농담으로 받아들였다.

"어휴, 내가 무슨 말을 못해. 관두자, 관둬. 한 번만 더 이상한 소리 해봐. 이모한테 다 일러 버린다."

한동안 서로 말씨름을 하다 보니 어느새 집 앞에 와 있었다. 들어가려는 은서를 신후가 붙잡았다.

"왜?"

"나, 너랑 키스하고 싶어. 너랑 키스한 지 너무 오래되어서 다 잊어먹겠어."

"정말 매를 번다. 너 들어오지 마."

잡힌 팔을 뿌리치며 잽싸게 집 안으로 들어가 버리는 은서의
볼은 달아올라 있었다. 그런 은서를 바라보는 신후의 얼굴엔 살
포시 미소가 스며들었다.

혁에게 있어 은서의 차가운 눈빛은 전혀 예상치 못한 결과였
다. 결코 사이가 좋을 리 만무했건만 왜 은서의 차가운 시선이
당혹스러운지 그로서도 이해 안 되는 감정이다. 그의 냉대와 무
시에도 한결같은 모습으로 자신만을 바라보던 그녀를 기억하던
그에게, 그가 전혀 반갑지 않은 듯한 태도를 취하는 은서의 모
습은 낯설었다. 그 낯설음만큼 그 안에 정체를 알 수 없는 감정
이 크게 일렁이고 있었다.

할 얘기가 남아 있지 않다며 더 이상 같은 자리에 있는 것도
싫은 듯 인사도 하지 않고 급하게 신후의 손을 잡고 밖으로 나
가는 그녀의 모습은 문이 닫히고도 잊혀지지 않았다. 그녀가 사
라진 문을 한동안 멍하니 바라보고 서 있던 혁은 낮게 깔린 현
진의 웃음에 못마땅한 표정을 지으며 고개를 돌렸다.

"왜? 지금 비웃는 거야?"

"자기 지금 표정이 어떤지 알아? 굉장히 충격받은 얼굴이야."

"후."

바람 빠지듯 내뱉는 한숨 소리는 무겁고 길었다.

"이거 미안해서 어떡하지? 난 분위기가 너무 썰렁한 것 같아

서 풀어주려고 끼어든 건데 결과적으로 내가 망쳤으니 자기한 테 미안하다. 그치만 자기 전처 난 마음에 든다."

"왜 누님이 망쳤다고 생각해?"

현진의 말을 이해 못하겠다는 듯 쳐다보는 혁이었다.

"정말 모르는 거야?"

현진은 고개를 설레설레 저으며 혁의 잔에 술을 채웠다.

"그 여자, 자기 전처 말야. 내가 누군지 알아."

"뭐?"

"후, 나라도 마주 보고 앉아 얘기 나누고 싶지 않을 거야. 남편의 정부랑 기분 좋게 앉아 술 마시고 싶은 여자 어디 있겠어? 엿 같은 기분이겠지? 자기 전처도 그랬을걸."

혁은 가슴이 철렁 내려앉는 것만 같았다. 이미 타인이 된 사이, 아무런 감정조차 남아 있지 않아야 하는 게 정상인데 그녀를 다시 만나고 나서부터 그의 가슴 안에는 심한 회오리바람이 불어 제자리에 있던 감정들을 들쑤셔 뒤죽박죽 뒤엉켜 놓고 있었다. 그로서는 한 번도 느껴보지 못했던 낯선 감정이 가슴 밑바닥으로부터 들고일어났다. 그녀의 허리에 둘러져 있던 신후의 팔, 그녀와 맞잡은 손. 그 두 사람은 그가 처음 알고 지냈던 때부터 항상 함께였다. 사촌이라며 연인처럼 늘 같이 붙어 다니던 사이, 그럼에도 단 한 번도 혁은 그들에게 특별한 감정 같은 걸 느껴본 적이 없었다. 그들이 같이 붙어 다니든 그렇지 않든 관심 밖이었으니까.

그러나 오늘, 그는 그녀의 허리에 둘러진 신후의 손에서 눈을 뗄 수가 없었다. 몹시 불쾌했다. 너무나 자연스럽게 그녀의 허리를 감싸고 자신의 여자인 양 날카롭게 그를 바라보는 신후가 더 이상 그저 수연의 친구로, 잘 알고 지내는 동생쯤으로 보이지 않았다. 한 여자를 사이에 둔 남자로밖에. 그 안에서 이는 솔직한 기분은 당장이라도 그녀의 허리에 올려진 손을 치우고 싶었다.

술잔을 들려던 손이 멈칫했다. 헉, 뒤통수를 한 대 세게 얻어맞은 것만 같다. 도대체 이 감정의 실체는 무엇이란 말인가. 그는 급하게 술잔을 비웠다. 깊은 상념 속으로 빠진 듯 말이 없던 그가 무엇에 놀란 것처럼 급하게 술잔을 비우자 현진은 다시 술을 채웠다.

"자기 얼굴에 뭐라고 써 있는 줄 알아?"

"……"

"나 아직 미련이 남아 있소."

"……"

묵묵히 술만 마시고 있는 혁에게 현진은 계속해서 혼자 묻고 답하기를 반복했다.

"자기 기억해, 나랑 같이 보내고도 집에는 항상 들어가던 것? 자기는 아니라고 하겠지만 자기는 자기가 말하고 생각하는 만큼 그녀를 싫어하지 않았어."

"그만 해."

"난 자기가 행복해졌으면 좋겠어."

현진의 눈동자는 안타까움을 담고 있었다.

"그래서 아직까지 붙어 있나 보죠?"

언제 왔는지 수연이가 그들에게 다가와 비웃음을 가득 머금고 현진을 내려다보고 있었다. 수연의 눈은 현진을 향한 경멸을 숨기지 않았다. 그런 수연을 향해 현진도 넌지시 조소를 보내며 일어섰다.

"자기 마나님 오셨네. 난 이만 사라져야겠지. 수연 씨, 혁이가 기분이 별로 안 좋아."

"신경 끄세요."

수연은 매몰차게 현진을 밀어내며 혁의 옆 자리에 앉았다.

"오빠, 아직도 저런 늙은 여자를 만나요?!"

"먼저 늦어서 미안하다는 사과부터 해야 하는 것 아냐?"

그답지 않게 날이 선 말이 나왔다. 혁의 날카로운 말에 당황한 표정을 짓던 수연은 언제 그랬나 싶을 정도의 화사한 미소를 지으며 애교 섞인 목소리로 말했다.

"아이, 오빠, 차가 얼마나 막히던지. 오빠도 알잖아, 이 동네가 차 많이 막힌다는 것. 그러니까 다른 곳에서 만나자니까 오빠가 계속 여기를 주장했잖아. 다 오빠 책임이야. 저 여자 때문에 여기서 만나자고 한 거지?"

애교 섞인 목소리에는 어느새 투정이 섞여 있었다. 여전히 못마땅한 듯 다른 손님과 이야기를 나누고 있는 현진을 힐끔거렸다. 한때는 수연의 이런 태도가 현진에 대한 질투일 것이라고 생각한 적도 있었다. 또한 자랑할 만한 관계도 아니었기에 현진의 가게를 피하기도 했다. 그러나 수연이가 약속을 펑크 내는 일이 잦아지면서 그는 약속 장소를 이쪽으로 정하게 되었다. 적어도 수연이 나타나지 않아도 주위의 시선으로부터 불편을 느끼지 않아도 될 장소였으므로. 현진의 깐죽거리는 소리는 너무 익숙해 아무 문제가 되지 않았다. 왜 이렇게 짜증이 나는 건지 모르겠다. 뒤늦게라도 나타난 수연이가 고맙고 반가워야 할 텐데. 지금까지 그래 왔는데. 그런데 오늘은 전혀 반갑지가 않았다. 사과는커녕 핑계를 그에게 떠넘기는 수연의 태도가 인내의 한계를 느끼게 했다. 오늘 같은 날은 좋은 소리가 입에서 나오지 않을 것 같다. 분명히 너무 일상이 되어버린 수연을 모르는 것도 아니면서 참을 수 없는 짜증이 치솟는 이유는 분명 좀 전에 만난 은서 때문이었다.

"왜 보자고 했어?"

"어? 오늘 오빠 이상하다. 오빠가 보고 싶어서 보자고 한 건데."

"그래? 근데 이만 일어나야겠다. 내가 좀 피곤해서."

"정말이야? 난 오늘 밤새 놀 준비 다 하고 나왔는데. 친구들이 사바나에서 기다리고 있어요."

"후, 너희들끼리 놀아라. 가자, 데려다 줄게."

그러면 그렇지. 목적이 있었다. 늘 수연은 이런 식이다. 지금까지 다 받아줬던 자신의 모습이 왜 이렇게 한심하게 느껴지는 건지, 그 긴 시간 동안 수연의 어떤 점을 바라보며 좋아했는지 의문스럽기만 하다. 여리고 착하다고만 생각했던 수연, 그가 보호해 줘야만 할 작은 새 같았다. 그리고 오로지 그녀만을 바라봤다. 그러나 지금 혁은 그녀의 지나칠 정도로 자기중심적인 모습에 지쳐 갔다. 어쩌면 정말 현진의 말이 옳은 건지도 모른다. 수연의 투정을 받아줄 기운도, 여력도 남아 있지 않았다. 은서가 차갑게 돌아서 가버린 이후, 그 안에 일고 있는 거친 감정의 반란은 그의 모든 기운을 갉아먹었다. 수연이 따라 나오는지 뒤도 돌아보지 않고 밖으로 나왔다.

대여섯 명의 중년 여자들이 올라나왔다. 시원시원함 웃음소리와 속사포 같은 수다가 뒤섞여 이똑을 집중시켰다. 하얀 빙거지 모자를 쓴 경진도 그 무리 속

6

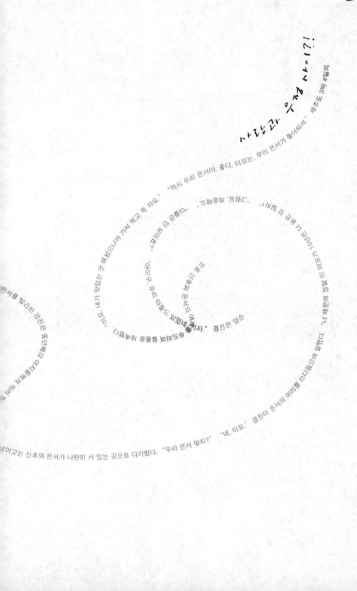

사랑과 우정 사이?!

제주도 3박 4일의

"역시 우리 은서야. 좋다. 이모는, 우리 은서가 돌아와서."

"그럼 됐어. 잘됐네." "그럼 오빠랑 잘 얘기 잘 됐지?"

"엄마 집 가면 먹고 싶은 거."

"아이야..."

"내가 맛있는 것 해줬으니까 가서 먹고 폭 자요."

"우리 은서 들어와 있었네."

"...맛있게 먹자." 경진은 양손

...이고는 신후와 은서가 나란히 서 있는 곳으로 다가왔다. "우리 은서 맞지?" "네, 이모." 경진이 은서의 머리를 쓰다듬으며 말했다.

"이모!"

대여섯 명의 중년 여자들이 몰려나왔다. 시원시원한 웃음소리와 속사포 같은 수다가 뒤섞여 이목을 집중시켰다. 하얀 벙거지 모자를 쓴 경진도 그 무리 속에 한 사람이었다. 은서를 발견한 경진은 동년배의 여자들에게 뭐라 말하며 손을 흔들어 보이고는 신후와 은서가 나란히 서 있는 곳으로 다가왔다.

"우리 은서 맞지?"

"네, 이모."

경진이 은서의 머리를 쓰다듬으며 말했다.

"너 때문에 정말 이 이모가 10년은 더 늙은 것 알지?"

"그럼요. 죄송해요."

"아들은 안 보이죠?"

"어이구, 우리 아들도 있었네. 가자."

경진은 양손으로 신후와 은서의 어깨를 두드리며 걸음을 재촉했다.

"이모, 내가 맛있는 것 해놨으니까 가서 먹고 푹 자요."

"역시 우리 은서야. 좋다, 이모는, 우리 은서가 돌아와서."

제주도 3박 4일의 여행에서 돌아온 경진은 다른 그 어느 때보다 활기가 넘쳐 보였다.

"은서 다시 공부 시작하기로 했어요."

"잘됐다. 늦었다고 생각할 필요 없어. 필요를 느끼고 하는 공부니까 더 잘할 수 있을 거야. 이 이모도 좀 늦게 시작했지만 지금 봐, 밥 먹고 잘살고 있잖아."

다시는 이런 날이 오지 않을 줄 알았는데, 은서는 행복했다. 경진의 팔에 팔짱을 끼고 총총히 공항 주차장으로 향하는 발걸음은 가벼워 날아갈 것만 같았다. 다시 가족을 찾은 것 같은 설렘은 이루 말할 수 없었다.

입시 학원에 등록했다. 아무리 둘러봐도 그녀보다 어린 사람은 보이지 않는 듯했다. 너무나 파릇파릇한 애들과 함께 책상 앞에 앉아 있자니 자신이 아주 늙은 사람인 것 같고, 자신에게도 분명히 저런 시기가 있었는데 무엇을 하며 보냈는지 그 시간들이 안타깝기만 했다.

　신후는 시간이 나는 대로 틈틈이 은서의 공부를 도왔다. 경진은 새로운 상가 건물에 입주 준비를 하느라 얼굴 보기조차 힘들 정도였다. 아침에는 은서와 신후가 먼저 사라지고 조금 늦게 나가는 경진은 밤이 늦어서야 귀가하곤 했다.

　"이리 옆에 와서 앉아봐."

　"됐어. 그냥 맞은편에 앉아서 가르쳐 줘."

　"그럼 혼자 연구해. 난 잠 좀 잘 테니까."

　분명히 학원 선생님이 설명할 때는 고개를 끄덕이며 이해를 했지만 막상 집에 와서 혼자 풀어보려니 꽉 막혀 해결책을 찾지 못했다. 풀리지 않는 문제 탓이겠지만 방 안이 답답하게 느껴져 결국 거실로 참고서와 노트를 들고 나왔다. 몇 분을 더 끙끙거리다 마침 들어오는 신후를 보고 반갑게 붙잡은 건데 이 녀석의 거드름이 하늘을 찔렀다. 한소리 해주고 싶어 입이 간질거렸지만 아쉬운 사람이 참는다고 수위를 낮춰서 신후에게 대꾸했다.

　"이신후, 너 정말 치사하게 굴래?"

　"알았어."

　그러더니 냉큼 은서의 옆으로 다가와 앉았다. 그리고 어이없어하는 은서를 못 본 것처럼 수학 참고서를 내려다보며 노트에 긁적이기 시작했다.

　"얼굴 닳아진다."

　"어휴, 그래서 아까워?"

책으로 향해 있던 시선을 은서에게 돌렸다. 너무 가까이 있었다. 금방이라도 부딪칠 것 같은 입술과 입술 사이가 채 한 뼘도 안 되는 것 같았다. 찌를 듯이 쳐다보는 신후의 시선에 그녀는 한마디 더 하려던 입을 다물었다. 그래야만 할 것 같았다. 단지 공부를 하기 위해 나란히 앉아 있던 상황이 묘하게 흘러갔다. 전혀 장난기없는 얼굴의 신후가 삼킬 듯이 그녀를 바라보고 있었고, 그녀는 그 강한 시선에 갇혀 꼼짝도 할 수 없었다. 거미줄에 걸린 곤충마냥 자신의 뜻대로 움직여지지 않는 몸이었다. 그러나 있는 힘을 다 짜내어 신후의 시선을 피했다.

"너, 왜 그래?"

전혀 그녀답지 않은 작고 불안한 목소리였다.

"너한테 아까운 건 하나도 없어. 하지만 네가 자꾸 그렇게 쳐다보면 공부보다는 다른 게 하고 싶어진다. 그러니까 책이나 봐."

"응."

은서는 빠르게 대답하고는 눈을 책으로 향했다. 그러나 이미 그들을 감싼 묘한 분위기는 좀처럼 사라지지 않았다. 수학 문제는 더 이상 눈에 들어오지 않았다. 적어도 끝까지 풀지는 못했지만, 어느 정도 문제의 방향까지는 이해했던 그녀였지만, 이상하게 시선은 신후가 적어 내려가는 공식들과 숫자가 아니라 그의 손이었다. 하얗고 가는 손, 따뜻했던 손만이 자꾸 은서의 시야를 가렸다.

"너, 듣고 있는 거야? 나중에 또 혼자 끙끙 앓지 말고 잘 봐."

"응."

그러나 아무리 집중하려 해도 은서의 눈에는 펜을 쥔 신후의 손밖에 보이지 않았다. 이 무슨 조화인가. 아무래도 너무 오랜 시간 동안 수학 문제 하나에 집중을 했나 보다. 은서는 눈을 감아버렸다.

한참 동안 문제를 풀어가던 신후는 너무 반응이 없는 은서를 향해 고개를 들었다. 그녀는 눈을 감고 있었다. 그녀의 피부는 뽀얀 편은 아니었다. 적당히 건강해 보이는 탄력있는 피부에 갸름한 얼굴, 큰 눈을 덮은 눈꺼풀 아래로 기다란 속눈썹, 달콤하기만 했던 입술이 무방비 상태로 노출되어 있었다. 립글로스조차 바르지 않은 입술이었지만 너무나 선명한 붉은빛을 발하는 게 그를 유혹했다. 어서 맛보라고 그를 부르는 것 같았다. 그녀가 눈을 뜨려는 듯 눈꺼풀이 떨리는 게 보였다. 더 이상 지체할 수가 없었다.

은서는 스스로도 믿을 수 없는 기이한 자신의 행동이 너무 피곤한 탓이라 돌렸다. 뒤늦게 공부를 한다는 것은 말만큼 쉽지도 않고 의욕만 넘쳐 막상 문제에 부딪칠 때면 어떻게 해서든 해결해 보려는 과도한 욕심이 그녀의 정신을 흐리게 한 것이라고 결론을 내렸다. 신후의 노골적인 농담들도 분명히 그녀를 헷갈리게 하는 데 한몫했을 것이다. 이젠 정말 그런 농담은 사양이라고 단단히 못을 박아야겠다 생각하며 눈을 뜨려는 순간 그녀의 입술에 부드러운 무언가가 부딪쳐 왔다.

　분명 또 다른 입술이었다. 조심스러운 듯 살며시 다가온 입술은 부드럽게 그녀의 입술을 핥고 갑작스런 촉감에 놀라 벌어진 입술과 입술 사이로 매끄러운 혀가 들어왔다. 눈을 떠야 하는데, 눈을 뜨고 지금 이 녀석을 밀어내야 하는데 은서는 감전으로 마비된 사람마냥 어떤 것도 할 수 없었다. 결코 신후의 얼굴을 봐서는 안 될 것처럼 감긴 눈은 더 꼭 감겨질 뿐이었다. 그녀의 입 안으로 들어선 신후의 혀는 속살들의 예민한 감각을 휘저었다. 단물이 줄줄 흐르는 과실을 맛보는 것처럼 그녀의 혀를 빨아 당기며 놓아주지 않았다. 자신도 모르는 사이 그녀의 입에서 거친 신음 소리가 흘러나왔다. 그것이 혀를 놓아주지 않아 느낀 아픔 때문이었는지, 갑자기 몰아치는 짜릿한 감각 때문이었는지 알 수 없지만 그 신음 소리는 신후를 더 뜨겁게 달아오르게 했다. 정말 달콤했다. 부드럽고 촉촉한 입술과 달콤해서 한입 가득 물고만 싶은 그녀의 혀에 취해 숨조차 쉬기 힘들었다.

　그의 한 손이 그녀의 셔츠 속으로 들어와 가슴을 어루만졌다. 딱딱한 브래지어 위를 배회하던 손이 거침없이 브래지어를 위로 말아 올리며 들어나는 맨가슴을 움켜쥐었다. 너무나 부드러우며 풍만한 감촉의 가슴과 딱딱하게 굳어 그의 손끝을 자극하는 유두로 인해 그의 몸이 떨려오기 시작했다. 화산 속의 마그마처럼 혈관 속의 피가 뜨거워져 분출하기 위해 몸부림쳤다. 그의 손길이 스칠 때마다 미세하게 떨리는 은서의 몸은 그를 더 흥분케 했다. 미칠 것만 같았다. 갖고 싶다. 가져야겠다. 못 참겠다. 그만 해야 한다. 아니, 조금만…… 조금만……. 상상도 할 수 없을 정도의 생각들이 그 안에서 갈등하고 있었다. 그래, 조금만…… 조금만…… 입술과 입술이 만나고 단 한 번도 보지 못했던 그녀의 가슴이 그의 시선 안으로 들어온 이상 여기서 물러날 수는 없었다.

그녀의 입술을 훔치던 그의 입술이 귓불로, 목으로 조금씩 움직이기 시작하자 은서는 정신을 차릴 수 없었다. 그녀로서 감당하기 힘든 아릿한 전율이 온몸을 통과하는 것처럼 느껴져 어떤 행동도 할 수 없었다. 자신의 입에서 흘러나오는 거친 숨소리와 신음조차도 들리지 않았다. 그만큼 그녀에게는 충격적이었다. 신후의 입술이 스칠 때마다 불을 지피듯 너무 뜨겁게 달구어지는 몸으로 인해 화상이라도 입을 것만 같았다. 도대체 내게 지금 무슨 일이 일어나고 있는 것일까?

"하아."

그녀의 가슴을 신후가 빨았다. 맛있는 사탕을 먹는 것처럼 살살 부드럽게 빨기 시작하여 마지막 남은 사탕은 잘근잘근 씹어 먹듯이 그녀의 젖가슴을 빨던 그는 유두를 살짝 깨물었다.

거실에서 탁자를 사이에 두고 공부를 하려던 그들은 지금 소파에서 서로의 몸을 탐하고 있었다. 소파 등받이에 그녀를 밀어붙이고 셔츠를 돌돌 말아 위로 올린 채 며칠 굶은 젖먹이마냥 은서의 가슴을 빨아댔다. 결코 누구와도 나누고 싶지 않은, 감히 어떤 녀석에게도 양보할 수 없는, 그의 영혼에 없어서는 안 될 양식과도 같았다. 자꾸만 더 욕심이 생겼다. 은서의 신음 소리는 이미 고개를 빳빳이 든 그의 것을 더 자극했다.

신후가 다시 한 번 그녀의 유두를 깨물자 은서는 가슴에서 느껴지는 통증 때문에 너무 놀라 신후와 자신이 지금 무엇을 하고 있는지 깨달았다. 정말 미쳤다. 제정신이 아닌 게 분명했다. 그와 그녀는 친구일 뿐이다. 결코 이래서는 안 되는 것이다. 그녀는 지금까지 아무 용도로도 쓰이지 않은 채 내팽개쳐져 있던 손으로 신후를 밀어냈다. 신후는 예상외로 쉽게 그녀의 몸에서 떨어졌다. 눈과 눈이 마주쳤다. 아직도 흥분이 가라앉지 않은 눈과 눈이 만났다. 혼란스러움이 가득한 은서의 눈과 확고하고 단호한 신후의 눈. 결국 은서가 먼저 고개를 돌렸다. 신후의 손이 다시 다가오자 은서는 멈칫했다.

"그만 해."

그러나 신후의 손은 잠시의 망설임도 없이 다가와 말아 올려진 브래지어와 그녀의 셔츠를 내려주었다. 은서는 볼뿐만 아니라 귀까지 빨개졌다. 무슨 말로 이 어처구니없는 상황을 타개해야 할지 망막하기만 했다. 여전히 시선을 굳히지 않고 머리에서 발끝까지 하나도 놓치지 않겠다고 바라보고 있는 신후 앞에서 발가벗고 서 있는 것만 같았다.

"나…… 분명히 얘기한다. 넌, 내 거다."

좀처럼 듣기 어려운 단호한 음성이다. 장난하듯 농담처럼 말하던 신후는 없었다.

"신후야, 이러지 마. 우린 그냥 친구 사이잖아."

"흥, 친구 사이? 미안하지만 난 네 친구 안 해. 친구 사이에도 껴안고 키스하고 같이 자고 싶냐?"

신후의 말에 은서는 아무 말도 할 수 없었다. 그러나 폭풍처럼 갑자기 일어난 일에 대해 그녀는 신후처럼 자신의 감정을 단정 지을 수 없었다. 그녀에게 있어 신후는 친구이자 가족이었다. 그와 함께 있으면 편하고 즐거웠지만 지금까지 그를 남자로 인식했던 적은 없었다. 그가 늘 짓궂은 말을 해도 다 장난으로 받아들였을 뿐 그 말들이 모두 그녀를 향한 진심이라고 생각하지 않았다. 너무 어려서부터 들어오던 말들이라 심각하게 생각지 않았는데 오늘 신후의 눈빛은 굳은 의지가 엿보였다. 결코 재미로, 장난으로 쉽게 던지는 말이 아니라는 것을 은서도 알수 있었다.

"신후야, 나 지금 뭐가 어떻게 된 건지 모르겠어. 그치만, 그치만 이건 아냐. 너도 알지?"

은서는 신후가 예전처럼 가볍게 넘겨주길 바랐다. 지금 그녀에게 다가선 신후를 받아들이기가 버거웠다. 그녀는 지금으로서 충분히 만족했다. 또 다른 변화를 원하지 않았다. 기쁠 때나 슬플 때 함께해 주는 가족 같은 친구로서 족했다. 그러나 그 선을 신후는 넘으려 하고 있다.

"아니, 난 몰라. 내가 아는 거라곤 오래전부터 넌 내게 친구 이상이었다는 사실뿐이야."

"신후야, 미쳤어? 이모 생각은 안 해? 이모가 너랑 나를 이해할 것 같아? 우린 함께 자란 남매 같은 사이야. 난 지금까지 널 한 번도 남자로 생각 안 해봤어."

"그럼 지금부터 생각해! 넌 분명히 내 손길 아래서 떨고 있었어. 오빠나 친구 사이에서는 절대 일어날 수 없는 일이라는 것쯤은 너도 알 거야."

"신후야."

설득하려는 것처럼 타이르듯 부르는 은서의 부름을 자르고 거칠게 말을 쏟아냈다.

"밀어내지 말란 말야. 네가 밀어낸다고 해서 밀려날 나도 아니지만 최은서, 눈 똑바로 뜨고 날 봐. 널 보고 있는 날 보란 말이야."

이야기하면 할수록 더 깊은 수렁으로 빠져드는 것만 같아 입을 열 수가 없었다. 지금 일어나고 있는 일이, 신후가 쏟아내고 있는 말들이 그녀의 의도와는 다른 방향으로 흘러가고 있었다. 듣지 말아야 할 말들이 귀를 타고 전해져 왔다. 신후의 진실한 마음이 가슴까지 전해졌다. 결코 반갑지 않은 감정이다.

"너…… 혹시 아직도 혁이 형한테 감정이 남아 있는 거니? 그런 거니?"

아무 말도 않고 있는 그녀에게 신후의 날카로운 목소리가 들

렸다. 묻고 있었다. 확실하게 말하라고, 거짓은 용서하지 않겠
다고 눈은 말하고 있었다.

"아냐, 그런 것. 하지만 신후야, 난 이미 결혼도 했던 사람이
야. 우린 안 어울려."

"네 입으로 말했잖아, 이름뿐인 결혼이었다고. 아니, 네가 진
짜 결혼을 했었다 하더라도 난 상관없어."

"신후야."

그러나 더 이상 은서는 말을 이을 수가 없었다. 경진이 현관
문을 들어서고 있었기 때문이다.

"다들 집에 있었네."

"이모."

"오늘 내가 좀 빨리 왔지? 이제 거의 다 끝나가네. 다음 주에
는 떡 좀 해서 돌려야겠어."

"개업식 하게요?"

"개업식이라고 하기는 그렇고 아는 분들 몇 분 초대하고 옆
가게 사람들하고 떡이나 나눠 먹는 정도지. 떡은 너희들이 돌려
야 한다."

"네."

경진은 요즘 계속 기분이 좋았다. 그도 그럴 것이 지금까지
입주했던 상가 전체가 개발업자에게 넘어가 재건축을 위해 다
허물어질 상태였고, 그 개발업자에 의해 옆 동네에 새로 들어선
상가 건물은 상권이 좋아 장사하는 사람이라면 군침을 흘리는

곳이었다. 분양이었다면 힘들었겠지만 다행히 상가 건물주는 임대를 내놨다. 특히 재건축에 들어갈 건물에 입주했던 상인들에게 우선 순위를 주었다는 것이다. 새 건물에 비하면 임대료도 전 건물과 별반 차이나지 않는 건물에 입주하게 되어 요즘 절로 콧노래가 나오는 듯했다. 어떤 사람인지 모르지만 정말 된 사람이라며 개발업자에 대한 경진의 칭찬이 부쩍 늘었다.

"아우, 배고파. 밥 먹자."

온통 새로 입주할 상가에 대한 생각으로 가득 차 있는 경진의 눈에는 어딘지 모르게 조용하고 어색한 신후와 은서의 모습이 들어오지 않는 것 같았다. 그저 평범한 일상처럼 느끼는 듯했다.

저녁 내내 말을 하는 사람은 경진 혼자뿐이었다. 은서와 신후는 그저 경진의 말에 간단한 대답 정도만 할 뿐이었다. 계속해서 은서를 주시하는 신후와 신후의 시선을 피해 내내 불편하게 밥을 건성으로 넘기는 은서를 보지 못했다.

길게만 느껴지는 저녁을 겨우 먹은 은서는 공부를 핑계로 자신의 방으로 피신했다. 친구가 아닌 남자의 눈으로 자신을 좇는 신후의 눈빛이 견디기 힘들었다. 다그치는 신후에게 은서는 그가 원하는 대답을 해줄 수가 없었다. 그의 말처럼 신후의 손길에 아무런 반항도 하지 않은 채 대책없이 떨며 받아들이던 자신의 감정이 어떤 것인지 그녀도 모른다. 분명히 친구와 나눌 수 있는 그런 감정은 아니었다. 그렇다 하더라도 선뜻 그를 받아들일 수 없는 게 그녀의 솔직한 심정이었다.

저녁 내내 그의 시선을 피하던 은서가 그녀의 방으로 도망쳐 버리자 그도 경진에게 인사를 하고 일어섰다. 그러나 마음이 편할 리가 없다. 그녀와 나눈 달콤한 키스와 그를 향해 솟아오른 젖가슴을 맛본 여운이 아직도 남아 있었고, 그의 손 아래서 반응하던 떨림과 그녀의 허스키한 신음 소리도 생생히 기억했다. 또한 그를 받아들이려 하지 않는 그녀의 고집스러움도 기억했다. 아니라고 했지만 아직도 혁을 잊지 못한 것은 아닐까 하는 생각에 가슴에 무거운 돌을 얹혀놓은 듯 답답했다. 잠을 이룰 수 없을 것 같았다.

"왕언니!!"

점심을 먹으려고 밖으로 나가려는 은서를 재수생 다희와 경미가 불러 세웠다.

"왜?"

"같이 가자고. 언니는 뭐 먹을 거야?"

"음, 난 시원한 해물라면 먹을 생각인데. 아침 먹은 게 속이 안 편하거든."

"잘됐다, 우리도 그것 먹을 생각이었는데. 갑시다!"

왕언니, 학원에서 은서가 불리는 이름이다. 모두들 자기네 또래 정도로 봤는지 어느 날 우연히 밥을 먹으면서 스물일곱이라는 말에 다들 눈이 휘둥그레지더니 그날로 그녀는 학원생들 사이에서 왕언니가 되었다. 그리고 서슴없이 다가와 친근하게 따르는 어린 친구들을 은서는 편하게 받아주었다. 은서는 아침부터 속이 불편했다. 사실 어제저녁부터 먹은 게 소화가 안 되고 푹푹 쌓여만 갔다. 시원한 국물이 그리워 라면 전문점을 가려던 길이었다. 아침, 얼굴을 맞이하는 순간부터 끝내 그녀를 소화 불량으로 몰고 온 근원에는 신후가 있었다. 아무리 눈치를 줘도 신후의 눈빛은 진지하기만 해 허둥지둥 아침도 제대로 못하고 학원으로 달려와 버렸다. 앞으로 어떻게 해야 할지 답답하기만 했다. 옆에서 애들이 조잘거렸지만 귀에 들어오지도 않았다. 그저 한숨만 나왔다.

7층짜리 건물에 학원은 1층부터 4층을 사용하고 있었다. 4층에서 수업을 듣는 은서는 매번 터벅터벅 계단을 이용해서 내려오곤 했다. 오늘도 변함없이 애들의 뒤를 따라 걸어 내려와 건물 로비를 빠져나오려는데, 넓지도 않은 건물 앞 출입구에 커다란 차체의 검은 승용차가 떡하니 버티고 서서 통행하는 사람들을 불편하게 했다. 그렇지 않아도 기분이 우울한 상태라 은서의 입에서는 절로 투덜거리는 소리가 흘러나왔다.

"여기다 차를 세워놓으면 어쩌자는 건지. 하여튼 맘에 안 드는 인간들 많다니까."

그러면서 슬쩍 몸을 비틀어 빠져나가려는데 차가 움직이기 시작했다. 놀란 나머지 우뚝 선 은서를 보지 못한 것처럼 차는 뒤로 빠졌다가 방향을 돌려 대로변에 안착했다. 그녀는 입에서 다시 툭 튀어나오려는 욕지거리를 참으며 기다리고 있는 다희와 경미에게 발걸음을 옮기려는데 갑자기 차 문이 열렸다. 그렇지 않아도 시선을 끌던 고급 승용차의 문이 열리자 시선은 자연스럽게 그쪽으로 향했다.

그러나 문을 열고 나오는 사람은 결코 두 번 다시 만나고 싶지 않은 사람, 혁이었다. 못 본 척 고개를 돌리기엔 너무 늦었다. 그와 시선이 마주침을 피하기에 그는 너무 가까이 있었다. 혁이 은서를 향해 다가오자 그녀를 기다리던 다희와 경미의 눈이 커지며 잔뜩 호기심을 담고 지켜보는 게 느껴졌다.

"잠깐 얘기 좀 하자."

"점심 시간이에요. 바로 올라가 봐야 해요."

은서는 그에게 더 이상 할 얘기가 없었다. 그는 칵테일 바에서 우연히 만났을 때도 할 얘기가 남아 있지 않냐고 했지만 정작 은서는 그에게 하고픈 말도, 듣고픈 말도 없었다. 그저 과거의 상처를 떠올리게 하는 그를 마주 대하고 싶지 않을 뿐이다.

"잘됐네. 그럼 점심을 먹으면서 얘기하면 되겠군. 가지."

차 문을 열고 그녀가 타기를 기다리고 있었다. 발걸음을 떼지 못하고 망설임이 길어지는 순간, 그녀를 재촉하는 듯 뒤쪽에서 빵빵거리는 클랙슨 소리가 시끄럽게 울렸다. 할 수 없이 은서는 눈빛으로 다희와 경미에게 먼저 가라고 하고 차에 몸을 실었다. 그녀를 따라 혁도 차에 올랐다.

어색하고 불편한 침묵이 차 안을 잠식했다. 도대체 점심을 먹자는 사람이 어디까지 가는지 학원에서 멀어진 지 한참인데도 묵묵히 운전만 하는 그를 힐끔 돌아봤다. 그러나 먼저 말을 꺼내고 싶지 않아 다시 고개를 돌려 빠르게 스쳐 가는 차창 밖만을 바라봤다.

여기가 어딜까? 서울을 벗어난 경기도 근방인 것 같은데 유명 한정식집인 것만은 분명해 보였다. 한정식 한상이 차려지는 동안 혁은 끝내 말문을 열지 않고 있었다. 결국 기다림에 지친 은서가 먼저 묻고 말았다.

"할 얘기가 뭐예요?"

"한 번쯤은 연락할 줄 알았다."

그의 말이 은서의 심기를 건드렸다. 어딘지 모르게 연락하지 않음을 탓하는 듯한 말투는 그렇지 않아도 그와의 불편한 감정에 기름을 붓는 것 같았다.

어쩌면 그 역시 피해자라고 말할지 모른다. 사랑하지 않는 여자와의 결혼 생활을 원하지 않았다고, 힘들었다고, 벗어나고 싶었다고 할는지 모른다. 그렇다면 그렇게 말했어야 했다. 사람을 앞에 두고 모멸감을 느끼도록 무시하지 말고 말했어야 했다, 떠나달라고. 그에게 필요한 사람은 나, 은서가 아니고 수연이라고 말했어야 했다. 그렇다면 그토록 오랜 시간 그를 바라보지 않았을 것이다. 죄책감과 바보 같은 미련, 그리고 그녀를 버티게 하던 오기로부터 더 일찍 자유로워질 수 있었을 것이다. 자신을 잃어버리지는 않았을 것이다. 적어도 결국 나는 안 되는구나 좌절감을 맛보았을지 몰라도 인간으로서 대접받지 못한다는 모멸감은 느끼지 않았으리라.

더 이상 어떤 말도 하고 싶지 않은 은서는 입을 다물었다. 가득 차려진 음식을 젓가락으로 깔짝이며 먹는 흉내만 냈다. 무슨 말을 하려는 듯 입을 들썩이던 혁도 머뭇거리며 입을 다물어 버렸다. 무겁게 바닥까지 가라앉는 침묵은 또 다른 불협화음을 만들었다. 다시는 기억하고 싶지 않은 시간, 그 시간을 떠올리게 하는 그와 부딪치고 싶지 않았다. 예전부터 모르는 타인처럼 그렇게 살고 싶다. 이제는 과거가 되어 잊혀진 시간을 다시 헤집어 그녀를 몰아붙인다면 그녀는 과거의 그녀처럼 그저 죄인인 양 고개 숙이지 않을 것이다. 그와 그녀가 이렇게 마주 앉아 식사를 해야 하는 이유가 무엇인가? 은서는 그 이유를 찾을 수 없었다. 어서 식사가 끝나고 헤어지길 바라는 마음뿐이었다.

식사는 그럭저럭 끝나고 디저트로 과일과 수정과가 두 사람 앞에 놓였다. 그때까지 침묵으로 일관하던 그가 양복 상의 속주머니에서 봉투를 꺼내 그녀 앞으로 내밀었다.

"네 몫이야."

"네?"

"연락이 오면 주려고 챙겨두었던 네 몫이라구."

한동안 그의 말을 이해하지 못해 멍하니 앉아 있던 은서는 그제야 그가 내민 봉투의 내용물이 무엇인지 짐작할 수 있었다.

"아뇨, 제 몫이 있을 수가 없죠. 가져간 것도, 해준 것도 없는

데요."

"그냥 받아."

"싫어요. 받고 싶지 않아요. 오빠와 관계된 어떤 것도 사양이에요."

그녀의 말에 혁의 얼굴이 굳어졌다. 그러나 은서는 그가 내민 것을 받아들일 수 없었다. 그와의 결혼의 대가로 그가 내민 봉투, 그것을 받는다면 잊고 싶은 기억들을 영원히 지울 수 없을 것 같았다. 그녀의 상처와 아픔에 대한 금전적인 보상 같은 그 봉투를 차갑게 외면했다.

"나와 관계된 어떤 것도 사양이라구? 3년이 사람 참 많이 변하게 했구나. 잊고 싶은 것은 잊고, 기억하고 싶은 것만 기억하나 보지, 네 머리는?"

"왜 화를 내죠? 아직까지 나한테 화낼 일이 남아 있나요?"

"아직까지라고? 난 너한테 시작도 안 했는데, 넌 시작도 네 맘대로 하고 끝도 네 맘대로 내니?"

"그게 무슨 말이에요?"

조용하던 침묵의 공간이 어느덧 잘못하면 금방 깨어질지 모르는 살얼음판 같은 곳으로 변했다. 한껏 비웃음을 머금은 혁의 시선이 그녀를 찌를 듯이 노려봤고, 은서 역시 지지 않고 그의 시선을 받아냈다.

"머리까지 나빠졌니? 내 침대로 뛰어든 건 너였어. 그것도 잊어먹은 거야? 원하지도 않는 내 인생으로 끼어든 건 너였다고.

근데 뭐라구? 나와 관계된 어떤 것도 사양이라구? 그럼 처음부터 그랬어야지. 왜 날 나쁜 사람으로 만드는데? 왜 내 앞에서 네가 피해자인 양 구는데?!"

혁은 은서를 만나 결코 이런 이야기를 할 생각이 아니었다. 은서가 떠나고부터 그의 가슴 한 켠에 자리 잡고 있는 개운치 않은 마음, 그와 함께하는 시간 동안 그녀 역시 힘들었을 거라는 미안한 마음들을 털어버리고 싶었다. 또한 그녀를 우연히 다시 만난 후부터 일기 시작한 알 수 없는 마음의 정체를 확인하고 싶은 생각도 있었다. 그러나 그를 반가워하지 않는 그녀, 차갑기만 한 그녀를 대하는 순간 가슴에 잔잔한 파문이 일었다. 그가 알던 은서가 아니었다. 해바라기마냥 그를 바라보던 은서는 없었다. 그를 향한 적의를 느끼며 그의 몸은 긴장했다. 작은 그녀 앞에서 어쩔 줄 몰라 긴장하는 그 자신에게 놀라 적잖게 당황했다. 그녀를 원망하며 함께 보냈던 3년의 결혼 생활, 지긋지긋하게 미워하며 괴롭혀서 더 이상 그녀가 밉지 않은 것일까? 그 3년 동안 변함없이 자신을 바라봤던 그녀는 더 이상 그를 바라보지 않는다. 그와 관계된 어떤 것도 사양이라고 말한다. 그 말을 듣는 순간 혁은 참을 수가 없었다. 끝없이 솟아오르는 화를 참을 수가 없었다. 그래서 서로에게 기억하고 싶지 않을 상처를 토해냈다. 그녀의 말이 송곳이 되어 가슴을 찌르는 듯했다. 결코 마음이 아플 이유가 없는데 아팠다. 아마도 그는 그녀가 항상 자신만을 바라봐 줄 것이라고 착각하며 살았는지 모른다.

"맨정신이었다면 결코 그런 일은 없었을 거예요. 그리고 착각하지 마세요, 오빠를 어떻게 해보려고 오빠 침대로 뛰어든 게 아니었으니까. 다만 술에 취해 정신을 잃은 것뿐이었고, 내가 욕심을 부린 거라면 내 첫키스를 오빠와 나누고자 했던 것뿐이었어요. 그래요, 나 수연이한테는 미안해. 그치만 오빠한테는 아니에요. 오빠랑 함께하면서 나 충분히 힘들었어요. 난 참을 만큼 참았고 그만큼 최선을 다했어요. 더 이상 내게 뭔가를 강요하지 말아요. 죄책감? 그건 3년으로 충분하다고 생각해요. 난 피해자인 양 구는 게 아니고 악몽 같았던 그 시간을 잊고 싶을 뿐이에요. 물론 그 시간 속에 사람들도."

그의 질책에 은서는 물러서지 않았다. 혁은 은서가 자신을 사랑했다는 것을 알고 있다. 그러나 가슴으로 느끼지는 못했다. 결코 그녀의 사랑이 순수하게 느껴지지 않았는데 아이러니하게도 세월이 지난 지금, 거침없이 그에게 말을 쏟아내 놓고 있는 은서에게서 그녀의 아픈 사랑이 가슴까지 전해졌다. 맹목적으로 자신을 향했던 그녀의 사랑이 절대 거짓이 아니었음을 비로소 그는 느끼고 있었다.

"이거 받아."

"싫어요."

그녀는 고집을 굽히지 않았다. 그러나 그녀가 떠나고 챙겨두었던 그 봉투는 이제 주인을 만나야 했다. 그래야지만 그도 조금은 마음이 편해질 것 같았다. 그녀가 말한 악몽 같았던 시간,

잊고 싶은 시간을 함께한 사람이 그였다. 그녀가 깨끗이 기억 속에서 지워 버리고 싶어했던 시간, 그 시간을 그는 가끔 떠올리곤 했었다. 그때는 정말 하루하루가 끔찍하다고 생각했는데 막상 그녀가 떠나고 난 후 그는 그녀와 보냈던 시간들이 끔찍했다는 생각은 해본 적이 없었다. 그게 지금 그와 그녀의 차이인가.

"나랑 깨끗이 끝내고 싶으면 이거 받아. 일방적으로 네 처분에만 따를 생각은 추호도 없으니까."

봉투를 좀 더 은서 쪽으로 밀었다. 그는 자신의 생각을 접을 듯이 전혀 없는 것처럼 보였다. 은서는 받고 싶지 않았다. 마음 같아서는 그냥 일어서 나와 버리고 싶었지만 그가 한 마지막 말이 그녀를 붙잡았다. 그와 가진 인연의 끝을 정리하기 위해서 그 봉투를 받아야 한다면…… 은서는 그녀의 고집을 꺾었다. 불우 이웃에게 기부하면 그뿐이지. 그렇게 자신에게 속삭이며 봉투를 집어 들었다.

"그만 일어나죠."

혁이 말없이 그녀를 따라 일어섰다.

서울로 돌아오는 길, 갈 때와 마찬가지로 두 사람 다 여전히 침묵이었다. 돌아보면 항상 그와 함께 차를 탈 때면 이런 상태였던 것 같다. 운전에만 집중하는 그와 닮아질 듯 창밖만 바라보던 그녀. 그것은 과거나 지금이나 변함이 없었다. 가까워질 수 없는 사람들이었다.

창밖만 쳐다보느라 전혀 알지 못한 것 같았으나 운전 중 혁은 은서를 힐끔 쳐다봤다. 3년 전보다 훨씬 건강해진 얼굴이었다. 그에게 한마디도 지지 않고 대들던 은서의 얼굴에는 그가 보지 못했던 자신감과 생기가 넘쳤다. 그러나 신후를 향해 환하게 짓던 미소와 웃음소리를 기억하는 그에게 그녀는 작은 감정조차 남아 있지 않는 듯 무표정에 차갑기만 했다. 섭섭함이 밀려왔다. 다시 한 번 그를 향해 웃어주기를 바라는 어리석은 욕심이 싹을 트고 있었다. 결코 싹이 트고, 잎이 되고, 나무가 되지 않도록 미리서 뽑아버려야 한다는 것을 모르는 그가 아니었지만 자꾸만 시선은 그녀를 향했다.

학원에 도착했을 때는 이미 오후 수업이 끝난 시간이었다. 차가 멈추자마자 그저 말없이 고개만 살짝 숙이는 것으로 인사를 대신하고 차 문을 열고 나와 버렸다. 학원으로 향하던 은서의 뒷모습을 한참 동안 지켜보기라도 하는 듯 떠나지 않고 서 있던 차가 움직이기 시작하더니 자취를 감추자 은서는 걷던 걸음을 멈췄다. 그리고 돌아서서 혁의 차가 사라지고 난 빈 도로를 주시했다. 속이 쓰렸다. 아침도 제대로 챙겨 먹지 못한 데다 점심도 거의 안 먹다시피 했으니 뱃속에서는 전쟁이라도 난 것처럼 요상한 소리들이 들렸다. 다시 발걸음을 돌려 학원으로 가려던 그녀는 앞을 가로막는 남자와 정면으로 마주쳤다. 그녀 바로 뒤에 바짝 서서 그녀를 기다리기라도 한 것 같았다. 화를 내야 할지, 사과를 해야 할지 헷갈렸다. 엉망인 기분 탓에 머리 속도 제

상태가 아니었다. 그러나 굳이 어떤 말을 해야 할지 고민할 이유도 없었다. 익숙하지만 퉁명스러운 목소리가 그녀의 귓전을 때렸기 때문이다.

"왜, 아쉽니? 수업까지 빼먹으며 같이 시간을 보내고 와서도 뒤돌아봐질 만큼 아쉬워?"

은서는 귀찮았다. 대꾸할 힘조차 남아 있지 않았다. 감정 싸움은 혁과 한 것으로도 충분했다. 신후까지 상대할 기운이 더 이상 없었다.

"언제 왔어? 내 가방 좀 챙겨주지."

그의 질문에 대한 대답을 회피하듯 엉뚱한 말을 하는 은서에게 더 화가 난 신후는 얼굴을 찡그렸다.

"최은서, 나 정말 화낸다."

"신후야, 나 배고파서 너랑 말할 기운도 없어. 가서 가방 좀 가져와. 응?"

"아직까지 점심도 안 먹은 거야? 점심 때 혁이 형이랑 사라졌다며 돈 많은 형이 밥도 안 사줬어?"

그러면서 뒤에 들고 있던 가방을 슬쩍 내밀었다.

"어디 오빠랑 나랑 편하게 앉아 밥 먹을 수 있는 사이니? 배고파. 나 쓰러질 것 같아."

"어휴, 미련 곰탱이. 그렇게 밥 먹는 것조차 불편한 사람하고 지금까지 뭐 하고 있었던 거야? 가자. 우선 가서 밥부터 먹고 이야기는 다음에 하자."

"역시 넌 내 멋진 친구야."

금방 쓰러질 것 같던 은서의 얼굴이 금세 밝아져 너스레까지 떨었다.

"나 화 풀린 것 아니야. 그리고 내가 분명히 얘기했지, 네 친구 안 한다고. 잊지 마!"

다시 원점. 은서는 마음에 안 든다는 듯 입을 살짝 내밀며 신후를 따라갔다. 그냥 지금처럼 좋은 친구면 좋겠는데 신후는 단호한 시선으로 아니라고 말한다.

그러나 그녀 앞에 차려진 시원한 해물라면을 보자 더 이상 생각이 끼어들 여유가 없었다. 허겁지겁 국물을 먼저 마시고 면발과 해물들을 먹기 시작했다. 그런 그녀가 한심해 보여서인지, 우스워서인지 신후는 마냥 미소 짓고 있었다. 라면을 다 먹어갈 때쯤 은서는 한입 권해보지도 않고 혼자 다 먹어치워 버린 게 조금 미안해서 웃고 있는 신후에게 괜히 퉁명스럽게 말했다.

"뭐가 그렇게 우스워서 내내 웃고 있는 거야?"

"너 먹는 모습이 너무 귀여워서. 너, 무지 예쁘다."

"뭐? 엑. 이신후, 그만 해라. 잘 먹은 라면 넘어올 것 같으니까."

"그 국물 남길 거야?"

"아니."

라면 그릇을 향해 있는 신후의 시선에 뺏길세라 바닥에 깔려 있던 국물을 말끔히 비웠다. 신후는 또 웃었다. 이제는 아예 소리까지 내어 웃는 모습이 해맑아 보였다. 저 미소를 사랑하지 않을 사람이 있을까? 정말 연예인 누구, 누구의 살인미소라는 말에 일반인인 신후도 당당히 이름 석 자 올릴 수 있을 것 같다. 한참 멍하니 웃는 신후를 바라보고 있는 은서에게 신후의 얼굴이 다가왔다. 놀란 그녀의 눈이 커지기도 전 그녀의 귓가에 작게 속삭이는 신후의 목소리가 들려왔다. 그리고 멀어졌다.

"또 키스하고 싶다."

다른 사람들이 들을 리도 없는데 은서는 주위를 두리번거리며 얼굴까지 새빨개졌다. 그런 그녀 모습에 신후의 웃음소리는 더 커져만 갔다.

"계산은 네가 해."

창피하기도 하고, 그녀를 당황스럽게 만든 신후가 얄미워 눈으로 째려보며 먼저 일어서 나와 버렸다. 달아오른 볼이 좀처럼 식지 않았다. 시원한 공기에도 화끈거리기만 했다. 저 녀석을 어떻게 해야 할지. 신후가 계산을 다 치렀는지 밖으로 나왔다. 그리고는 자기가 언제 그런 말을 했느냐는 듯 능청스럽기만 했다.

"너, 저질 변태야. 알았어?"

"아니, 난 극히 정상인 스물일곱의 청년이야. 내가 키스하고 싶은 사람도 너뿐이고."

아, 말을 말아야지. 좀 더 길게 이야기를 나누다 보면 어제와 같은 상황이 일어날 게 뻔했다.

"관두자, 관둬. 집에나 가자."

"나 분명히 화 안 풀렸다고 얘기했다. 혁이 형이랑 뭐 했는지 빨리 말해. 안 그러면 너 공부도 못하게 하루 종일 따라다니며 괴롭힐 테니까."

"신후야."

징징거리는 애 달래듯이 신후를 불렀다.

"그렇게 부르지 마. 그런다고 내가 그냥 넘어갈 줄 알아? 네게 일어나는 일은 뭐든 알아야겠어. 어서 말해!"

"너 정말 못 말린다. 완전 잔소리꾼에 어휴, 이런 널 뭐가 좋다고 여자들이 몰려드는지."

"네가 바보, 맹추니까 너만 모르는 거지, 다른 여자들은 다 아는 나의 매력을."

"애가 방금 먹은 것 소화 안 되게 하네. 자, 봐!"

은서는 포기한 듯 혁에게서 받았던 봉투를 신후에게 내밀었다. 봉투를 받아 든 신후는 눈을 치켜뜨며 내용물을 확인하자마자 숨소리마저 거칠어졌다.

"이걸 네가 왜 받아?"

"나도 받기 싫었지만, 자기랑 깨끗이 끝내려면 받으라고 해서 어쩔 수 없이 받았어. 좋은 일에나 쓰려고 해."

은서의 말에도 불구하고 신후는 영 못마땅한 듯 굳어졌던 얼굴이 풀리지 않았다. 봉투를 쥔 손에도 힘이 들어갔다.

"이거 내가 보관하고 있다가 나중에 돌려줄게."

"그럴래?"

"가자."

신후는 은서의 손을 잡고 성큼성큼 걷기 시작했다. 무슨 생각에 깊이 빠졌는지 그와 걸음을 맞추기 위해 종종걸음을 치는 은서를 보지 못하는 것 같았다.

오늘은 경진의 한복점이 이전 개업식을 하는 날이다. 새벽부터 일어나 준비하던 경진이 아침 숟가락도 놓기 전부터 서둘렀다. "너희들은 천천히 와. 이모

7

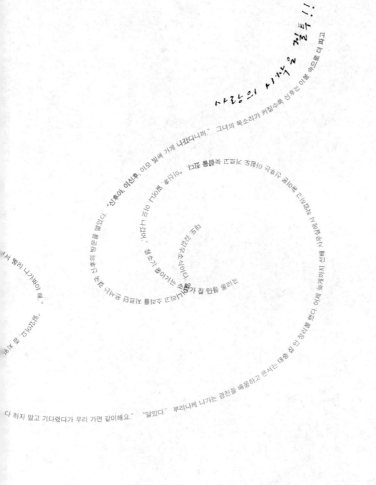

사랑의 시작은 결투!!

그녀의 목소리가 커질수록 신우는 이불 속으로 더 파고

다 하지 말고 기다렸다가 우리 가면 같이해요." "알았다." 부리나케 나가는 경진을 배웅하고 은서는 대충 집 안 정리를 했다. 어제

"**이**모, 같이 가."

오늘은 경진의 한복점이 이전 개업식을 하는 날이다. 새벽부터 일어나 준비하던 경진이 아침 숟가락도 놓기 전부터 서둘렀다.

"너희들은 천천히 와. 이모는 떡집에서 일찍 온대서 빨리 나가봐야 해."

"알았어요. 좀 치워놓고 바로 나갈게요. 혼자 다 하지 말고 기다렸다가 우리 가면 같이해요."

"알았다."

부리나케 나가는 경진을 배웅하고 은서는 대충 집 안 정리를 했다. 어제 늦게까지 선배 사무실에서 작업하고 들어온 신후는 아침도 거르고 늦잠을 잤다.

"이신후, 일어나. 이모 나갔어."

청소기 돌아가는 소리가 집 안을 울리는

"어휴, 이러니까 아들 키워봤자 소용없다는 말이 나오는 거야. 정말 안 일어날 거야?"

돌아오는 침묵에 화가 난 그녀는 거침없이 뒤집어쓰고 있는 이불을 확 걷어 올렸다.

"엄마야!!"

입은 저절로 엄마를 찾았다. 깨울 요량으로 걷어 올린 이불 아래로 아무것도 걸치지 않은 신후의 나신이 그녀를 반겼다. 너무 당황한 나머지 엄마야를 외치며 은서는 고개를 돌렸다.

"너, 빨리 일어나 옷 입어."

"알았어."

아직도 잠이 덜 깬 목소리로 부스스 일어나는 소리가 들렸다. 그녀는 고개도 못 돌린 채 신후가 옷 입는 소리를 듣고 있어야만 했다. 보지 않아도 후끈거리는 게 얼굴이 달아올라 붉은빛으로 물들이고 있을 게 뻔했다.

"다 입었어?"

"응."

반신반의하면서 고개를 돌리자 대충 챙겨 입은 신후가 장난기 가득한 눈을 빛내며 당황해서 어쩔 줄 몰라 하는 그녀를 내려다보고 있었다.

"빨리 씻고 준비해. 이모 벌써 갔단 말이야."

"네가 처음이다."

"뭐가?"

"내 알몸을 본 여자."

그의 말에 놀란 은서는 시치미를 뚝 뗐다.

"뭐? 나, 나 하나도 안 봤어."

"아니, 봤어. 그러니까 책임져."

"허."

기가 막힌다는 듯 쳐다보는 그녀에게 씩 웃으며 피할 새도 없이 은서의 입술을 살짝 훔치고 유유히 나가는 신후였다. 그녀는 고개를 설레설레 저으며 마저 청소기를 돌렸다.

청소를 마치고 신후와 은서는 서로의 옆구리를 찌르는 나이답지 않은 장난을 하며 경진의 가게로 향했다. 서경진 한복점이라고 적힌 세련된 간판이 보였다. 언제 보내왔는지 가게 앞에는 벌써 화분 몇 개가 도착해 개업을 축하했다. 쇼윈도에는 수박색 저고리에 먹홍색 짙은 색상의 치마, 화려하지는 않으나 치마 아래쪽에 한 땀 한 땀 경진이 정성으로 수놓은 자수로 인해 단아함과 우아함이 돋보이는 치마를 입은 신부 모습을 한 마네킹과 갓 결혼한 신랑처럼 흥분한 듯 분홍색 바지저고리를 입은 남자 마네킹이 나란히 서 있었다. 이 근방에서 경진의 한복점은 꽤 유명한 편이었다. 솜씨가 좋기로 소문난 덕에 멀리 사는 친척들까지 불러서 찾아오는 사람들도 있었다.

여전히 장난을 멈추지 않으며 유리 문을 열고 들어선 그들을 반기는 건 경진이 아니고 수연이었다. 문 열리는 소리에 돌아본 수연과 은서는 정면으로 눈이 마주쳤다. 놀란 것은 은서만이 아니었다. 기분 좋게 웃던 수연의 얼굴도 은서와 눈이 마주치는 순간 자취를 감췄다. 은서의 뒤를 따라 들어오던 신후도 수연을 보고 당황하기는 마찬가지였는지 멈칫했다.

"수연이 너, 여기 웬일이야?"

"왜? 어머니 개업식인데 난 오면 안 되니?"

그러더니 바로 시선을 은서에게로 향했다.

"언제 올라왔어?"

"응, 며칠 됐어."

결코 은서를 바라보는 시선이 곱지 않았다. 여전히 비난하듯 바라보는 수연의 눈길을 느끼며 은서는 아무 말도 할 수 없었다. 자신도 충분히 힘들었다라고 말할 수 있지만 수연에게만은 여전히 미안함이 남아 있었다. 그녀의 의도는 아니었지만 결과적으로 수연의 약혼자인 혁과 갈라놓은 건 자신이었기 때문이다. 풀어야 할 숙제를 남겨놓은 것처럼 늘 무겁게 마음에 자리 잡고 있었던 수연에 대한 죄책감, 피할 수 있으면 피하고 싶던 만남이었다. 영원히 만나지 않고 살아가고 싶은 사람들 중의 한 사람이었다. 그러나 더 이상 달아날 곳이 없는 막다른 골목이다. 이제는 더 이상 물러날 수도, 물러서서도 안 된다는 것을 은서는 알고 있었다.

"수연아, 미안해. 이런 말이 무슨 소용이 있겠냐만은 정말 고의는 아니었어."

"그렇게 쉽게 말하지 마. 고의가 아니었다고? 그 말을 믿으라구? 그날 아침 내 눈으로 본 건 그럼 뭐니? 오빠보다 네가 더 적극적이었던 것 같은데?"

"수연아, 그건 오해야. 그러니까……."

비난과 질책이 담긴 수연의 음성이 은서의 말을 중간에 끊어 버렸다.

"오해라, 처음부터 계획했던 게 아니구? 너 종종 그랬잖아. 혁이 오빠 한입에 꿀꺽할 거라구. 농담인 줄 알았는데 진담이었어. 그러고도 네가 내 친구니? 믿는 도끼에 발등 찍힌다는 말이 하나도 안 틀리더라. 그래서 결혼하니까 다 가진 것 같았어? 왜, 다 가져 놓고 보니까 별거 아니던? 나 같으면 미안해서라도 어떻게든 잘살아보려 했겠다. 왜 다시 남아 있는 사람들 괴롭히니?"

"한수연, 그만 해!"

화가 난 듯 잔뜩 굳은 신후의 목소리가 수연을 가로막았다. 은서를 향한 그녀의 비난을 가로막는 신후를 보는 수연의 눈에 분노의 불길이 치솟았다. 항상 그녀의 앞을 막는 은서, 신후와 함께할 것을 기뻐하며 이른 새벽부터 준비하고 달려온 수연에게 버젓이 웃으며 신후와 함께 나타난 은서는 그녀를 지옥으로 안내하는 것 같았다. 그러나 수연은 뒷걸음질쳤다. 결코 지옥으로 떨어질 사람은 그녀가 아닌 은서여야 했다. 좀처럼 보기 힘든 신후의 차가운 눈빛이 칼날이 되어 가슴을 찌르는 것 같았다. 비난을 받아야 할 사람은 은서인데 자신을 향해 화를 내고 있는 신후를 보며 굳게 쥔 그녀의 주먹이 떨렸다.

'난 절대 포기 못해. 이신후, 넌 처음부터 내 것이었어.'

터질 듯 팽창해 있던 공기가 문을 열고 들어오는 경진으로 인해 다소 진정되었다.

"어, 왔네? 왔으면 일을 해야지, 뭐 하고들 그렇게 서 있어?"

"어머니, 떡 일회용 접시에 하나씩 담으면 되죠?"

언제 화를 냈던가 싶을 만큼 수연의 입에서 사르르 녹을 듯 애교 넘치는 말이 흘러나오고 있었다.

"수연이는 얼굴만 예쁜 게 아니야. 천천히 오지. 너희들보다 수연이가 훨씬 낫다. 이른 아침부터 와서 청소까지 다 했어."

부드러운 눈길로 수연을 칭찬하는 경진의 모습이 은서에게는 낯설었다. 오랜 동안 친분 관계를 유지해 온 것처럼 그녀와 경진만큼이나 다정해 보였다. 제자리를 빼앗긴 어린애마냥 은서는 아무것도 하지 못한 채 멍한 눈으로 그들의 모습을 바라볼 뿐이었다.

"빨리 와서 수연이가 해준 것 돌리기나 해. 점심 시간 전까지는 마치자. 엄마, 친구들이랑 점심 약속 있으니까. 어서 서둘러."

"어머니 개업식인데 제가 와서 도와야죠. 신후야 항상 바쁜데
요."

"네가 안 도와줘도 충분해."

"이 녀석, 말하는 것 하고는. 갔다 오기나 해."

경진은 접시 두 개를 내밀며 신후를 나무랐다.

"수연아, 네가 이해해라. 원래 무뚝뚝한 녀석이잖아."

은서는 말없이 돌릴 떡을 챙겼다. 서울로 돌아온 이후, 처음
으로 자신이 이방인처럼 느껴졌다. 경진과 다정하게 대화를 나
누고 있을 사람은 분명 그녀, 자신일 거라고 생각했다. 그러나
그녀의 자리는 없었다. 눈에 보이지 않았을 뿐 이것이 바로 현
실이었는지도 모른다. 지금 당장은 아니더라도 가까운 미래의
모습이기도 했다. 당연하게 받아들여져야 할 모습이 자꾸만 서
운하다. 서운한 마음에 입은 더 꾹 다물어졌다.

은서와 신후가 상가 가게들에 대충 떡을 다 돌려갈 때쯤 경진
의 친구들이 몰려왔다. 갑자기 조용하던 가게가 아줌마들의 투
박한 웃음소리와 이야기 소리로 시끌벅적해졌다. 밖으로 나가
려는 은서의 귀에 경진의 친구가 하는 말이 들려왔다.

"누구야, 네 며느릿감이?"

자신도 모르게 문을 열려던 손짓이 멈췄다. 그리고 고개를 돌
려 경진을 봤다. 경진의 시선이 흐뭇한 미소를 지으며 수연을
향했다. 무거운 돌이 짓누르는 것처럼 답답하던 가슴이 이제는
방향을 잃은 듯 불안하게 떨리고 있었다. 손발마저 떨리는 것

같은 착각에 빠질 정도였다. 은서는 있는 힘을 다해 문을 열고 밖으로 나왔다. 며느릿감을 이야기하며 수연을 향하는 경진의 눈빛에 추운 한겨울 발가벗겨져서 밖에 내동댕이쳐진 것만 같았다. 아무리 신후가 친구 관계 이상의 감정을 말해도 안 되는 것이라고 생각했다. 그저 친구로만 생각했는데, 수연을 며느릿감으로 생각하는 경진 앞에 그녀는 떨고 있었다. 그들의 다정한 모습에 소외감과 더불어 외롭기까지 했다. 경진과 신후, 그 남은 한 자리는 항상 그녀일 것이라고 생각했다니 여전히 그녀는 어리석었다. 즐거운 마음으로 시작했던 하루는 바닥을 헤맸다. 우울하다 못해 눈물이 날 것만 같았다. 옆 상가 건물로 발걸음을 옮기며 내내 수연을 향하던 경진의 눈빛이 그녀의 가슴을 헤집었다.

신후가 돌아오니 어머니와 친구들은 모두 점심 식사를 하러 가고 수연만이 남아 있었다. 즐거워야 할 날이었지만 내내 우울한 표정으로 말을 잃어버린 은서로 인해 그 또한 기분이 저조했다. 수연이 자신의 일처럼 나서서 경진을 도울 것이라고는 생각조차 못했다. 그리고 은서를 만난 수연의 감정을 이해하지 못하는 것은 아니지만 그 누구라고 해도 은서에게 함부로 말하는 것은 두고 볼 수 없었다. 은서도 없자 다행이라 생각하며 수연에게 한마디 할 생각으로 급히 문을 열고 들어왔다.

"수연아, 얘기 좀 하자."

"신후야."

수연은 울고 있었다.

"수연아, 너 왜 그래?"

수연에게 은서에 대해 언급하려고 했던 말은 접어야만 했다.

"너 너무 나빠."

"뭐?"

"너, 왜 모르는 척하니? 내가 너 좋아하는 것 알잖아."

수연의 고백에 신후는 당황했다. 항상 자신의 주위를 맴도는 걸 느끼곤 했지만 그의 가슴에는 이미 한 여자가 있었다. 그저 친구일 수밖에 없는 그녀였다.

"넌 내게 친구일 뿐이야."

"나…… 너 사랑해. 신후야, 나 좀 봐주면 안 되겠니? 나한테는 너밖에 없어."

울면서 신후의 가슴으로 안기는 수연을 그는 밀어낼 수 없었다. 그 역시 혼자만의 사랑이 어떤 것인지를 너무도 잘 알기에 마냥 그녀를 비난할 수는 없었다.

"수연아, 네가 언제부터 내게 그런 마음을 가졌는지는 모르겠지만 나 사랑하는 사람 있어. 미안하다."

"은서야?"

"그래."

"은서가 용서돼? 은서는 혁이 오빠를 사랑했잖아. 네가 아닌 혁이 오빠를 선택했잖아."

"그러는 넌? 혁이 형을 사랑하지 않았니?"

신후는 가슴에 안겨 있는 수연을 밀어내려고 어깨에 손을 올렸다. 그러나 수연은 그에게서 떨어지려고 하지 않았다.

"한수연, 그만 해. 나 이러는 것 싫다."

"내가 지금 사랑하는 건 너야. 너만 바라본 지 오래됐어. 신후야……."

그가 줄 수 없는 것을 원하는 수연에게 어떤 기대조차 가지게 하고 싶지 않았다. 이미 몸과 마음을 한 여자에게 주어버린 그에게 수연의 마음은 무거운 짐이었다. 은서와 그 둘 사이에 끼어드는 어떤 것도 반갑지 않았다. 지금 그의 사랑을 지켜가는 것만으로도 그에게는 벅찼다. 아주 조금씩 그를 향해 마음을 여는 것 같은 은서를 바라보며 가슴 졸이며 기다리고 있는 그였다. 가슴에 안겨 있는 수연을 더 이상 내버려 둘 수 없어 밀어내려는 순간 문이 열리는 소리가 들렸다.

가게로 돌아오고 싶지 않았다. 경진과 수연의 다정한 모습이 눈에 밟혀 돌아오고 싶지 않았지만 오늘은 좋은 날이었다. 축복받아야 하는 날, 그녀로 인해 신후나 경진의 마음을 상하게 하고 싶지 않아 힘든 발걸음을 터벅터벅 옮겼다. 걷다 보니 어느새 가게가 보였다. 그런데 한 남자가 문 앞에 떡 버티고 서 있었다. 가게 안이 훤히 들여다보이는 문 앞에서 양복바지 주머니에 두 손을 찔러 넣고 한참을 서 있었다. 은서는 조심스럽게 발걸음을 옮겨 쇼윈도 앞에 서서 그처럼 자신도 가게 안으로 시선을 옮겼다.

헉, 그녀도 모르게 입에서는 거친 숨이 흘러나왔다. 수연과 경진의 다정한 모습은 아무것도 아니었다. 신후의 가슴에 안겨 있는 수연을 본 순간 가슴이 철렁 내려앉았다. 다시 시작한 희망찬 미래가 산산조각나 부서지는 것만 같았다. 생각해 보면 그녀가 꿈꾸는 미래 속에 항상 함께하는 이가 있다면 그건 신후였다. 늘 그녀 곁에는 신후가 있었다. 가슴이 울렁거렸다. 롤러코스터를 탄 듯 울렁거리다 못해 어지러웠다. 자신을 향해 웃던 신후의 모습이 환영처럼 머리 속을 스쳐 갔다. 손끝 하나 움직일 수가 없었다. 얼어버린 듯 망연자실한 채 가게 안의 그들 모습을 바라보고 있을 뿐이었다.

문 앞에 서서 들어가지 못하고 있던 남자가 고개를 돌렸다. 그녀를 바라보고 있다는 걸 알았지만 꼼짝도 할 수 없었다.

"최은서."

그녀의 이름이었다. 남자가 그녀를 부르고 있었다. 따가운 시선에도 외면하고 있던 고개를 돌렸다. 혁이었다. 그녀를 바라보는 혁의 얼굴이 굳어졌다. 그녀는 자신이 얼마나 공허한 눈을 하고 있는지 알지 못했다. 무슨 말인가를 하려던 그가 입을 다물었다. 그는 여기서 얼마 동안 서 있던 것일까? 그녀가 결코 보고 싶지 않은 장면을 보고 가슴 아파하는 것처럼 그 역시도 힘들어 보였다. 그러나 그들은 서로를 위로할 만큼 좋은 관계가 아니었다. 다시 얽히고 싶지 않은 인연일 뿐이다.

"신후 사랑하니?"

아주 작게 혼자 읊조리는 듯한 질문이었지만 너무도 선명하게 그녀의 귀까지 전해져 왔다. 아마도 그녀가 지금에서야 깨달은 감정이 온통 그녀 안을 휘젓고 있었기 때문일 것이다. 그래서 혁의 들릴 듯 말 듯 낮게 읊조린 말을 모든 감각들이 흡수하듯 받아들였는지 모른다. 그러나 은서는 아무 말도 할 수 없었다. 그녀의 침묵을 긍정으로 알아들었는지, 부정으로 알아들었는지는 알 수 없지만 혁은 돌아서 가고 있었다.

문 옆에는 그가 가져온 걸로 보이는 꽃을 피운 난이 덩그러니 놓여 있었다. 은서는 어떻게 해야 할지 갈피를 잡지 못한 채 홀로 놓여 있는 난만 바라봤다. 가슴에는 찬바람이 불고 있었고, 괜한 입술만 깨물어 못살게 굴었다. 툭 하니 눈물 한 방울이 난 잎에 떨어졌다.

"은서? 최은서 맞지?"

고개를 숙이고 있는 그녀의 어깨를 누군가가 두드리며 아는 척을 했다. 자신도 모르게 떨어진 눈물방울에 흠칫 놀라며 누가 볼세라 눈가를 막 손으로 훔치던 중이었다. 돌아봐야 했지만 젖어 있을 눈가를 생각하니 차마 돌아볼 수가 없었다.

"왜 안 들어가? 신후는?"

"어. 화분 좀 구석으로 치우려고."

자신의 감정을 다스리는 데 정신이 없었던 은서는 미연이 문

여는 것을 말리지 못했다. 먼저 문을 열고 들어가던 미연이 순간 멈칫하는 게 보였다. 화분 평계를 대며 뒤에 서 있던 은서도 미연을 따라 마지못해 가게 안으로 들어왔다. 당황한 듯 신후의 볼이 약간 붉어진 것도 같았다.

"수연이도 있었네. 여기 오니까 다 보네."

미연이는 들고 있던 꽃다발을 신후에게 내밀었다.

"어머니 축하해 주려고 사 온 건데 네가 대신 받아라."

"고맙다. 어머니가 좋아하시겠다."

"어디 가셨어?"

"응. 친구 분들하고 식사하러 가셨어."

은서는 신후와 미연이 이야기 나누는 것을 들으며 소파에 걸터앉았다. 시선을 어디에 둬야 할지 몰라 테이블에 놓여 있던 잡지를 들어 무릎 위에 올려놓았다. 내용이 눈에 들어올 리 없었지만, 그렇게라도 하지 않으면 그 자리에 앉아 있을 수가 없을 것만 같았다. 미연과 이야기하면서도 자신을 향하는 신후의 시선을 느꼈지만 모른 척했다. 어디 신후의 시선뿐인가. 맞은편에서 차갑게 그녀를 노려보고 있는 수연의 시선 또한 피부를 뚫고 들어와 그녀의 심장을 난도질했다. 무엇인가 큰 것을 기대한 것은 아니었다. 스스로 충분히 홀로서기를 했다고 생각했는데, 그래서 당당히 세상과 맞서 이겨 나갈 수 있을 것이라고 생각했는데 다시 6년 전 그때로 돌아온 것 같다. 또다시 사랑해서는 안 될 사람을 사랑하고 있는 그녀. 사랑해서는 안 될 사람을 사랑했던 대가가 어떠했었는지 지금도 너무 생생한 그녀였다. 어리석은 실수는 한 번으로 족했다. 그때와는 비교도 안 될 만큼 심한 통증이 전신을 감쌌지만 은서는 피가 날 정도로 입술을 악물었다. 마음을 접어야 한다, 신후는 친구일 뿐이다를 되뇌면서.

"은서야, 우리 오랜만이지?"

미연이가 은서에게 말을 걸었다.

"그래, 6년 만이지."

같은 페이지만 배회하던 눈을 들어 미연을 봤다. 미연이는 많이 변해 있었다. 성공한 여자의 전형적인 모습에 당당함이 느껴졌다. 아주 오래전엔 무척 가까웠던 친구, 엄마 품처럼 따뜻하게 실수투성이 그녀를 감싸주던 친구라고 기억되던 미연은 더 이상 은서에게 존재하지 않았다. 그녀에게 있어 친구는 신후뿐이었다. 한때는 그것마저 상처였지만 이젠 담담히 미연의 얼굴이 봐진다. 반갑거나 서운하거나 하는 감정도 없다. 그저 같이 학교를 졸업한 동창 정도의 관계. 그게 미연과 그녀의 현재일 뿐이다. 은서의 별로 반가워하지 않는 표정을 본 탓인지 미연의 얼굴이 흐려졌다. 그러나 은서는 미연의 표정까지 신경 쓸 수 있을 만큼 마음이 여유롭지 못했다. 지금 그녀 안을 휩쓸고 있는 거대한 폭풍 속에서 그녀는 자신의 마음을 추스르는 것만으로도 힘겨웠다. 세 사람의 눈빛이 모두 자신을 향해 있다는 것을 느꼈지만 은서는 모르는 척 다시 잡지를 뒤적거렸다.

"넌 아직도 노니?"

"뭐? 누가 그래?"

"아니, 우연히 애들 만났는데 그러더라. 아니면 말구."

왠지 수연을 향하는 미연의 말투가 부드럽지 않았다. 저 두 사람 사이도 그녀만큼이나 변화가 있었나 보다. 항상 수연이를 어린 동생처럼 챙기던 미연이었는데, 오늘은 말속에 가시가 느껴졌다. 눈꼬리가 살짝 올라가 보이는 게 비웃음을 머금고 있는 것도 같았다.

"왜, 미연이 너 이제 좀 살 만한가 보지?"

"응, 그래. 누구 덕에 좀 살지. 아주 고맙게 생각해."

겉으로는 가벼운 대화처럼 보였지만 서로를 마주 보는 눈빛은 극히 차가웠다. 서로를 할퀴지 못해 안달이 난 듯 서로의 신경을 자극하는 말투였다.

"신후야, 넌 언제 졸업이야?"

"이번 학기 마치고 논문만 쓰면."

"후, 그럼 너도 드디어 사회인이 되는구나!"

"그렇다고 봐야지."

"뭐 계획하고 있는 것 있어?"

"응. 선배 사무실에서 같이 일하게 될 것 같아."

은서는 조용히 그들의 대화를 듣고 있었다. 꽤 크다는 자동차 부품 회사의 사장을 아버지로 둔 수연과 모 건설집 딸이라는 미연. 그리고 평범한 농부의 딸인 그녀, 그마저도 돌아가시고 고아인 그녀. 지금은 너무도 확실히 눈에 들어오는데 그때는 왜 보지 못했을까? 그들과 그녀가 같을 수 없다는 것을. 그들 눈에 자신의 모습이 어떻게 보였을지 눈에 선하다. 철없던 그녀는 그 시절엔 한 번도 의심해 보지 않았다. 그녀가 그들을 바라보는 눈으로 그들 역시 그녀를 볼 거라고만 생각했었다. 얼마나 틀린 생각이었는지 그날 아침 혁과 함께 있는 그녀를 본 순간 적나라하게 드러나지 않았는가. 지금은 선명하게 보인다. 그녀가 그들과 함께 어울릴 수 있었던 것은 다름 아닌 신후였다는 것을. 그들이 친구로 인정하는 신후, 잡지의 부록처럼 그녀는 신후의 곁에 붙어 다니는 부록 같은 존재였는지도 모른다. 없다고 해서 아쉬울 게 없는, 있어도 그만, 없어도 그만인 존재가 바로 그녀였다. 씁쓸하다. 오랜 시간 친구들을 원망한 적이 있었다. 그러나 지금은 그 시간들이 부끄럽다.

신후의 시선이 자꾸 그녀를 배회한다는 걸 느꼈지만 은서는 끝내 시선을 피했다. 그와 눈이 마주친다면 자신의 눈이 말해 버리고 말 것 같다. 나 아프다. 힘들다. 너 사랑하나 보다. 눈물을 보이고 말 것 같아 무엇인가를 말하려는 듯 그녀의 눈을 찾는 신후를 외면했다. 불편하게 주인을 기다리고 있는 손님처럼, 당장이라도 일어서 나가 버리고 싶은 충동을 누르며 앉아 있었다.

"아니, 누구야? 미연이구나."

"네, 어머니. 그동안 안녕하셨어요?"

점심 식사를 마치고 들어온 경진이 미연을 반갑게 맞았다.

"그래, 다들 이게 얼마 만이니? 너희들 몰려다닐 때가 엊그제 같은데 벌써 시집, 장가갈 나이가 다 됐다. 미연인 결혼했어?"

"아뇨. 어디 신후 같은 남자가 없네요."

"하하하! 내 아들이 좀 멋지긴 하지."

다들 즐거워 보였다. 오늘 경진의 얼굴에서는 웃음이 떠나지 않았다.

"그러지 말고 집에 가서 놀다 가라. 놀다 저녁 먹고 가. 아줌 마가 맛있는 것 해줄게."

"어쩌죠, 어머니? 저는 가족들과 저녁 하기로 약속이 되어 있 어서 힘들겠는데요."

"그래? 그럼 미연이는 안 되겠고 수연이는?"

"어머니께서 오라는데 당연히 가야죠."

"그럼 잘됐다. 대충 정리하고 그만 들어가자. 내일부터 열심 히 일해야지."

미연이 먼저 일어나 가고 가게를 정리하고 돌아오는 길, 수연 이 경진의 팔에 팔짱을 끼고 앞서서 나란히 걸어갔다. 도란도란 이야기 소리와 웃음소리가 은서의 귓가를 메아리쳤다. 은서는 좀 떨어져서 말없이 걸었다. 신후가 옆으로 다가왔다.

"은서야, 오해하지 마."

"무슨 오해?"

은서의 대답이 그녀와의 거리를 아주 멀게 느껴지게 했다. 조 금씩 가까워지고, 마음을 열고 있다고 생각했는데 무심한 그녀의 대답은 신후가 다가간 한 발자국보다 열 발자국 물러선 것 같다. 그와 눈조차 마주치려 하지 않는 은서로 인해 신후는 내내 속이 탔다. 수연과는 아무 사이도 아니라고, 내가 사랑하는 사람은 너뿐이라고 말하고 싶었지만, 은서는 끝내 그를 봐주지 않았다. 지금도 마찬가지다. 옆에서 걷고 있는 신후를 아주 낯선 타인처럼 눈길 한 번 주지 않는다.

"모르는 척하지 마. 너 다 알고 있어. 수연이는 친구일 뿐이야. 내가 사랑하는 사람은……."

"그만 해. 그렇다고 해도 달라지는 건 없어. 내가 아니니까."

저음의 목소리로 단호하게 내뱉는 그녀의 말은 돌이 되어 신후의 심장으로 날아왔다. 너무 아파 숨을 쉴 수가 없을 것 같았다. 자신도 모르게 그의 손이 가슴을 지그시 눌렀다. 그녀의 벽이 더 두터워졌다. 그를 향해 조금씩 허물어 보이던 마음에 더 두터운 장벽을 세운 것 같다. 앞서서 경진과 나란히 웃으며 걸어가고 있는 수연이 원망스럽기만 했다. 오늘은 경진과 그, 그리고 은서가 함께 자축하는 날이어야 했다. 수연은 자신이 이방인이라는 것을 전혀 모르는 것 같다. 그녀의 갑작스러운 고백에 당황해 잠깐의 틈을 보여준 게 이렇게 큰 불상사를 만든 것 같아 은서에게 미안할 뿐이다. 다시 마음을 문을 굳게 닫아 빗장을 걸어버린 은서. 전혀 기쁘지 않은 눈을 하며 마지못해 따라가는 듯한 얼굴에 신후는 마음이 아팠다. 항상 곁에서 함께하고, 보호해 주고, 외롭게 하지 않고 싶었는데 정작 그녀를 아프

게 만든 사람이 자신인 것만 같아 선뜻 장난하듯 그녀에게 손을
내밀 수가 없었다.

저녁 내내 수연은 며느리인 양 행동했다. 은서가 하던 일을
수연이 대신했고 경진은 그 모습을 대견스러운 듯 지켜봤다. 정
말 힘든 저녁 시간이었다. 신후도 더 이상 말이 없었다.

"이모, 저 먼저 일어날게요."

"그래. 은서도 피곤하지? 오늘 괜히 이모 때문에 공부도 못하
고. 얼른 가 쉬어라."

"네. 수연아, 놀다 가라."

은서는 몇 번을 망설이던 말을 수연에게 건네고 일어서서 자
신의 방으로 들어왔다. 거실에서 웅얼거리는 것처럼 들리는 이
야기 소리와 웃음소리를 듣지 않으려고 침대에 누워 이불을 뒤
집어썼다. 아무것도 듣고 싶지도, 생각하고 싶지도 않았다. 쥐
죽은 듯이 잠이 들기를 소원했다. 이불 속은 암흑이다. 눈을 감
았다. 더 이상 어떤 소리도 들려오지 않았다. 이제 잠만 들면 된
다. 귓가가 축축했다.

따뜻한 손이 그녀의 얼굴을 어루만졌다. 촉촉한 입술이 그녀
의 젖은 눈가를 훔쳤다. 분명히 잠이 들었던 것 같은데……. 꿈
인 것일까? 입술이 그녀의 입술로 내려왔다. 그리고 부드럽게
살짝 닿았다가 떨어졌다.

"은서야, 미안해. 아프게 해서 미안해. 그렇지만 나, 너 포기
못한다. 사랑해. 잘 자."

이불을 가슴까지 내려 정리를 하는 손길이 느껴졌다. 그리고 조용히 문 닫히는 소리가 들렸다.

띵동. 띵동띵동.

이 시간에 그의 집 초인종을 요란스럽게 누를 수 있는 사람이 누가 있을까? 혁은 마시던 술잔을 테이블에 내려놓고 문을 열었다. 묻지 않아도 누구일지, 아니, 사실은 그녀를 기다리고 있었다는 게 더 옳을 것이다. 술 냄새가 풍겼는지 들어서던 수연이 얼굴을 약간 찡그렸다.

"오빠, 술 마시고 있었어?"

"응."

왠지 그의 표정이 심상치 않았는지 그녀의 얼굴도 조심스럽게 바뀌었다.

"나…… 오빠한테 할 말이 있어서 왔어."

"알아."

항상 그녀에게만은 부드럽고 친절했던 혁은 찾을 수 없었다. 한기가 느껴질 만큼 차가움이 뚝뚝 흐르고 있었다. 수연은 신후의 집에서 나오면서 급하게 혁의 집으로 차를 몰았다. 신후와 한집에 살고 있는 은서를 보는 순간, 은서를 향한 신후의 눈빛을 보는 순간 더는 기다려서는 안 된다는 것을 깨달았다. 지금 붙잡지 않으면 놓쳐 버릴 것 같은 불안감에 앞뒤 생각도 않고 혁에게 달려온 것이다. 그런데 혁은 모든 것을 다 안다는 눈을 하고 그녀를 보고 있었다. 가슴이 불안하게 뛰기 시작했지만 물러설 수는 없었다. 자존심 강하고 도도한 그녀가 오로지 지금까지 바라본 남자, 그 신후를 눈앞에서 은서에게 뺏길 수는 없다.

"오빠, 미안해요."

"언제부터였어?"

"나, 정말 오빠한테 상처 주고 싶지 않았어. 오빠가 날 아프게 했어도 난 오빠에게 그러고 싶지 않았어. 오빠 마음을 아니까. 그래서 차마 말을 못했어. 매번 해야지, 해야지 하면서 오빠 얼굴 보면 못하고……."

수연은 말을 끝내 잇지 못하고 훌쩍이기 시작했다.

"나, 오빠랑 은서 결혼하고 많이 힘들었어. 그때 옆에 있어준 사람이 신후야. 나, 신후한테 많이 의지했어. 지금은 신후 없으면 안 될 것 같아."

"신후는?"

"오빠, 오빠…… 은서랑 다시 시작하면 안 돼? 걔 오빠한테 첫눈에 반해서 일편단심이었잖아. 오빠가 그 애를 밀어내서 그렇지, 오빠만 좋다면 은서 다시 오빠한테 돌아올 거야."

혁은 수연의 이야기를 들으며 헛웃음이 나왔다. 막무가내 사정조의 말에 기가 막혔다. 신후에 대해서는 물을 필요조차 없었다. 신후의 곁엔 늘 은서가 있었으니까. 아름답다고만 생각했던 수연이 전혀 예쁘게 보이지 않았다. 긴 검은 생머리에 뽀얀 얼굴, 가냘픈 몸매, 늘 그의 보호 본능을 자극하며 순수하게 보이던 수연은 그의 기억 속에나 존재하는 하나의 허상에 지나지 않았다는 걸 비로소 직시했다. 3년 동안이나 그를 속여왔다. 상처주고 싶지 않았다는 그럴듯한 핑계로 타인의 감정을 농락한 수연은 그가 알고 있는 여자가 아니었다. 자신의 어리석음에 허탈함만이 커질 뿐이었다. 참 질기기도 했다. 그 오랜 시간 동안 왜 수연만을 붙잡고 있었는지, 그것도 스스로가 보고 싶은 모습만 보면서 시간을 허비했는지 모르겠다. 다시 만났을 때 이미 수연은 변해 있었다. 왜 그것을 눈치 채지 못했을까? 한 번도 자신의 판단에 의심을 가져 보지 않았던 혁, 그 오만함의 대가를 치르고 있었다.

"그만 가라."

"오빠, 부탁이야. 나 좀 도와줘. 오빠는 내게 친오빠 같은 사람이야."

뭘 도와달란 말인가? 은서와 다시 시작하라고? 그가 손만 내밀면 달려올 것 같던 은서가 과연 존재하기는 했을까? 오늘 그는 은서의 공허한 눈을 봤다. 그녀의 몫을 챙겨주는 것으로 은서에게로 향하는 자신의 감정을 다 정리하려 했다. 이미 지나온 과거였고, 다시 서로의 상처를 헤집으며 시작하기엔 서로가 잃은 것들이 너무나 크다고 생각했기에 자신의 마음을 추스르려 했다. 그러나 그를 향하던 은서의 무심한 눈빛이 잊혀지지 않았다. 학원에 그녀를 내려주고 돌아온 후 자신도 모르게 내내 그녀를 떠올리고 있는 것을 발견하고 당황스럽기까지 했다.

재건축 현장으로 가다가 임대가 거의 완료된 건물이었지만, 관리 소장에게 몇 가지 주의를 주고자 잠깐 들렀던 그는 경진의 개업식을 알게 되었다. 반가워할 사람이 없다는 걸 알면서도 그냥 지나칠 수 없었다. 우연을 가장한 만남이라도 한 번 더 만나보고 싶은 마음이 앞서 그의 발걸음은 자연스럽게 경진의 가게로 향했다. 그러나 그를 기다리는 건 은서가 아닌 신후의 품에 기대 울고 있는 수연이었다. 신후에게 사랑을 고백하고 있는 수연. 신물이 올라오는 것 같았다. 배신감이라기보다는 슬픈 코미디를 보는 것 같다고 해야 할까? 그 슬픈 코미디 속의 바보 같은 주인공은 바로 자신이었다. 마음 한편으로는 은서가 아니어서 다행이다라고 안도하는 마음이 비집고 들어서는 걸 부인할 수는 없었다. 함께 사는 동안 떨쳐 내려고 몸부림치던 시간들은 어디 가고 자꾸 은서에게 욕심이 생기는지 그도 알 수 없었다. 수연에게 있어 그가 그저 친오빠 같은 존재였다면, 그 역시 수연은 더 이상 그를 좌지우지할 수 있는 그의 여자가 아니었다. 이미 오래전에 정리되었어야 할 관계를 서로의 아집에 속내를 감춘 채 붙잡고 있었던 것뿐이다.

"네 문제는 네가 해결해. 나 피곤하니까 그만 가줘."

"오빠……."

무슨 말인가를 더 하고 싶어하는 듯한 수연이었지만, 감정이 담기지 않는 눈으로 귀찮다는 표정을 짓는 혁의 얼굴을 보자 소용없다는 것을 깨달았는지 돌아서 나갔다.

　수연이 가고 나서도 혁은 한참을 멍하니 앉아 있었다. 베란다 문을 열고 밖으로 나왔다. 가을 바람이 차가웠다. 끊었던 담배 맛이 간절했다. 다시 시간을 되돌릴 수 있다면 3년 전, 아니, 은서가 그의 곁에 있었던 때로 돌아가고 싶다. 다시 돌아갈 수만 있다면 자신을 바라보던 은서의 눈빛을 차갑게 외면하지 않을 텐데. 그러나 과거는 과거일 뿐 되돌아갈 수는 없다. 지금 현재를 그들은 살아가고 있고, 그들을 기다리는 것은 미래였다. 앞으로 어떻게 될지 그 누구도 알 수 없는 미래, 그 미래에 기대를 가져 본다면 헛된 것일까?

8

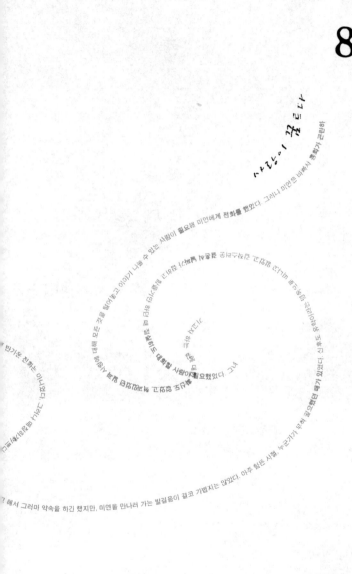

사랑이 꽃보다

기 해서 그러마 약속을 하긴 했지만, 미연을 만나러 가는 발걸음이 결코 가볍지는 않았다. 이주 힘든 시절, 누군가가 우체...

열심히 해도 대학에 갈까 말까인데 오늘도 은서는 오전 수업을 마치고 미연을 만나기 위해 나서는 참이었다. 아침 일찍 미연에게서 걸려온 전화, 깊은 잠을 자지 못한 그녀에게 반가운 전화는 아니었다. 그러나 매정하게 바쁘다고 거절하기도 뭐하고 해서 그러마 약속을 하긴 했지만, 미연을 만나러 가는 발걸음이 결코 가볍지는 않았다.

아주 힘든 시절, 누군가가 무척 필요했던 때가 있었다. 신후도 유학이라는 명목으로 떠나고 없었고, 갑작스러운 결혼식 날짜가 잡히고 힘들기만 하던 때 절실히도 대화할 사람이 필요했었다. 그녀가 가고자 하는 길에 대한 확신도 없었고, 혁과 있었던 일과 사랑에 대해 모든 것을 털어놓고 이야기 나눌 수 있는 사람이 필요해 미연에게 전화를 했었다. 그러나 미연은 바빠서 통화가 곤란하다며 전화해 주겠다는 말로 그녀의 전화를 정리했다. 몇 날 며칠을 기다렸지만 미연에게서는 전화가 없었다. 우습지만 그때는 그 전화 한 통화가 무슨 구명줄이라도 되는 듯 꼼짝도 않고 기다렸었는데 결혼식 날이 다 되어서도 미연으로부터 전화는 없었다. 정말 혼자라는 사실이 몸서리치게 싫었다. 가족, 친지들만 모여서 치른 아주 썰렁한 결혼식. 시아버지였던 강 회장의 건강만 좋았다면 어쩌면 결혼식은 치러지지 않았을지도 모른다. 강권한 강 회장의 성품에, 지병으로 고생해 오신 터라 꼭 손주를 안아보고 가시고 싶다는 욕심으로 서둘러 하게 된 결혼식이었다. 그러나 결혼은 그녀에게 또 다른 좌절과 쓴맛을 안겼다. 스물하나, 그녀가 접하는 시댁이라는 존재는 너무 멀고도 힘든 존재였다. 전혀 사랑이 담겨 있지 않는 매몰찬 시선과 무시 앞에서 그녀는 점점 나약해지고 있었고, 자신을 잃어 갔다. 그래서, 바보처럼 이유가 있어서 전화 못했을 거라고 자신을 위로하며 미연에게 전화를 걸었다. 돌아오는 대답은 똑같았다. 그리고도 두 번 더 전화를 했던 것 같다. 마지막 통화 후 그녀는 더 이상 전화해 주겠다는 미연의 전화를 기다리지 않게 되었다. 은서는 그렇게 한 사람, 한 사람을 그녀의 마음속에서 떠나보냈다.

그런데 다시 만난 미연이 전화를 걸어 만나자고 한다. 그녀 역시 바쁘다는 핑계를 대 만나지 않으면 그만이었다. 그러나 은서는 그럴 수 없었다. 거절하는 것을 잘 못하는 그녀 성격 탓도 있었지만 미연이 사정하는 듯한 말투로 만나고자 하는지 궁금하기도 했다.

어린 시절, 한때는 같이 몰려다녔던 시내의 한 카페 골목에 들어섰다. 골목길은 그대로인 것 같은데 가게들의 상호는 많이 바뀐 것 같았다. 시간의 흐름 앞에서 변하지 않는 것은 없는 것 같았다. 시간에 맞춰 나온다고 했으나 골목들을 기웃거리다 보니 약속한 카페에 도착했을 때는 조금 늦은 시간이었다.

카페 문을 열고 들어서니 창가에서 그녀를 보고 있었다는 듯 손을 흔드는 미연이 보였다.

"좀 늦었지? 골목은 그대로인 것 같은데 그래도 좀 헤맸다."

"아냐, 괜찮아. 겨우 15분 늦은 것 가지고 뭐."

문득 스친 생각에 은서는 입을 다물었다. 그녀가 미연의 전화를 기다리던 시간들을 합한다면 15분은 늦었다고도 말할 수 없으리라는 깨달음. 왠지 미연도 그녀와 같은 생각을 하는지 늦은 그녀보다 더 미안한 표정을 짓고 있었다.

"뭐 마실래?"

"글쎄, 시원한 게 마시고 싶네."

"그래? 그럼 생과일 주스 마시자."

미연은 더 이상 묻지도 않고 종업원을 불러 키위 주스 두 잔을 시키며 괜찮지 하는 눈빛으로 은서의 의사를 확인했다. 은서도 동의한다는 듯 고개를 끄덕이자 종업원은 멀어졌다. 금방 무슨 말인가를 할 듯 하던 미연이 머뭇거리는 게 느껴졌다.

"근데 무슨 일로 보자는 거야?"

은서는 기다리지 못하고 용건부터 물었다. 편하게 앉아 그저 세상사 이야기나 나누며 시간을 보낼 만큼 그녀에게는 시간이 넉넉하지도 않았고, 이미 오래전에 멀어진 미연과의 거리감은 차 한 잔 마시는 걸로 쉽게 회복될 수 있는 게 아니었다.

"친구끼리 꼭 이유가 있어야 보니? 오랜만에 만났으니 못다 한 이야기도 나누고 싶고……."

은서의 얼굴이 굳어지는 걸 보았는지 미연은 말꼬리를 흐렸다.

"단지 그것 때문에 바쁜 사람 보자고 한 거야?"

더 이상 의례적인 표정조차 짓지 않는 은서로 인해 당황했는지 미연은 한동안 말이 없었다.

"너, 나…… 원망 많이 했지?"

후, 길게 숨을 한 번 내쉬고 나니 피식 웃음이 새어 나왔다. 미연은 아직 모르는 것일까? 이제는 원망했던 감정조차 남아 있지 않다는 걸. 절실하게 누군가의 손을 필요로 할 때, 지푸라기라도 잡고 싶었던 그녀의 손을 매몰차게 내친 것을 다 잊은 것일까? 원망 많이 했지라고 묻는 말로 가볍게 다루어지고, 풀어질 성질의 것이 아니었다. 미연에게는 사과 한마디 정도로 쉽게 넘어갈 수 있을는지 모르지만 이미 가슴에 멍울이 생겨 딱딱하게 굳어버린 그녀로서는 미연의 말을 받아줄 수가 없었다.

"한때 그런 적도 있었지."

"지금은 아니야?"

"그래."

"그 말이 더 무섭다. 난 아직도 너 많이 좋아하고, 사랑하는데 말이야."

미연의 갑작스러운 말에 놀란 은서의 눈꼬리가 올라갔다.

"사람 잘못 찾은 것 같다. 난 네 말에 더 으스스해지는데, 설마 나한테 사랑 고백하려고 보자는 건 아니지? 사랑 고백은 다른 데 가서 알아봐라."

"은서 너, 참 많이 변했구나."

"후, 변하지 않는 게 있을까? 너도 많이 변한 것 같은데?"

"맞아. 나 완전 주책바가지가 됐어. 너도 알다시피 내가 좀 조신했잖아. 근데 이제는 집에서도 못 말리는 왈가닥이다. 어째 너랑 나랑 바뀐 것 같은 느낌이야. 너, 참 활발하고 장난꾸러기였는데 이젠 세상의 이치를 깨달은 어른인 것 같아 어렵다. 은서야, 기분 풀어라. 내가 백 배 천 배 사죄할게."

갑자기 가라앉아 있던 분위기가 미연의 수다에 붕 떠버렸다. 거기다 콧소리까지 섞어가면서 그녀의 이름을 불러대는 모습에 은서는 할 말을 잃은 채 쳐다보다 결국은 웃고 말았다. 정말 미연은 많이 변해 있었다. 그녀의 말대로 예전의 미연은 조용한 성격이라 나이에 비해 조숙한 친구였다. 그런데 지금 그녀 앞에서 하는 행동과 태도는 세월을 거슬러 가버린 것 같다. 그녀의 기억 속 친구와는 너무 다른 모습에 놀라 웃어버렸고, 의외로 그 모습은 미연에게 잘 어울렸다.

"너, 무슨 일 있었니?"

"있었지, 그럼. 아무리 시간이 흘렀다고 사람이 이렇게 변하겠니? 나 윤미연, 다시 태어났다."

"어라. 얘 정말 이상하다. 네가 왜 윤미연이니? 신미연이지."

"후. 그치? 네가 알던 신미연은 죽고 윤미연이 다시 태어난 거지. 그러니까 우리 다시 친구 하자. 최은서 대 윤미연으로. 어때? 싫어? 싫어도 어쩔 수 없어. 난 할 거니까. 내 친구로 너 찜했으니까."

넉살 좋게 말하며 환하게 웃고 있었지만, 그녀의 눈과 마주한 미연의 눈에 어두운 그림자가 살짝 스치는 걸 은서는 놓치지 않았다. 그 눈빛이 은서에게 동질감을 일으켰다. 갑자기 웃고 싶어졌다. 그렇다면…….

"너, 대낮부터 취했니?"

"하하하하. 나, 오늘 너 만나서 취할 거야. 각오해."

"얘 좀 봐. 나 수험생이야. 너처럼 팔자 편하지 않다구. 참, 그러고 보니 너 일 안 해?"

"나? 오늘 너 만나려고 월차 냈다. 좋지? 그러니까 너도 오늘 윤미연과 친구 된 기념으로 오후를 나한테 양보해라."

"허, 얘 완전 떼쟁이가 됐네."

"사돈 남 말하네. 옛날에 네가 그랬어."

"설마?"

"신후가 너 때문에 얼마나 애를 먹었는데. 뭐 하나 하겠다 맘먹으면 주위 사람은 생각도 않고 해대는 바람에 신후 속이 다 탔을 거다."

"그랬나."

"그랬지. 가자."

"어딜?"

"가보면 알아."

결코 화해할 마음 같은 것은 없었다. 이미 마음속에서 지워낸 사람이라고 생각했는데, 그녀의 가슴에 생겨 딱딱하게 굳어졌던 멍울은 미연의 어두운 눈빛에, 그리고 넉살 좋은 수다와 웃음에 불판 위의 올려진 치즈덩어리마냥 녹아 없어져 버렸다. 기가 막혀 웃음이 막 나왔다. 어이가 없어 웃으면서도 기분은 좋았다. 매일같이 싸우고 토라졌다가 다음날 다시 그런 일이 있었나 싶게 잊어버리고 같이 놀던 어린 시절로 되돌아간 것 같았다. 어디로 가는지도 모른 채 미연의 손에 이끌려 카페를 나왔다.

"백화점은 왜? 너 뭐 살 것 있어?"

"응."

미연은 숙녀복 매장으로 은서를 데리고 갔다. 지금 입고 있는 정장도 꽤 고급스러워 보이는데. 아무래도 직장 생활을 하니 옷이 많이 필요할 것 같아 은서도 미연이 옷 고르는 것을 도왔다.

"이 옷 어때? 심플한 게 괜찮아 보이는데."

"그래? 그럼 너 한번 입어봐라."

"나? 내가 왜? 네가 입을 옷을 내가 왜 입어봐?"

"친구를 위해서 한번 입어주면 어디 덧나니? 빨리 입어봐. 너랑 나 사이즈 비슷하잖아. 지금 입고 있는 옷이 타이트해서 벗기 불편하단 말야."

"알았어."

실랑이 끝에 은서는 미연을 대신해서 옷을 입어봐야 했다. 그리고 아래층 캐주얼 매장에서도 몇 번을 더 티격태격하다 결국은 지고 옷을 입어봐야 했다.

"은서야, 저것도 한번 입어봐라."

"야, 저걸 어디서 입으려구? 회사에도, 밖에 입고 다니기도 좀 그렇겠다. 잘못하면 가슴이 다 보이겠는데?"

"오늘 입을 일이 있거든. 빨랑."

미연은 작정이라도 한 듯 두 사람이 들기 힘들 정도로 옷부터 시작하여 신발까지 백화점 전 매장을 순회한 끝에 쇼핑을 마쳤다. 차 트렁크에 쇼핑백들을 싣고 나니 다리가 아플 정도였다.

"너, 나 안 만났으면 어떡할 생각이었어?"

"그런 생각을 왜 해? 만났는데. 만날 사람은 꼭 만나게 되어 있어. 가서 밥 먹자."

오후를 저당잡힌 은서는 미연의 끝없는 체력 앞에 혀를 내둘렸다.

"집 근처에 가서 밥 먹고 옷 갈아입고 나오자."

"뭐? 밥까지는 이해하겠는데 옷은 왜 갈아입어?"

"얘는? 그럼 놀러가는데 이러고 가니?"

"미연아, 아무래도 오늘은 너무 무리다. 나 다리 아파서 꼼짝도 못해. 어디인지는 모르겠지만 다음에 가자."

"안 돼. 난 오늘 취하고 싶어. 너랑 꼭 술 한잔하고 싶단 말야."

미연과 만나는 동안 내내 실랑이를 벌였지만 미연의 고집 앞에서 은서는 아무것도 건져 내지 못했다. 간단하게 밥을 먹고 오피스텔 주차장에 차를 세웠을 때 은서는 비로소 미연이 혼자 사는 것을 알았다.

"독립했다."

가벼운 쇼핑백 하나만 달랑 들고 엘리베이터로 향하는 미연을 붙잡으며 은서는 차의 트렁크를 가리켰다.

"저 짐은 언제 가져가려구? 나 있을 때 같이 들고 올라가자."

"됐어. 급한 것 아냐."

그러면서 묘한 웃음을 살짝 흘리더니 엘리베이터 버튼을 눌렀다. 전쟁은 미연의 집에 도착하고 나서부터였다. 그녀로서는 감당하기 힘든 옷을 그녀에게 입으라고 권하는 미연과 안 입겠다는 그녀의 입장 차이 때문이었다. 그 옷을 고를 때부터 의심해 봤어야 했다. 충분히 수상했는데 무심코 넘겨 버린 게 화근이었다.

"은서야, 오늘은 내가 직장인이고, 네가 수험생이고 이런 거 다 잊고 오로지 스무 살 그때로 돌아가 친구라는 이름 하나만으로 놀자. 너도 스트레스 많이 쌓였잖아. 오늘 확실히 푸는 거야. 너 그동안 한 번도 그런 데 안 가봤지? 이런 말 하기는 뭐하지만 나, 신후한테 종종 네 소식 들었어. 한번 찾아가 볼까 생각도 했었는데 용기가 안 나더라. 너 고생하고 있는 모습을 볼 자신이 없었어. 오늘은 우리 세상사 다 잊고 신나게 놀자. 엉?"

은서는 또 미연에게 지고 말았다. 미연의 말에 담긴 진심이 느껴졌다고 해야 할까? 아니면 그녀 역시 미연의 말처럼 다 잊고 진탕 취해보고 싶은 마음도 없지 않아서일 것이다. 그녀 안을 가득 메우고 있는 우울한 생각들을 다 날려 버리고 싶은 충동이 치솟았다. 잠시라도 신후와 수연, 경진을 잊는 것도 나쁘지 않을 것 같았다. 그래서 정말 용기가 안 났지만 더 이상 거부하지 않고 미연이 권하는 옷을 입었다. 깊게 파인 브이 네크라인에 몸에 살짝 붙는 아이보리 색 니트, 바지는 검은 베이직 바지로 날씬한 실루엣이 돋보였다. 여성스러운 느낌이 풍기는 반면, 가슴 계곡이 보일 듯 말 듯 아슬아슬하기만 해 여간해서 신경이 쓰였다. 미연도 은서의 차림과 별반 다르지 않았다.

"너 정말 많이 변했다. 놀러 자주 다녀?"

"그렇다고 봐야지. 스트레스 해소에는 짱이거든. 가자, 레츠고!"

논다는 것에 담을 쌓고 살아왔던 은서에게 오랜만에 찾은 나이트클럽은 별천지였다. 결혼 생활 3년은 오로지 혁과 그의 가족들에게 맞추기 위해 이를 악물고 버티던 시간들이었고, 그 후 3년은 잃어버린 자신을 추스르는 데 보낸 시간들이었다. 그저 바쁘게 잡다한 상념들을 털어버리는 데 급급했던 그녀에게 미연과 함께 찾은 이곳은 새로운 세계였다. 거부감이 일거나 하지는 않았다. 그녀 또래의 많은 젊은이들이 반짝이는 조명 아래서 몸을 흔들고, 술잔을 부딪치고, 웃고, 이야기 나누는 모습에 그녀 역시 동화되었다. 그녀 역시 젊었다. 흥겨운 음악에 저절로 몸이 반응했고, 미연이 건네주는 술 한 잔은 시원하게 목구멍을 타고 들어가 몸을 뜨겁게 달구었다. 실없이 웃음이 나오고 기분도 좋다. 담당 웨이터는 연신 부킹을 제의했지만 그녀들은 관심 밖이었다. 미연의 말대로 그녀를 둘러싸고 있는 많은 고민들을 오늘만은 잊고 마음껏 놀아보고 싶다. 이렇게 놀고 난 후 신후에 대한 마음도 훌훌 털어버릴 수 있었으면 좋겠다. 미연이 이끄는 데로 나가 춤도 추었다. 사실 유행하는 춤이 무엇인지 알지도 못했고 관심도 없었다. 그저 음악이 있었고 제 흥에 겨워 몸을 움직일 뿐이었다. 미연의 춤 솜씨는 가히 따라올 사람이 없을 것 같다. 섹시한 몸짓에 하나둘씩 주위의 남자들이 몰려들었다. 물론 두 사람은 전혀 의식하지 못했다. 여자 둘이 마주 보고 음악에 취해 주위는 둘러볼 생각조차 않고 춤을 추는 모습은 단연코 주위의 시선을 끌고도 남았다. 어디 그뿐인가. 아슬아슬

한 옷차림은 뭇 남성들의 눈요깃거리가 되기에 충분했다. 그런데 미연이 갑자기 손을 흔든다. 미연의 시선을 따라 고개를 돌리니 신후가 다가오고 있었다.

"생각보다 빨리 왔네. 친구랑 같이 있다며?"

"어. 같이 왔어."

신후의 대답은 미연을 향하고 있었지만 눈은 은서에게서 떼지 못했다. 신후에게는 조금 충격적인 모습일지도 모른다. 여성스러움보다는 약간 선머슴아 같은 게 은서의 모습이었으니까. 예쁜 것보다는 편한 것을 선호했고, 아름답게 꾸미는 데 시간을 투자하기보다는 밖에서 운동하고 놀러 다니는 것을 좋아하던 모습만 보아왔기 때문에 그녀가 다르게 보이나 보다. 옆에서 미연이가 뭐라고 묻는데도 대답은 않고 은서만 보고 있었다.

"얘 정신 못 차리네. 은서야, 들어가자."

"그래."

"우리끼리 놀자더니 신후는 왜 불렀어?"

"마침 신후한테 전화가 왔어. 너랑 같이 있다고 하니까 온대잖아."

은서는 한숨이 나왔다. 모든 것을 다 잊고 신나게 놀아보겠다는 바람은 여지없이 무너졌다. 신후에 대한 감정을 훌훌 털어버릴 욕심이었는데 당사자가 눈앞에 있으니 거의 불가능에 가까울 것 같다. 은서와 미연이 테이블에 앉자 신후와 뒤로 친구인 듯한 남자가 다가왔다.

"앉아. 우선 한 잔 쭉 마시자."

그러면서 미연은 은서 쪽으로 자리를 옮겨왔다. 맞은편에 신후가 먼저 앉고 친구는 좀 망설이듯 머뭇거렸다.

"민석아, 뭐 해? 앉아. 다 알잖아."

"민석이?"

은서의 되물음과 더불어 술을 한입에 쭉 털어 넣던 미연이 놀란 듯 술잔을 내려놨다.

"어? 정말 민석이네."

"은서 넌 나이를 하나도 안 먹은 것 같다."

"무슨 소리? 난 노친네가 됐고 나이를 거슬러 어려진 건 미연이다."

"어려진 게 아니고 철이 없는 거겠지?"

미연을 향한 민석의 대답은 차가웠다. 미연의 표정도 민석이 나타남으로 인해 굳어진 상태였다. 그들만의 즐겁고 유쾌했던 기분은 사라진 지 오래고 어색한 공기가 감돌았다. 쿵쾅거리며 울리는 음악도, 주위의 웃음소리도 그들의 테이블을 빗겨갔다.

"은서야, 춤추자."

"어? 어."

은서는 신후의 손에 이끌려 나왔다. 은서에게 있어 신후는 여전히 불편했다. 자신의 감정을 깨달아 버린 지금, 그는 너무 위험한 존재였다. 더 욕심 부려서는 안 되는 존재, 그를 향해서 달려가는 마음을 멈추어야 할 때다. 그러나 미연과 민석에게는 두 사람만의 시간이 필요할 것 같았다. 신후도 분명히 그런 의도에서 그녀를 이끌고 나온 것이라는 걸 알기에 말없이 신후를 따라갔다.

음악은 조용한 음악으로 바뀌었고 연인들 몇 쌍이 꼭 껴안고 춤을 추며 밀어를 속삭이는 듯했다. 신후가 은서의 허리를 껴안았다. 엉거주춤 은서도 그의 허리에 손을 올려놓았다.

"나, 춤 못 춰."

"알아. 그냥 이러고만 있자."

귓가에 신후의 숨소리가 느껴졌다. 숨을 내쉴 때마다 뜨거운 김이 귓가를 간질였다. 기분 좋은 냄새가 코끝을 자극했다. 신후의 체취와 뒤섞인 시원한 바다 향, 결코 동성에게서는 느낄 수 없는 향에 은서는 조금씩 취해갔다.

"은서야, 위에서 보니까 네 가슴 다 보인다."

"헉!"

정신이 번쩍 드는 것 같다. 놀라고 당황한 나머지 그에게서 벗어나려고 했지만 그녀를 안은 신후의 팔은 단단하기만 해 그녀를 놓아주지 않았다.

"바보, 전에 다 봤는데."

목소리에 웃음이 묻어났다.

"은서야, 내 심장 소리 들리니?"

"……"

"내 심장이 살아 있는 것처럼 힘차게 뛸 때는 너와 있을 때뿐이야."

"신후야."

"도망가지 마. 나를 봐달라고 조르지 않을게. 그냥 그 자리에
만 있어. 내가 너한테 갈게."

귓가에 울리는 신후의 부드러운 음성에 은서는 두 다리가 풀
리는 것만 같았다. 자기도 모르게 그녀의 손에 힘이 들어갔는지
그녀를 껴안는 신후의 팔이 더 꽉 죄어온다. 그래서는 안 되는
걸 알면서도 그의 말이 그녀를 행복하게 했다. 그의 말에 감동
하고, 그가 내민 손을 잡고 싶다. 내 마음도 이미 너에게 가 있
어라고 속삭이고 싶어진다.

"은서야."

"응."

은서의 가라앉은 목소리는 탁하게 갈라져 나왔다.

"나 기분 좋다, 너랑 춤추고 있으니까. 네 심장 소리와 따뜻한
가슴이 느껴져."

신후의 목소리는 달콤하기만 하다. 달콤함에 취해 앞뒤 분간
못하고 빠져드는 꿀단지 속의 파리 같다. 빠지고 나면 결코 헤
어나올 수 없다는 걸 알면서도 그 맛에 취해 겁없이 발을 내딛
고 마는 것이다. 벗어나고자 애쓰면 애쓸수록 더 깊이 빠져드는
꿀단지와 늪 같은 존재가 바로 신후였다.

신후의 손이 은서의 등을 위아래로 쓸어 내렸다. 그에게서 느
껴지는 시원한 바다 향도, 귓가에 흩뿌리는 숨소리도, 거칠게

뛰는 그의 심장 소리도, 미세한 떨림마저도 은서를 유혹했다. 오늘만은 오로지 자신만을 생각하고 싶다. 그 방종의 대가가 어디까지 갈는지 알 수 없지만 지금 이 순간만은 수연도, 경진도 생각하지 않고 그의 품에 기대 마음껏 느껴보고 싶다는 충동이 물밀듯이 밀려왔다.

은서가 고개를 들어 신후를 봤다. 그녀를 태울 듯 뜨거운 시선이 그녀의 눈과 만났다. 지금까지 그 눈빛을 하고 나를 보고 있었던 거니라고 묻고 싶었다. 너무나 애틋하고, 간절한 시선 앞에 은서는 눈을 돌릴 수가 없었다. 발끝을 세우고 신후의 입술에 그녀의 입술을 살짝 부딪쳤다.

흠칫 놀랐지만 멀어지려는 은서를 내버려 두지 않았다. 살짝 닿았다 떨어지는 은서의 입술을 놓아주지 않았다. 느끼고 싶고 그의 여자임을 주장하고 싶다. 많은 남자들의 시선으로부터 경계의 선을 확실하게 보여주고 싶다. 아니, 그보다 더 중요한 것은 멀어져만 가던 그녀가 그녀에게 목말라 하고 있는 것을 알기라도 한 듯 다가온 것이다. 주위의 시선 같은 것은 아무래도 상관없다. 다른 사람들과 공유하는 공공 장소라든지, 야유를 보낸다 할지라도 멈출 수는 없었다. 부드럽고 촉촉한 입술과의 만남, 그를 숨도 쉴 수 없을 정도로 몰고 가는 혀와 혀의 만남, 그리고 하나도 빠짐없이 확인하려는 듯 잇몸들과 입 안 구석구석을 헤집을 때마다 몸에서는 심한 전율이 일었다. 조용한 음악이 끝나고 다시 강한 비트의 음악으로 바뀌고 있었다. 그제야 신후와 은서는 그들이 어디에 있는지 깨닫고, 떨어져 가쁜 숨을 몰아쉬었다.

"나가자."

"그래."

테이블로 돌아오니 미연과 민석은 이미 어디론가 사라지고 없었다. 은서는 신후의 품에 기댄 채 밖으로 나왔다. 키스의 진한 여운에 취해 2층에서 그들에게 잠시도 시선을 떼지 못한 채 노려보고 있는 한 남자의 눈빛을 전혀 알지 못했다. 밖에 나오니 뜨거운 열기로 사로잡혀 있던 몸에 시원한 바람이 느껴져 기분이 상쾌했다.

"차는?"

"민석이 차로 왔어. 좀 걷자."

"응."

손을 잡고 말없이 걷던 신후의 입에서 낮은 음성이 들렸다.

"은서야, 너 오늘 참 예쁘다. 그래서, 싫다."

"그런 말이 어디 있어?"

"다른 녀석들이 예쁜 너 쳐다보는 게 싫어. 너무 예뻐지지 마."

"흥, 아무도 나 안 봤어. 미연이 봤지."

"내 눈에는 너밖에 안 보이던걸. 거기 있는 늑대들이 모두 너만 쳐다보는 것 같아서 화난 것 모르지?"

"하하하. 신후야, 고마워. 너처럼 날 행복하게 해주는 사람은 없을 거야."

"영원히 행복하게 해줄게."

은서는 더 이상 말을 할 수 없었다. 그녀도 신후와 영원히 행복하고 싶다. 그러나 그게 가능한 일일까? 신후는 대답이 없는 은서를 걸음을 멈추고 잠시 내려다보더니, 빈 택시를 향해 손을 흔들었다. 차를 탄 후에도 쥐고 있던 은서의 손을 내려놓지 않고 만지작거렸다.

"신후야, 네 손 참 따뜻한 것 알지?"

"그러니까 언제든 손만 내밀어. 내가 따뜻한 손으로 꼭 잡아줄 테니까."

"……."

은서는 차창 밖으로 시선을 옮겼다. 그의 따뜻한 말 한 마디 한 마디가 가슴을 쿡쿡 찌른다. 정말 간절하게 그의 품에 안기고 기대고 싶어진다. 그러면 안 되는 걸 알면서도 그의 부드러운 눈빛과 따뜻한 말에 은서는 자꾸 신후를 바라보게 된다.

'왜 난 멀고 먼 길을 돌아와 네 앞에 서 있는 것일까? 언제부터 그런 눈으로 나를 봐왔던 거니? 왜 난 널 보지 못했을까? 내가 어리석지 않았더라면 네가 내민 손을 마음껏 잡을 수 있었을 텐데. 신후야, 난 많이 두렵다. 너를 향한 내 마음도, 너를 붙잡아서는 안 된다고 말하는 이성도.'

집 앞에 다 와 있었다. 택시에서 내리니 대문 앞에 주차해 있는 미연의 빨간 스포츠카가 보였다. 운전석 창문을 두드렸다.

"미연아, 미연아, 여기서 뭐 해?"

핸들에 머리를 묻고 있던 미연이 일어나 문을 열고 나왔다.

"네 물건, 다 내 차에 두고 갔잖니?"

그러고 보니 갈아입은 옷을 차에 두었던 게 생각났다.

"고맙다."

"고맙긴. 신후야, 이리 와봐."

미연이 갑자기 차 트렁크로 가더니 낮에 쇼핑했던 쇼핑백을 다 꺼내놓았다.

"그건 왜?"

미연은 은서의 물음에는 대답도 없이 모두 꺼내 대문 앞에 내려놓은 다음 운전석으로 들어가 버렸다. 그리고 창문을 내리더니 고개를 내밀었다.

"우리, 다시 친구 된 기념 선물이야."

"뭐? 미연아."

창문을 올리려는 미연을 은서는 급하게 불러 잡았다.

"말도 안 돼. 너무 많아. 몇 개만 남기고 가져가."

"싫어. 넌 내 맘 몰라. 은서야, 신후야, 미안해!"

미연은 결국 엉뚱한 말만 남기고 사라졌다.

"무슨 일 있었어?"

"아니. 왜 우리한테 미안하지? 나를 좋아하고 사랑한다더니 그게 미안한가?"

"뭐?"

신후의 표정은 가관이었다. 황당해하면서도 마음에 걸리는 듯 찜찜해하는 표정이라니, 은서는 웃고 말았다. 은서의 웃음소리가 깊은 밤 동네 어귀까지 울려 퍼졌다.

9

하던 때도 있었고, 당당히 대학생일 때도 있었지만 지금은 과년한 나이에 공부를 시작한 만학도였다. 왜 그때 그렇게 쉽게 포기했었는지 돌이키면 볼 수록

"언니, 왕언니, 완전 내숭과지?"

"애 좀 봐. 내가 어딜 봐서 내숭과야?"

"그럼 선수야?"

"너 갑자기 뚱딴지같이 무슨 소리야?"

수업을 앞두고 자판기에서 일회용 커피를 뽑아 마시던 중이 었다. 사실 오랜 시간 책과 담을 쌓고 살아온 그녀가 지금까지 공부만 해오던 어린 친구들을 따라가기란 거의 불가능했다. 그 저 듣고 있다는 말이 옳을 것이다. 물론 은서도 열심히 공부를 하던 때도 있었고, 당당히 대학생일 때도 있었지만 지금은 과년 한 나이에 공부를 시작한 만학도였다. 왜 그때 그렇게 쉽게 포기했는지 돌아보면 볼수록 어수룩하고 바보 같은 그녀였다. 결혼을 하고 집안 가풍이며 집안일을 배워야 한다는 명목으로 신여사는 휴학할 것을 권했고 두 번 다시 복학 이야기는 나오지 않았다. 미련스럽게 기다리기만 했지 제대로 말 한번 꺼내보지 못하고 그녀는 학교를 중간에 그만두는 상황이 되고 말았다. 왜 그렇게 살았는지, 좀 더 영악하지 못했던 자신을 탓할 수밖에 없었다.

"매일같이 언니 기다리는 젊은 오빠, 언니 애인이야?"

"어? 그건 갑자기 왜?"

"그럼 그 비싼 자가용 끌고 와 언니 데려간 남자가 애인이야?"

"허, 너 정말 왜 그래?"

"언니 그럼 양다리야?"

"김다희! 너 언니한테 한 대 맞을래? 둘 다 아니야. 근데 왜 그게 궁금한데?"

은서의 말에 다희가 창문 밖을 가리킨다. 은서는 다희가 가리키는 창문 쪽으로 고개를 살짝 내밀어 내려다봤다. 학원 앞에는 낯익은 혁의 차가 서 있었다. 절로 한숨이 나왔다.

"애인도 아닌데 두 사람 다 왜 자꾸 언니를 찾아오는 거야? 언니는 공부할 생각 접고 더도 말고 한 사람만 잡아서 시집이나 가라. 근데 누구랑 하지? 그것도 고민이겠다. 젊은 오빠는 너무 잘생겼고 귀여워. 와우, 언니, 저 차 외제차지? 보아하니 돈도 많고 카리스마도 죽여주는 것 같은데. 흠이라면 나이가 좀 많지? 그치? 앙, 누가 좋지? 정말 고민되네."

"그래, 다희가 시집가면 되겠다."

"언니는?"

은서는 다희의 말에 웃고 말았다. 아, 정말 귀엽다. 세상이 그렇게 쉽게 누구 한 사람을 선택한다는 걸로 끝나는 거면 좋겠다는 생각을 했다. 주위의 것들은 다 무시하고 오직 그 사람만을 보고 선택하고, 결정되는 거라면 요즘 그녀의 고민은 고민거리도 아닐 텐데. 오늘은 왜 또 혁이 찾아온 것일까? 벌써부터 머리가 무거워진다. 더 이상 만나고 싶지 않다고 분명히 말했고, 그도 충분히 수긍하는 눈치였다. 그렇다면 왜? 혹시 경진의 개업식 날 있었던 일 때문일까? 그런데 그 일이 그녀와 만날 이유가 되는 걸까? 갑자기 또 복잡해지려는 머리를 흔들며 은서는 교실로 들어왔다. 그러나 수업에 집중이 될 리 없었다. 언제부터 기다리고 있었는지 알 수 없지만 정말 피할 수 있으면 피하고 싶다. 은서는 아직 수업이 한 시간 더 남았지만 먼저 학원을 나섰다. 또다시 애들 앞에서 이상한 시선을 받고 싶지 않았다.

은서가 학원 밖으로 나오자 차 문이 열리고 혁이 모습을 드러냈다. 은서는 못 본 척 빠른 걸음으로 비켜 가려 했다. 그러나 채 몇 걸음도 가지 못해서 혁의 손에 손목을 붙들렸다.

"타."

"싫어요."

"내가 안아서 태워주길 바래?"

"오빠!"

"우스운 꼴 보이기 싫으면 타라."

"오빠, 정말 왜 이러는데요?"

"왜 이러는지 나중에 따지고, 애들 다 내려다본다."

은서는 그제야 창가에서 고개를 내밀고 내려다보고 있는 어린 친구들이 보였다. 아마도 동화 속 왕자님을 이야기하며 상상의 나래를 펴고 있을 게 분명했다. 은서는 어쩔 수 없이 그가 차 문을 열고 기다리는 좌석에 몸을 실었다. 혁은 과묵한 사람이었다. 물론 어린 은서네들과 어울리면서 어른이었던 그가 무슨 말을 많이 했겠는가 싶기도 하지만 가족들과 함께 있을 때도 그는 말이 없는 편이었다. 말로서 그녀를 구박하거나 무시했던 적은 그녀의 기억에도 없다. 그러나 냉랭한 눈빛과 반응하지 않는 대꾸, 그리고 옆에 있어도 없는 듯 대하는 행동들이 그녀를 구석으로 몰아넣었다고 해야 할 것이다. 말 많고 수다스러웠던 그녀와는 너무 다른 사람이었다. 아, 그러고 보면 혁이 변할 때가 딱 하나 있기는 했다. 그것은 수연과 함께 있을 때였다. 수연과 함께 있을 때면 그의 눈은 부드러워졌고, 농담도 자주 하곤 했던 것 같다. 그도 사랑하는 사람 앞에서는 변하는 것이다. 문득 신후가 떠올랐다. 신후도 조용한 성격의 소유자였다. 그런 그가 그녀 앞에서는 그녀보다 더 수다스러울 때가 있다. 너무나 직선적이고, 노골적인 고백으로 그녀를 당황하게 하곤 하지만 그녀와 있을 때만 신후의 그런 모습을 볼 수 있다는 건 사랑이라는 감정 때문일까? 신후를 생각하면 마음이 아프면서도 얼굴엔 미소가 고인다. 혁이 그런 그녀를 보았나 보다.

"누구 차인지 잊었나 보군."

은서는 대꾸도 하지 않고 창가로 고개를 돌렸다.

"저한테 볼일이 또 남았어요?"

"그래, 앞으로 많아질 것 같아."

"네?"

혁은 입을 다물었다. 무슨 소리냐고 눈이 커져서 돌아보는 은서를 보았을 텐데도 더 이상 말할 의사가 없다는 듯 운전에만 집중했다. 혁이 무슨 의미로 한 말인지 알 수 없지만 예감이 좋지 않았다. 낯익은 거리가 나오고, 상가들을 지나치고…… 지금 그가 가고 있는 곳이 어딘지 짐작조차 할 수 없지만 불안감이 스며들었다.

"지금 어디 가는 거예요?"

"가보면 알아."

그녀가 아는 곳, 그녀가 지나쳐 다녔던 곳. 예감이 좋지 않았다. 혁이 그녀를 데리고 가고자 하는 곳이 어디인지, 자꾸 떠오르는 그곳이 아니길 간절히 바랄 뿐이다. 그의 손을 매몰차게 떨구어내지 못하고 차를 탄 게 후회되기 시작했다. 그녀의 예상은 어긋나지 않았다.

"내려."

"싫어요."

"최은서!"

"싫다구요. 제가 여길 왜 와요?"

"왜? 너하고 내가 함께 살았던 현장이라서?"

"그래요. 그래서 싫어요. 난 오빠하고 관계된 어떤 것도 기억하고 싶지 않아요. 지워 버릴 수만 있다면 지워 버리고 싶은 과거예요. 나한테 뭘 원하는 거예요? 거길 들어가서 뭘 보라구요? 비참했던 그 시절을 다시 회상하라구요? 싫어요. 오빠, 정말 이유를 모르겠네요. 나한테 왜 이러는 건데요?"

"지우고 싶다고 해서 지울 수 있는 게 아니지. 너하고 내가 저 집에서 3년을 산 것은 변할 수 없는 사실이지."

"그런데요? 그걸 상기시키는 이유가 뭔데요?"

"왜 저 집에서 너하고 내가 지독했던 3년을 보내야 했는지 잊은 건 아니겠지?"

"그래서요? 그 일을 다시 끄집어내는 이유가 뭔데요? 오빠한테 무릎 꿇고 빌기라도 하라는 건가요? 내가 분명히 얘기했었죠. 결혼 전에 말했었잖아요. 우리 사이에는 아무 일도 없었다고, 그만두고 싶으면 그렇게 하라고 말했잖아요. 그런데 끝까지 결혼을 추진했던 건 오빠였어요. 그런 오빠를 보면서 나 조금은 기대했었어요, 오빠가 어쩌면 나를 봐줄지도 모른다고. 그래서 노력했어요. 근데 제게 돌아온 게 뭐죠?"

"다시 시작하자."

"뭘요?"

"너하고 나, 다시 한 번 같이 살아보자."

"네? 오빠, 지금 제정신이에요?"

"그래, 극히 정상이지."

은서는 정신을 차릴 수가 없었다. 다시 시작이라니 단 한 번도 생각해 본 적이 없었던 일이다. 이미 오래전에 마음을 비워버린 사람, 끝없는 좌절만을 남겨주었던 사람이 바로 혁이었다. 엉켜 버린 실타래를 마저 풀어내고 자유롭고만 싶었는데 그가 지금 무슨 말을 하고 있는 것일까?

"전 싫어요. 다시 시작하고 싶은 맘 같은 건 추호도 없어요. 혹시 수연 때문에 이러는 거라면, 전 수연이 대신이 될 수 없다는 걸 뼈저리게 느낀 사람이에요. 다른 사람을 찾아보세요."

"수연이 대신이 아니라면?"

"그래도 싫어요."

"신후 때문이니?"

은서는 잠시 멈칫했다. 이미 그녀의 속마음을 다 안다는 듯한 혁의 말투에 말문이 막혀 버렸다. 결코 누구에게도 내보이지 않았던 자신의 속내를 환히 들여다보고 있는 것 같은 혁의 눈빛에 머뭇거릴 수밖에 없었다.

"오빠……."

"수연에게서 날 빼앗았으면 됐잖아. 신후 걔는 수연이 줘라."

은서는 더 이상 어떤 말도 할 수 없었다. 또다시 아파왔다. 그

녀의 곁에 신후가 없다는 것을 상상할 수 있을까? 상상하는 것
만으로도 가슴이 비수에 찔린 듯 아프다.

"오빠와 더 이상 이야기 나누고 싶지 않아요. 오빠가 갑자기
왜 이러는지 모르겠지만 전 아니에요. 다시 오빠와 얽히고 싶은
생각 전혀 없어요."

은서는 혁과 일 분 일 초도 더 이상 함께 있고 싶지 않았다.
그에게서 쏟아져 나올 말들, 신후와 안 되는 이유들을 더 듣고
싶지 않았다. 그녀도 충분히 알고 있었다. 그러나 그것을 타인
으로부터 직접 확인하고 싶지는 않았다. 그러기에는 아직 마음
의 준비가 되어 있지 않았다. 차 문을 열고 밖으로 나왔다. 그러
나 바로 따라 나온 혁에 의해 붙잡혔다.

"놔요. 다시는 오빠 안 봤으면 해요."

손을 힘껏 뿌리쳤으나 손은 떨어져 나가기는커녕 그에 의해
잡아당겨졌다. 밀어낼 새도 없이 혁의 품에 갇힌 은서는 당황했
다. 그리고 거칠고 다급하게 부딪쳐 오는 혁의 입술을 느껴야
했다.

짝—

거칠게 부딪쳐 오던 혁의 입술이 멀어져 갔다. 그리고 벌겋게
손자국이 난 뺨을 손으로 만지며 공포스러울 만큼 매서운 눈으
로 은서를 노려봤다. 은서는 혁의 입술이 부딪쳐 오는 순간 신
후의 얼굴이 떠오르며, 자신도 모르게 잡혀 있지 않은 손이 혁
의 뺨을 향해 날아갔다. 선명한 손자국에 의해 얼마나 세게 때

렸는지 짐작이 갔다. 자신에게 이런 폭력성이 있는지조차 알지 못했다. 그러나 전혀 부드럽지 않은 입술이 준비도 안 된 그녀에게 거침없이 부딪쳐 오는 느낌은 온몸에서 거부 반응을 일으켰다. 오싹한 기분이었다.

"왜, 신후 입술은 달콤하던?"

"오빠!"

"수연이가 좋아하는 것 같으니까 더 탐이 난 거야? 나만 바라봤었다고? 웃기지 마. 넌 처음부터 떠날 준비를 하고 있던 애야. 혼인 신고도 안 했잖아. 그리고 네 맘대로 끝내 버렸지. 아니야?"

"오빠, 책임 전가하지 마요. 오빠도 내가 떠나서 좋았잖아. 수연이가 돌아와서 내가 떠나주길 바랐잖아. 오빠가 원하는 대로 해줬잖아요. 그런데 수연이 마음이 오빠에게서 돌아선 걸, 그것까지 내가 책임져야 해요?"

"분명히 말하는데 신후는 안 돼. 꿈도 꾸지 마. 넌 나와 저 집에서 다시 살게 될 거야."

"오빠, 왜 이러는데요? 정말 이러지 마요. 우린 다시 회복될 수 없는 사이예요."

"그건 네 생각이지. 신후 녀석한테 널 넘겨주는 일은 없을 거야. 적어도 네가 양심이 있는 애라면 이번만큼은 수연이한테 신후를 양보하겠지."

은서는 전혀 예상치 못한 혁의 태도에 당황했다. 한 치의 흔들림도 없이 그녀를 바라보고 있는 혁의 눈은 남자의 눈을 하고 있었다. 무표정으로 일관하며 그녀에게 조금의 감정도 내비치지 않았던 그가 지금 무섭도록 소유욕을 드러냈다.

"이렇게 꼬이게 만든 건 너야. 내가 널 붙잡게 만든 것도 너고."

"오빠, 오빠가 사랑하는 사람은 수연이야. 수연이가 오빠를 거부한다고 해서 나와 다시 시작하겠다는 게 말도 안 되는 이야기라는 것 몰라요?"

"흥, 사랑? 난 사랑이 뭔지 몰라. 알았다면 이 지경까지 오지도 않았겠지. 내가 지금 아는 건 널 다시 가져야겠다는 것뿐이야."

"오빠, 난…… 난……."

"그만 해라. 두고 봐. 넌 다시 내게 오게 될 테니까. 즐길 수 있을 때 맘껏 즐겨. 오래 걸리진 않을 거다."

혁은 몸이 떨릴 만큼 단호하고 의지가 굳은 목소리로 경고를 남기고 건물 안으로 사라졌다. 멀리서 경비 아저씨가 보고 인사하는 것도 무시한 채 화를 이기지 못한 듯 굳게 쥔 주먹이 심하게 떨리고 있었다. 은서는 그가 사라지고 난 후 빌라 단지 가로수 나무 아래 털썩 주저앉았다. 다리가 떨려 도저히 서 있을 수가 없었다. 지금 혁과 있었던 일이 꿈인지 현실인지 구분이 안 될 만큼 전혀 준비가 되어 있지 않은 그녀에게 갑자기 날아든 날벼락 같은 일이었다. 혁이 쏟아놓은 말들이 정말 제대로 들은 건지 의심스러웠다. 그가 그런 말을 할 리가 없는데, 그가 남긴 말이 무섭도록 메아리치며 심장을 곤두박질하게 만들었다. 어떻게 이런 일이 일어날 수 있을까? 혁이 남기고 간 한 마디 한 마디가 결코 원하지 않는 상황을 만들 것 같아 불안하고 초조했다. 가방을 무릎 위에 올려놓고 머리를 푹 숙이고 있던 은서의 눈에 눈물이 고이기 시작했다. 진정이 되는가 싶으니까 기다렸다는 듯이 눈물이 쏟아진다.

'난 정말 신후와는 안 되는 걸까? 누군가에게 사랑받는다는 게 어떤 것인지를 이제야 알게 되었는데…….'

네가 양심이 있는 애라면 적어도 이번만큼은 수연에게 양보하겠지라는 혁의 말이 무겁게 그녀의 가슴을 짓눌렀다.

'이번만큼이라고? 그 이번이 내겐 처음이자 마지막이라면…….'

은서의 눈물은 쉽게 그칠 것 같지가 않았다. 진동으로 되어 있는 핸드폰은 그녀의 무릎 위에서 몸살을 앓고 있었지만 은서는 슬픔이라는 독에 빠져 전화를 받을 여력이 없었다. 콩쥐의 독처럼 물이 새는 독이었으면 좋으련만 은서의 독은 너무 튼튼하고 단단해 눈물이 가득 차고도 넘칠 정도였다.

집으로 들어온 혁은 굳게 쥔 주먹으로 벽을 있는 힘을 다해 내려쳤다. 터진 손등에서는 피멍울이 맺히고 있었지만 그 아픔은 아무것도 아니었다.

친구들과 함께 오랜만에 찾았던 나이트클럽. 별로 좋아하는 곳은 아니었지만, 수연에 대한 자신의 그릇된 판단과 자꾸만 미련이 남는 은서에 대한 감정을 털어버리고자 따라나섰던 것이다. 룸보다는 시끌벅적한 소란스러움이 좋아 2층으로 자리를 잡은 건데 스테이지에서 춤을 추는 은서가 한눈에 들어왔다. 처음부터 그녀를 찾아 헤매고 있었던 것처럼 그의 눈은 그녀를 찾아냈다. 너무나 다른 모습, 가슴이 보일 듯 말 듯 남자의 야성을 자극하는 야릇한 옷차림을 하고 음악에 취해 춤을 추는 은서의 모습에 빨려드는 것만 같았다. 시선을 뗄 수가 없었다. 주위의 남자들이 그녀를 향해 조금씩 다가가는 걸 지켜보며 술잔이 부서질 듯 꽉 움켜쥐어야만 했다. 금방이라도 튕겨져 일어나 쫓아갈 것처럼 준비된 자세로 꼿꼿하게 무대를 향해 있었다. 그녀의 주위를 들끓는 남자들을 떼어놓기 위해 만반의 준비를 하고 있는 그의 눈에 너무나 자연스럽게 은서에게 다가가는 신후가 보였다. 그리고 얼마 후 신후와 끌어안고 춤을 추고 있는 은서를 봐야 했다. 온몸이 부르르 떨려왔다. 지금까지 살아오면서 그토록 주체할 수 없을 만큼 분노를 느껴본 적이 있을까? 눈앞에서 그의 것을 도둑맞은 기분이었다. 두 눈을 시퍼렇게 뜨고 있는데, 전혀 양심의 가책도 없이 당연한 것처럼 그의 것을 가로챈 불한당으로밖에 보이지 않는 신후의 멱살을 잡고 면상에 주먹을 날리고 싶었다. 그 여자는 내 것이라는 끝도 알 수 없는 소유욕이 그를 잠식했다. 언제부터였을까? 은서에 대한 미련을 넘어선 집착으로 이성을 잃을 만큼 분개한 자신을 믿을 수 없었다. 그러나 다정한 연인 같은 신후와 은서를 보는 두 눈은 화염처럼 불타오르고 있었다.

"혁아, 강혁, 뭐 해? 술 한잔해야지."

친구들의 부름은 아득하기만 했다. 사랑을 속삭이는 듯한 모습과 신후를 향한 은서의 눈빛, 멀리 있어서도 충분히 느낄 수 있었다. 그리고 그들만의 뜨거운 키스. 금방이라도 깨질 듯 강한 힘에 의해 위태하던 술잔이었다. 그 술잔의 술이 부들부들 떨리는 혁의 손으로 인해 흘러넘쳤다. 친구들이 놀란 듯 그의 손에 억지로 술잔을 뺏으려 했지만 부들부들 떨리던 손은 결국 세차게 테이블을 내려치며 술잔을 박살 내고 말았다. 테이블 가득 술로 흥건히 고여 엉망이 된 것도 보이지 않았다. 당장이라도 달려 내려가 그들을 떼어놓고 싶었다. 살인적이라고 할 만큼 강한 폭력의 유혹을 느꼈다. 신후의 목을 조르고, 은서의 몸에 그의 낙인을 찍고 싶다는 생각으로 거의 이성의 끈을 놓기 직전이었다. 술로 인해 바지가 축축이 젖었는데도 느끼지 못한 듯 몸에서 풍겨져 나오는 위험스러운 분위기에 친구들은 당황한 듯했다.

"야! 정신 차려, 인마! 강혁!"

신후와 은서가 나가는 모습이 보였다. 붙잡는 친구들을 뿌리치며 급하게 밖으로 따라 나왔지만 이미 그들의 모습은 보이지 않았다. 요란한 네온사인과 술에 취해 허우적거리는 취객들만이 보일 뿐이었다.

　밤새 술을 마셨다. 집에 있는 술을 거의 다 비울 만큼 마시고 또 마셨다. 자신의 위험스러운 감정을 스스로도 주체할 수가 없었다. 다시 찾아와야겠다는 생각뿐이었다. 다른 녀석의 품에 안겨 키스하는 꼴은 두고 볼 수 없을 것 같았다. 그녀가 싫다고 해도 어쩔 수 없다. 이미 느껴 버린 그녀에 대한 감정은 너무 컸다. 과거엔 그녀에 의해 어쩔 수 없는 선택이었다면 이번에는 그의 선택이었다. 상대가 신후라도 상관없다. 돌고 도는 게 인생 아닌가. 처음부터 그의 것이었던 걸 그렇게 쉽게 놓치지는 않을 것이다.

　뜬눈으로 밤을 새다시피 한 혁은 오전 내내 숙취에 시달렸다. 그리고 겨우 몸을 추스르고 은서의 학원 앞으로 차를 몰았다. 반가워하지 않을 것이라는 걸 알았지만 모르는 척 지나치려 하는 그녀가 섭섭했다. 하지만 그녀와 조용한 곳에서 이야기를 나누고 싶었다. 그래서 집으로 데려온 것인데 은서가 이곳에 대해 그렇게 과민 반응을 보일 줄은 몰랐다.

　은서가 떠나고도 혼자 살고 있는 집, 혁은 그 집에 익숙해져 있었다. 물론 집을 처분하고 혼자 생활하기 편한 곳으로 옮길까도 생각했었지만 그는 그러지 않았다. 그녀가 떠난 이후로 한 번도 열어보지 않았던 은서의 방은 그대로였다. 일하시는 아줌마들에 의해 청소만 해질 뿐 어떤 것 하나도 건드리지 않고 내버려 둔 상태였다.

그는 손등에서 전해져 오는 아픔도 잊고 문을 열어보았다. 그녀가 떠난 날 그 모습 그대로였다. 스스로도 깨닫지 못했지만 깨끗하게 은서를 그에게서 지워내 버리지 못했었다는 걸 비로소 알게 되었다. 차갑게 돌아서는 은서에게 화가 났다. 신후와 나누던 뜨거운 키스를 생각하면 몸에서 불이 나는 것 같았다. 확인하고 싶었다. 그 역시 느껴보고 싶어 거부하는 은서의 입술에 강압적으로 키스를 하려다 뺨을 맞았다. 작은 체구에서 무슨 힘이 그렇게 센지 알 수 없지만 고개가 돌아갈 정도였다. 그러나 뺨에 느껴지는 아픔은 가슴의 통증에 비하면 아무것도 아니었다. 자신을 향해서 이미 마음의 문을 굳게 닫아버린 은서의 말들은 돌이 되어 가슴으로 날아들었다. 화가 났다. 그녀가 멀어지려 할수록 더 욕심이 났다. 잔인하게라도 그의 옆에 그녀를 두고 싶다.

요즘 신후의 일과는 은서의 수업이 끝날 때쯤 기다렸다가 함께 집으로 돌아가는 것이었다. 우선 함께 오가면서 이야기 나눌 수 있는 시간을 가질 수 있어서 좋았고, 또 혁으로부터 은서를 보호하고자 함이었다. 학원생들이 수업을 마치고 몰려나왔다.

"어? 왕언니 친구네."

키가 좀 작은 여자애가 다가와 신후를 아는 척했다.

"어. 은서랑 같이 안 나왔어?"

"언니 한 시간 전에 먼저 갔어요."

"그래?"

"저번에 큰 차 몰고 왔던 아저씨랑 같이 갔는데요."

그러면서 신후의 표정을 살피는 여자애였다. 그러나 다희의
말이 떨어지기도 전에 신후는 핸드폰으로 전화를 거는 데 여념
이 없었다. 수업도 마치지 않고 혁과 함께 갔다는 게 불쾌했다.
이런 일이 있을까 싶어 학원까지 데리러 오는데 중간에 수업까
지 다 마치지 않고 은서가 혁과 사라졌다는 사실은 또 다른 불
안감을 안겨줬다. 화가 나기도 했다. 그러나 전화는 한참 동안
신호음만 울리다 결국은 소리샘으로 넘어가 버렸다. 몇 번 음성
도 남겼지만 전화기가 꺼진 상태도 아닌데 전화를 받지 않는 은
서로 인해 신후는 가던 길도 잊고 계속해서 전화를 걸었다.

얼마 동안 그러고 있었을까? 거의 30여 분 남짓, 받지 않는
전화번호를 셀 수 없을 만큼 눌러대느라 손이 얼얼할 정도였다.

—여보세요.

가라앉은 듯한 은서의 목소리였다. 들려오는 목소리에 반가
움과 염려도 잠시 신후의 언성은 커졌다.

"너, 지금 어디야?"

—서초동.

"거기 있어. 당장 갈게."

—신후야.

전화를 끊으려는데 은서의 다급한 음성이 들렸다.

"왜?"

—나 지금 집으로 가는 길이야. 그러니까 괜한 걸음 하지 마. 집에서 봐.

은서가 먼저 전화를 끊었다. 약간 가라앉기는 했지만 아무 일도 없다는 듯 평소와 다를 바 없었다. 그러나 왜 그에게는 울음 섞인 목소리처럼 느껴지는지, 혁과 무슨 일이 있는 게 분명했다. 신후는 급하게 집 쪽으로 방향을 틀었다.

은서는 신후의 계속되는 전화에 어쩔 수 없이 전화를 받았다. 그러나 울지 않은 척 아무 일도 없었다는 듯이 담담하게 말하려고 얼마나 노력했는지 전화를 끊고 나니 손에 땀이 흥건히 배었다. 신후에게는 집으로 가는 길이라고는 했지만 은서는 지금 자신이 걷고 있는 길이 집으로 가는 길인지 알 수 없었다. 당장 신후의 얼굴을 마주할 수 없다는 생각과 혁이 그녀에게 던지고 간 말들이 아직까지도 충격이 되어 말끔하게 정리가 안 된 상태였다.

은서는 정처없이 걸었다. 목적지도 없이 무작정 걸으며 오늘 혁과의 일을 되짚어보았다. 무슨 일로 그녀에 대한 혁의 감정 변화가 있었는지 알 수 없지만 그의 태도나 말투로 봐서는 결코 장난이 아니었다. 그의 시선을 간절하게 바랐던 그때, 지금의 눈빛을 그녀에게 보여주었다면 그녀는 망설임없이 혁의 제안을 받아들이고 기뻐했을 것이다. 혁을 떠나오면서도 뒤돌아보게 만들었던 그 미련이라는 감정의 싹이 남아 있을 때만 해도 혁이 그녀에게 손을 내밀었다면 은서는 혁에게 돌아갔을 것이다. 그러나 시간은 멈추지 않고 흘러가고 있었다. 서울을 떠나면서도 조금이나마 은서의 가슴에 남아 있던 미련이라는 싹은 물 한 모금, 햇빛 한 줌, 사랑의 시선 한 번 받지 못한 채 외면당하므로 인해 이미 말라 비틀어져 은서의 가슴에서 죽어버렸다. 지금에 와서 물을 주고, 영양제를 주고, 빛을 준다고 해도 이미 죽어버린 싹은 다시 푸른빛을 발하지는 못한다. 그저 헛된 몸짓에 지나지 않는다. 그러나 혁의 눈빛이 마음에 걸린다. 쉽게 그녀의 생각을 받아들이지 않을 것 같은 고집스러움이 싹이 더 이상 자라지 않는 가슴밭을 아예 갈아엎어 버릴 것 같은 생각에 몸이 떨렸다.

쉼없이 걷다가 눈에 익은 버스가 보여 무작정 버스에 올랐다. 그리고 동네에 내려 터벅터벅 집을 향해 걸었다. 어둑어둑한 저녁이 다 되어가고 있었다. 얼마나 거리를 헤매고 다닌 것일까? 다리가 아픈 것도 느끼지 못하고 복잡한 생각들에 취해 걸어다닌 것 같다. 나이트클럽에서의 일 이후, 신후는 무언가를 기대하는 눈빛으로 그녀를 본다. 그녀 역시 신후와 함께 있으면 자꾸 그날 일이 생각나 볼이 붉어지면서도 웃음이 나온다. 약간의 알코올 기운을 빌린 것도 사실이었지만 그녀도 참 대담했다. 자기가 먼저 신후의 입술에 입맞춤을 하고, 공공 장소에서 보란 듯이 키스를 할 수 있었는지 모르겠다.

대문 앞에 신후가 앉아 있었다. 터벅터벅 힘없이 걸어오는 은서를 보고 신후가 일어섰다.

"서초동이 강릉쯤 되나 보다."

"미안해. 그냥 집에 있지, 왜 나와 있어?"

"너 기다렸어."

"왜?"

"왜냐구? 몰라서 물어?"

"신후야, 다음에. 나 지금 피곤하거든."

곧 돌아오리라 생각했던 은서의 귀가가 늦어지자 신후는 집 안에 가만히 앉아 있을 수가 없었다. 혁과 무슨 일이 있었는지, 아니면 사고라도 당한 건 아닌지 불안하고 초조했다. 핸드폰으로 다시 전화를 해도 꺼져 있기에 안절부절못하고 대문 앞에서 기다린 건데 은서는 왜냐고 묻는다. 아무 일 없이 무사히 돌아와서 다행이라는 생각보다 그의 마음을 너무도 모르는 듯 행동하는 은서로 인해 순간 화가 치밀었다.

"피곤한 게 아니고 나랑 얘기하고 싶지 않다는 거겠지?"

"신후야."

"네 얼굴에 그렇게 써 있는데?"

은서는 아무 말도 할 수 없었다. 그녀의 속에 들어갔다 나온 것처럼 신후는 정확하게 그녀의 마음을 알았다.

"어머, 신후하고 은서 아니니?"

"네. 안녕하셨어요?"

"응. 근데 대문 앞에서 뭐 해, 다 늦은 저녁에 안 들어가고?"

"예, 지금 들어갈 거예요."

이웃집 아줌마였다. 슈퍼라도 가는지 골목길을 내려가신다.

"들어가자."

"왜, 어머니 계신 데서 이야기하려구?"

"신후야!"

"잠깐 얘기 좀 하고 들어가자."

결국 은서는 신후에게 붙들려 놀이터에 왔다.

"말해!"

"뭘?"

"혁이 형이 왜 찾아온 거야?"

은서는 한동안 어떻게 말해야 할지 난감했다. 신후가 혁과의 만남을 모를 리가 없다는 걸 미처 생각하지 못한 게 화근이었다. 지금으로서는 그녀조차 정리하지도, 받아들이지도 못하는 이야기를 신후에게 할 수는 없었다. 신후가 혁의 얘기를 안다면 가만있지 않을 게 분명했다. 혁과의 일은 자신의 선에서 해결하고 싶었다.

"가는 길에 들렀대."

"그런데 따라갔어?"

"오래 기다린 것 같아서. 또 애들도 보고 있고 해서 실랑이하기가 그랬어."

"만나서 무슨 얘기 했어?"

"특별히 한 얘기 없어. 그냥 평범한 얘기."

은서는 잠시 머뭇거렸지만 별일 아니라는 듯 가볍게 신후의 질문에 대답했다. 그러나 신후는 은서의 그런 모습이 더 이상하게 느껴졌다. 혁과의 만남이 하찮은 만남일 수가 없었고, 혁과 평범한 대화를 나누다니 가능한 일일까? 그러나 은서는 신후의 의심은 전혀 모르는 듯 대수롭지 않게 대답했다. 그러면 그럴수록 의심의 꼬리는 자꾸만 길어져 간다는 걸 몰랐다.

"평범한 얘기? 넌 혁이 형과 그런 이야기도 나누는 사이였나 보지? 아니면 그 정도로 가까워졌다는 걸로 해석해야 하니?"

"아니."

은서는 당황했다. 어떡해서든 이 상황을 모면하고 싶었다. 혁이 다시 시작하고 싶어한다는 얘기를 신후에게 하고 싶지 않았다. 신후와는 절대 안 된다고 말하던 혁을 떠올리고 싶지 않았다. 그녀도 신후와는 안 된다는 것을 알고 있지만 단호하게 신후를 밀어낼 수가 없었다. 아니, 붙잡고 싶은 게 솔직한 심정이다. 그래서 다 털어놓고 붙잡아달라고 사정하고 싶은 마음이 굴뚝같았지만, 그래서는 안 된다는 것을 누구보다도 잘 아는 그녀였기에 그냥 조용히 넘어가길 바랐다. 혁과의 일을 신후가 알게 된다면 지금의 평화는 사라질 것이다. 은서는 결단을 내려야만 할 것이다. 어리석고 나약한 모습일지라도 최대한 신후를 떠나보내는 일은 미루고 싶었는지도 모른다. 아직은 마음의 준비가 되어 있지 않았다.

"그럼 뭐야?"

"가까운 사이가 아니더라도 얘기 정도는 할 수 있어. 그리고 이신후, 너 정말 사람을 이런 식으로 몰아붙일 거니? 내가 혁이 오빠 만나서 무슨 얘기를 했는지 시시콜콜 다 말해야 하는 거니?"

"너…… 지금 말하는 뜻이 뭐야? 그래서 앞으로 혁이 형 계속 만나겠다는 거야? 하나만 묻자. 너한테 나는 뭐니? 아직도 친구 이기만 하니?"

강하게 노려보는 신후의 눈을 은서는 피할 수 없었다. 대답을 강요했다. 한 치의 거짓도 허락하지 않겠다는 듯한 시선에 은서는 옴짝달싹도 못한 채 붙잡혀 있었다. 친구일 뿐이라고 말해야 했지만 그것은 분명 거짓이었다. 오늘 혁과의 만남 이후로 신후에게 내내 거짓말을 하고 있었다. 거기에 한 번 더 거짓말을 한다고 뭐가 달라질까 싶었지만 신후의 진지한 눈앞에 은서는 거짓을 말할 수 없었다. 그의 진심을 기만하고 싶지는 않았다. 그녀를 한결같은 눈으로 바라봐 온 그가 아닌가? 결코 그와의 사랑이 이루어지지 못한다 하더라도 거짓을 말하고 싶지는 않았다.

"아니."

"그럼?"

잔뜩 굳어 있던 신후의 얼굴은 은서의 한마디에 풀어지고 있었다. 긴장했었는지 안도의 한숨마저 몰아쉬었다. 그러나 더 이상 은서의 대답은 들을 수 없었다. 그러나 신후는 그것으로 만

족하기로 했다. 대문 앞에서 은서를 만났을 때, 한 발자국 가까
워졌다고 생각했었는데 그녀의 신통치 않은 대답에 다시 제자
리인 것 같은 느낌이었다. 그에 비하면 은서의 결코 친구이지만
은 않다는 대답은 신후를 들뜨게 했다. 그에게 있어 은서가 여
자이듯이 은서 역시 그를 남자로 조금씩 인식하기 시작했다는
사실은 큰 수확이었다.

"우리 데이트하자."

"뭐?"

"연인들처럼 데이트하자구."

"나 공부해야 하는데."

"공부도 하고 데이트도 하면 되지. 나한테 맡겨."

신후는 더 이상 혁과 무슨 일이 있었는지 추궁하지 않았다.
여전히 은서가 무엇인가 숨기고 있다는 의구심이 농후했지만
그녀가 결코 말하지 않을 것임을 짐작했기 때문이다. 그렇다고
해서 궁금함이 사라진 것은 아니었다. 다만 그녀가 스스로 말할
때까지 기다려 주기로 했다. 그녀가 그에게서 물러서지 않는다
면, 이렇게 조금씩 다가와 준다면 기다림은 얼마든지 할 수 있
는 신후였다.

"가방 줘."

"괜찮아."

"무겁잖아. 이리 줘."

신후는 은서에게서 가방을 빼앗아 한쪽 어깨에 멨다.

"피곤해?"

"응."

"그러면 집으로 바로 와 쉬지 뭐 한 거야?"

"좀 걸었어. 걷고 싶더라."

"전화하지, 같이 걷게. 혼자 걷는 것보다 둘이 걷는 게 더 좋잖아."

"신후야."

"응."

"고마워."

"뭐가?"

"다."

은서는 신후와 손을 맞잡고 컴컴한 거리를 함께 걸었다. 피곤해서 쓰러질 것 같던 다리도 전혀 피로를 느끼지 못했다. 그랬다, 항상 신후와 함께 있으면 마음에 평안을 찾을 수 있다. 지치고 힘들 때는 단단한 가슴과 어깨를 빌려주고, 마음이 공허할 때는 따뜻한 말 한마디로 위로를 해준다. 세상에 혼자가 아님을 느끼게 해주는 오직 한 사람, 그녀의 벗, 그리고 마음속 연인 신후.

그를 놓아줄 수 있을까? 그를 떠나보낼 수 있을까? 그와 함께함으로 너무 행복하다. 살얼음판 위에 서 있는 것처럼 불안하지만 그래서 더 달콤하게만 느껴지는지도 모르는 행복, 신후와 잡은 손을 놓고 싶지 않다. 영원히. 그러나 혁이 남기고 가버린 말은 그냥 홧김에 한 말이 아님을 알기에 불길한 생각들이 신후와 느끼는 행복을 갉아먹고 있었다. 또한 수연에 대한 미안한 감정도 그녀의 마음을 무겁게 했다. 좋은 친구로 만난 수연과의 인연, 그러나 지금은 자꾸만 얽히는 악연이 되었다. 그녀가 수연이었다 해도 자신을 미워하고, 원망했을 것이다. 고의는 아니었다 하더라도 약혼자와의 사이를 갈라놓았고, 신후와는 그녀만의 일방적인 감정은 아니더라도 또 한 번 수연에게 상처를 주게되는 상황이었다. 은서는 답답했다. 스스로 생각해도 결코 악하지 않은 그녀였다. 그런데 왜 그녀에게 주어지는 역할은 다 악역뿐인지. 정말 그녀로 인해 타인이 상처받는 걸 원하지 않았다. 그렇게 모질지도, 독하지도 않은 그녀였다. 그래서 다가오는 신후를 받아들이지 못하고 바보처럼 망설이고 있다. 신후와 함께하는 시간이 즐거우면서도 온전히 즐기지 못하는 마음, 그 시간이 오래가지 못할 것 같은 불안함 때문일 것이다. 신후는 기분이 좋은 듯 휘파람을 불었다.

점을 실천 온세는 늦잠을 잤다. 부엌에서는 분주하게 움직이는 소리와 함께 귀에 익은 콧노래가 들려왔다. 경진은 벌써 나갔는지 보이지 않았다. "지금 뭐

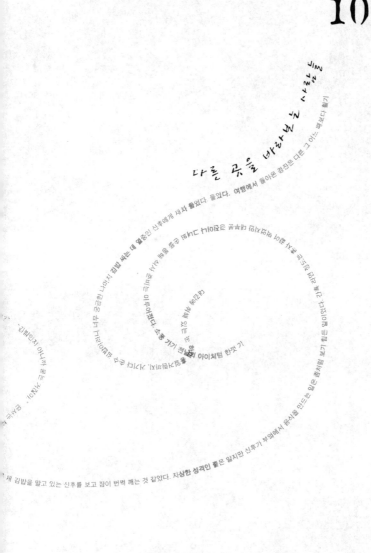

잠을 설친 은서는 늦잠을 잤다. 부엌에서는 분주하게 움직이는 소리와 함께 귀에 익은 콧노래가 들려왔다. 경진은 벌써 나갔는지 보이지 않았다.

"지금 뭐 해?"

"보면 몰라?"

"김밥인지 아니까 묻는 거잖아."

은서는 부엌에서 앞치마를 두른 채 김밥을 말고 있는 신후를 보고 잠이 번쩍 깨는 것 같았다. 자상한 성격인 줄은 알지만 신후가 부엌에서 음식을 만드는 일은 좀처럼 보기 힘든 일이었다. 간혹 라면 정도는 혼자 끓여 먹었지만 대부분 경진이나 그녀의 손을 통해 식사 준비는 이루어졌다. 소풍 가기 전날의 아이처럼 한껏 기대감에 취해 있는 눈 하며 흥얼거림까지, 거기다 손수 김밥이라니 너무 궁금한 나머지 김밥 싸는 데 열중인 신후에게 재차 물었다.

"뭐 하는 거냐구?"

"도시락 싸잖아, 피크닉 가려구."

"누구랑?"

"너하고."

"어디로?"

"가보면 알아."

무슨 스무고개 하듯 신후는 은서가 묻는 말에 단답형으로 짧게 대답했다.

"나 공부해야 하는데."

"공부도 해야지."

"이신후, 너 자꾸 장난할 거야?"

"다 했다. 너도 얼른 준비해, 공부할 것도 챙기고."

신후의 행동이 의심스러웠지만 공부할 것도 챙기라는 말에 은서는 서둘렀다. 도대체 신후가 어디를 가려고 그러는지 궁금했지만 말해 줄 것처럼 보이지 않았다. 그녀가 궁금해하는 걸 즐기는 것처럼 보였다. 유치했지만 신후의 장단에 맞춰주기로 했다.

신후가 그녀를 데려온 곳은 시립 도서관이었다. 도서관 주차장에 차를 주차시킬 때까지 어디를 가나 했는데 막상 도착하고 나니 웃음이 나왔다. 공부도 하고, 데이트도 하자는 말이 이해가 된다. 우선 들어가 자리를 잡고 책을 폈다. 신후도 옆에 앉아 전공서적을 펼쳤다. 눈이 마주치자 자꾸만 배시시 웃음이 배어 나온다. 소리없이 입 모양으로만 공부하자고 대화를 나누고 각자의 책으로 눈길을 돌렸다.

얼마나 시간이 지난 것일까? 무심코 고개를 돌렸던 은서는 자신을 바라보고 있는 신후의 눈과 마주쳤다. 신후가 한쪽 눈을 찡긋한다. 언제부터 보고 있었던 것일까? 은서는 다시 소리없이 입 모양으로만 물었다.

"왜?"

"예뻐서."

"치, 공부나 해."

"밥 먹자."

소리없이 대화를 나누던 은서는 시계를 힐끔 쳐다보았다. 아침 겸 점심을 먹고 나왔지만 벌써 3시가 다 된 걸로 보아 배가 고플 시간이었다.

"나가자."

"그래."

은서와 신후는 하던 공부를 잠시 미루곤 도시락 가방을 들고 밖으로 나왔다. 의외로 도서관 밖에는 사람들이 많았다. 연인처럼 보이는 청춘 남녀, 중고생으로 보이는 학생들, 나이가 지긋해 보이는 할아버지까지. 은서와 신후는 잔디밭 위에 놓인 벤치에 가 앉았다. 그리고 신후가 싼 김밥 도시락을 꺼냈다. 그런대로 모양은 그럴듯했다. 둥글게 말아진 김밥에 속 재료들도 각양각색, 신후가 신경을 많이 써서 만든 게 보였다. 하나를 기분좋게 한입에 쏙 넣고 우물우물 씹는데 분명 보통 김밥은 아니었다. 모양새만 그럴듯한 김밥이었다. 그러나 은서는 충분히 맛있었다. 신후의 정성이 가득 담긴 김밥이었기 때문이다.

"어때?"

"음, 제법인데? 맛있다."

"그래?"

은서의 칭찬에 흐뭇해하며 신후도 한입에 쏙 김밥을 넣고 먹기 시작했다. 그러나 표정은 조금씩 찡그려졌다.

"왜 이렇게 싱겁지? 넌 안 싱거워?"

"응. 난 괜찮은데."

"어, 그럼 내 입맛만 이상한가? 보통 김밥은 이렇게 싱겁지 않은 것 같은데."

신후는 김밥을 계속해서 먹으면서도 연신 고개를 갸웃거렸다. 은서는 웃음이 나오는 것을 참았다. 그러나 아닌 게 아니라 김밥이 너무 싱거운 나머지 잘 넘어가지 않았다.

"신후야, 잠깐만 있어봐. 내가 자판기에서 음료수 좀 뽑아올게."

은서가 음료수를 사들고 돌아오자 신후는 도시락을 싸고 있었다.

"뭐 해? 다 먹지도 않았는데?"

"왜 거짓말해? 맛도 없으면서."

"아냐, 맛있어."

"안 넘어가니까 음료수 사러 간 것 다 알아."

"얘 좀 봐. 빨랑 그거 다시 풀어. 내가 다 먹을 테니까."

은서가 눈을 흘기며 째려보자 신후는 빙긋이 웃었다.

"밥에 소금도 넣냐?"

"응, 소금이랑 참기름 넣지. 근데 어떻게 알았어?"

그러자 신후가 뛰어가는 어린 남학생들을 가리킨다.

"어린 녀석들이 나보다 아는 게 더 많네."

"먹을 만해. 다시 꺼내."

"넌 왜 알면서 모르는 척한 거야?"

"음, 난 김밥 속에 담겨 있는 네 마음을 먹었거든. 내가 먹어 본 김밥 중에 최고였어."

신후가 갑자기 와락 그녀를 끌어안았다. 깜짝 놀란 은서가 그를 밀어내며 벌떡 일어서서 주위를 두리번거렸다. 환한 대낮에 사람들이 공부를 하러 오는 도서관이었다.

"너 미쳤어? 지금 뭐 하는 거야? 풍기 문란죄로 잡혀가고 싶어?"

"미안. 잠시 네가 내 정신을 잃게 했어."

"빨랑 김밥이나 다시 꺼내."

그들은 싸온 김밥을 깨끗이 다 먹어치웠다. 그리고 벤치에 기대어 하늘을 올려다보았다. 구름 한 점 없는 파란 하늘이 그들을 내려다보고 있었다. 오후의 햇살도, 시원하게 부는 바람도, 그지없이 평화롭기만 한 시간을 그들이 공유하고 있다는 것만으로 충분히 나른하고 행복했다.

오랜만에 경진과 저녁 먹을 생각으로 어두워질 무렵, 도서관을 나와 집으로 향했다. 한 달에 두 번 쉬는 휴일, 사실 휴일이 더 바쁜 경진이었다. 가게에서 결혼 한복을 한 손님들의 결혼식에 꼭 참석해 축하해 주는 경진이었기에, 요즘처럼 결혼 시즌일 때는 하루에도 몇 건의 결혼식에 참석하느라 바빴다. 도서관을 나온 은서와 신후는 마트에 들러 장을 봤다. 오랜만에 함께하는 저녁 식사가 될 듯했다. 경진이 좋아하는 꽃게탕을 끓이려고 싱싱한 꽃게와 무, 그 밖의 야채들을 사서 즐거운 마음으로 돌아왔다. 그 마음이 오래가지는 못했지만 말이다.

"은서야, 우리 다음 주에는 놀이공원 가자."

"그럴까? 나 아무래도 대학 가기는 틀렸나 보다. 노는 것만 좋아해서 큰일이다. 거기다 너도 문제구."

"내가 왜?"

"왜긴 왜야? 넌 내 선생님이잖아. 공부하라고 채찍질해야 하는 사람이 어떻게 된 게 같이 놀자고 유혹하니?"

"놀이공원 갔다 와서는 공부만 하자. 놀고 싶은 것 몽땅 다 놀아버리고 오자. 됐지?"

"알았어."

웃으며 이야기하다 보니 벌써 집 앞이었다. 문을 열어주는 경진의 목소리가 밝아 보여 기분 좋은 저녁을 기대하며 집 안으로 들어섰다. 그런데 수연의 웃음소리가 들려왔다. 거실 소파에 경진과 마주 보고 앉아 이야기꽃을 피우고 있는 듯했다.

"같이 나갔었니?"

"네."

"이리 와 앉아라. 오늘 백화점이 세일하길래 수연이랑 쇼핑 좀 했다."

그들의 즐거웠던 하루는 경진과 함께 있는 수연이를 보면서 끝이 났다. 은서는 말할 것도 없이 신후도 당황하는 것 같았다. 경진에게 묻는 신후의 음성이 조금은 날이 서 있었다.

"어떻게 수연이랑 쇼핑을 했어?"

"어, 수연이가 전화를 했잖아? 백화점 세일한다고. 말도 마. 수연이가 보기하고 다르게 얼마나 알뜰한지 아니? 은서야."

"네, 이모."

"이것 하나 입어봐라. 수연이가 너 준다고 하나 샀다."

"네? 네."

은서는 결코 반갑지 않은 옷을 받아 들며 즐거운 척해야 했다.

"안 그래도 되는데. 수연아, 고맙다. 잘 입을게."

"신후야, 너도 입어봐."

보기에도 제법 값나가 보이는 셔츠를 경진이 내밀었다.

"싫어. 난 이런 스타일 싫어해."

"어머, 애 좀 봐. 수연이 눈썰미가 얼마나 세련됐는데 그래?"

"신후야, 마음에 안 들면 바꿔다 줄게."

"됐어. 그냥 입을게. 다음부터는 이런 것 사 오지 마."

"하여튼 성질머리 하고는. 속으로는 좋으면서. 근데 은서야, 그게 뭐냐?"

"네, 이모랑 저녁 먹으려고 꽃게탕 재료 사 왔는데요."

"그래? 이걸 어떡하니? 오는 길에 수연이가 유명한 꽃게탕집 안다고 해서 가서 먹고 왔는데."

은서와 신후의 눈이 마주쳤다. 그러나 은서는 모르는 척 슬며시 피했다.

"은서야, 우리끼리 해먹자."

"아냐. 꽃게 냉동실에 넣어두면 괜찮을 거야. 다음에 해먹지 뭐. 그냥 간단하게 먹자."

은서는 일어났다. 그 자리가 너무 불편해 빨리 피하고 싶은 마음뿐이었다.

신후와 마주 보고 앉아 있는 저녁 식탁, 밥이 코로 들어가는지 입으로 들어가는지 알 수 없었다. 신경은 온통 거실에서 모녀처럼 다정히 앉아 도란도란 이야기를 나누는 수연과 경진에게 가 있었다. 신후가 계속해서 그녀를 빤히 쳐다보고 있다는 것을 알았지만 눈을 마주칠 수가 없었다. 눈이라도 마주치면 혹

여 신후가 어떤 말을 꺼내 이 조마조마한 분위기를 깨버릴까
봐, 경진에게 그들의 감정을 들킬까 봐 두려웠다.

저녁을 간단히 먹고 다시 네 사람이 함께한 자리. 은서도, 신
후도 좀처럼 입을 열지 않고 침묵하고 있었다. 주로 경진과 수
연의 대화를 듣고 있을 뿐이었다. 어서 자리를 일어나고 싶었지
만 꾹 참았다. 영원히 가지 않을 것 같던 수연이가 일어섰다.

"어머니, 저 이만 가볼게요."

"그래, 많이 늦었다. 조심해서 가."

현관까지 배웅하는 경진을 따라 은서와 신후도 일어섰다.

"잠깐 기다려. 늦었는데 바래다줄게."

갑작스런 신후의 말에 은서는 놀란 눈을 크게 뜨고 신후를 쳐
다봤다. 그러나 신후의 표정에서는 어떤 것도 알아낼 수가 없었
다. 다만 환하게 변하는 수연의 얼굴만 보일 뿐이다. 더불어 신
후의 제의를 반기는 경진의 얼굴도 볼 수 있었다. 은서 그녀만
이 놀란 표정을 하고 있었다. 경진의 권유에도 차갑게 거절하던
신후가 자진해서 수연을 바래다주겠다고 나서는 걸 보며 은서
는 착잡했다.

신후는 더 이상 수연의 행동을 방치해서는 안 되겠다는 생각
을 했다. 수연을 보자마자 얼굴이 흐려져 말 한마디 못하고 움
츠려 있는 은서를 보자 안타까웠다. 수연 앞에서 죄인이 되어야
만 하는 은서가 안쓰러웠다. 이미 지나온 과거였다. 이제는 그

과거로부터 벗어나 충분히 옛이야기처럼 나눌 수 있는 시간이라고 생각했다. 그러나 은서는 여전히 자유롭지 못했고, 수연의 행동 또한 많이 거슬렸다. 경진과의 행동은 다분히 친구의 어머니 정도를 넘어선 것이었다. 아무리 수연이 경진과 친하게 굴며 미래의 며느리처럼 군다고 해도 소용없는 짓이다. 수연이는 그에게 친구일 뿐이다. 경진은 영원히 친구의 어머니일 뿐이다.

은서가 불편해하는 것을 알면서도, 은서에게 좋은 감정을 가지고 있지 않으면서도 경진의 앞에서 챙기는 척하는 모습도 마음에 안 들었다. 은서의 친구로 만나 그와도 친구가 되었고, 의외로 생긴 것과는 다르게 소탈한 친구라 생각했다. 또한 은서로부터 상처받고 힘들어하는 모습을 유학 생활 동안 지켜보며 연민을 느낀 것도 사실이었다. 그 역시 같은 아픔을 간직하고 있었기 때문에 많이 도와주려 했다. 그러나 지금, 수연은 달라 보인다. 이제는 친구로서도 부담스럽다. 자꾸 일방적으로 이런 식으로 접근해 온다면 친구로서도 지낼 수 없을 것 같다. 수연에게 확실하게 입장을 밝힐 요량으로 바래다주겠다고 나섰다. 따로 불러 만나 이야기하는 번거로움보다는 바래다주면서 이야기하는 쪽이 나을 것 같았다. 그런 생각에 깊이 빠져 있던 신후는 놀라는 은서의 얼굴도, 환하게 변하는 수연의 얼굴도 보지 못했다.

대문밖에 나오니 수연의 차가 보이지 않았다.

"차 안 가져왔어?"

"응. 저번에 차 있다고 네가 안 바래다줬잖아."

신후는 한숨이 나왔다.

"타라."

"우리 집 방향 아닌데, 어디 가는 거야?"

뭔가를 잔뜩 기대한 듯한 얼굴이었다.

"잠깐 얘기 좀 하자."

"그래."

신후는 한강 둔치에 차를 세웠다. 어두운 밤, 아베크족들이 심야 데이트를 즐기고 있는지 시동을 끈 채 주차되어 있는 차들이 꽤 많았다.

"수연아."

"응."

"내가 부탁한다, 그만 해라."

"지금 그 말 하려고 얘기 좀 하자고 했니?"

수연의 목소리에 실망스러움이 묻어났다.

"그럼 너와 내가 늦은 시간 할 얘기가 뭐가 있니? 다시는 우리 집에도, 어머니도 개인적으로 찾아오거나 만나는 일 없었으면 해."

"싫다면?"

"너, 머리 나쁜 애 아니잖아. 내가 사랑하는 사람은 은서야. 결혼도 내가 하는 거구."

"어머니도 그렇게 생각하실까? 은서를 며느리로 받아들일 수 있을까?"

"그것까지 네가 상관할 일은 아니지. 그건 어머니와 내 몫이
니까 다시는 이런 식으로 얼굴 보지 않았으면 좋겠어."

"미안하지만 신후야, 난 너 포기 못해."

신후의 답답함은 커져만 갔다. 설득하고 타일러서는 돌아설
것처럼 보이지 않았다.

"포기 못한다면 어떡하자는 건데? 어디 사랑이라는 게 한 사
람만의 일방적인 감정으로 되는 거니?"

"그러는 넌? 넌 은서한테 일방적인 감정 아니니? 은서가 너
사랑한대? 은서는 친구까지 배신하고 혁이 오빠를 선택했던 애
야. 근데 혁이 오빠가 은서랑 다시 시작하고 싶어해. 설마 은서
가 혁이 오빠를 다 잊었다고 생각해? 사랑이라는 게 넌 그렇게
쉽게 잊혀지던? 난 안 되는 게 사랑이더라. 나, 너 사랑해. 네가
은서를 얼마만큼 사랑하는지는 모르지만 너를 향한 내 사랑도
넘치면 넘쳤지 부족하지는 않아. 바보같이 또 은서에게 당하지
말고 정신 차려. 날 좀 봐달란 말야, 신후야."

신후는 수연의 말에 한동안 말을 잃었다. 혁이 은서와 다시
시작하고 싶어한다는 말은 큰 충격이었다. 은서가 혁과 만난 후
뭔가 숨기는 것 같은 느낌은 사실로 드러났다. 은서는 분명 그
날 혁을 만나 다시 시작하고 싶다는 말을 들었을 것이다. 가슴
이 벌렁거리기 시작했다. 금방이라도 터질 듯 부풀어 오른 풍선
마냥 오늘 하루 신후의 기분은 둥둥 떠다녔다. 그러나 지금 부

스스 바람 빠진 풍선처럼 초라하고 볼품없이 되어버렸다.

"혁이 형이 그래? 다시 시작하고 싶다고?"

"그래, 다시 시작하고 싶대. 나한테 도와달라고 했어."

굳어지는 신후의 표정을 살피며 수연은 속으로 회심의 미소를 지었다. 그날 혁의 집에서 거의 쫓겨나다시피 한 이후로 한 번도 혁을 만난 적은 없었다. 그러나 코너에 몰린 쥐가 고양이를 물 수 있다는 말은 그냥 있는 말이 아니었다. 은서만을 바라보고 있는 신후에게, 그녀에게는 조금의 여지도 남기지 않고 내치려 하는 신후를 어떻게든 자신을 보게 만들고 싶었다. 은서를 포기하게 만들고 싶었다. 신후가 은서를 사랑한다는 것을 알기에 은서가 아직도 혁을 잊지 못하고 있다면 승산있는 싸움이라고 생각했다. 은서의 행복을 위해 신후는 기꺼이 보내줄 것이다. 비참하지만 그렇게 해서라도 신후를 붙잡고 싶었다. 그녀가 유일하게 가지지 못한 것은 사람과 사물을 다 포함해서 신후뿐이었다. 그래서 더 더욱 간절했다.

"그래? 그렇다 해도 상관없어. 이제 다시는 안 보내줄 테니까."

수연은 그녀의 기대를 완전히 벗어난 신후의 대답에 당황했다.

"분명히 말하는데 네 사랑과 내 사랑을 비교하지 마. 은서는 내 심장이야. 넌 남한테 죽지 않는 한 심장을 떼어줄 수 있겠니? 마지막 경고다. 이런 식으로 부딪치지 말자. 아직까지는 친구지만 한 번 더 일방적으로 사람 불편하게 하면 더 이상 친구로도 생각하지 않을 거다."

신후는 할 말을 다 했다는 듯이 차를 다시 움직이기 시작했다. 그리고 수연의 집 앞에 수연을 떨구자마자 쏜살같이 사라져 버렸다. 신후의 차가 사라지는 것을 매섭게 바라보는 수연의 눈빛은 분노가 가득해 섬뜩할 정도였다. 신후의 차가 보이지 않고도 한참을 그렇게 서 있던 수연은 한 손으로 눈가를 훔쳤다. 어느새 그녀의 눈가에 뜨거운 눈물이 고여 있었다.

"이신후, 네가 날 울렸어? 나, 한수연을 울렸단 말이지. 은서가 너의 심장이라면 잘라내는 수밖에. 네가 아프다고 해도, 죽는다 해도 어쩔 수 없어. 너를 은서에게 주는 일은 없을 거야. 내 것이 되지 못한다 해도 은서에게는 줄 수 없어."

눈물이 메마른 수연의 눈은 살기가 느껴질 만큼 매서웠다. 은서에 대한 미움은 신후가 은서를 좋아한다는 것을 알기 전부터였다. 그저 신후의 사촌이라는 이유로 그녀가 다가가 친구가 되었다. 그러나 아무것도 가진 것 없고, 보잘것없는 애가 친구들의 관심을 독차지하기 시작하던 때부터 은서에 대한 시기 어린 마음이 자라기 시작했고, 결국은 눈덩이처럼 커져 버렸다. 그녀의 친구들이 하나둘씩 자신보다 은서와 더 친해지는 걸 보면서, 자신에게 털어놓지 않는 이야기들을 은서에게 털어놓는 걸 보면서 표현은 못했지만 그녀 안에 은서에 대한 질투라는 감정이 쌓여갔다. 신후가 은서의 사촌이 아니라는 것을 알게 되던 날,

시차로 곯아떨어져 자고 있는 혁의 방 침대에 취해서 거의 정신을 잃다시피 한 은서를 눕히며 절호의 기회라고 생각했다. 신후뿐만 아니라 그녀 주변의 친구들이 은서로부터 등을 돌리게 하는 결정적인 사건이 되리라 생각했다. 결국 그녀의 뜻대로 이뤄졌다. 신후마저 등을 돌리고 유학을 가버리고, 그녀는 가련한 피해자가 되어 친구들로부터 동정의 시선과 위로를 받으며 아픔을 견디는 비련의 주인공이 되었다. 그것으로 모든 게 다 끝난 줄 알았다. 이렇게 다시 원점으로 돌아오게 될 거라고는 전혀 생각지 못했다. 그러나 다시 똑같은 상황이 되었다고 해서 다른 결정을 할 생각은 추호도 없다. 신후를 향한 마음은 여전히 변함이 없었고, 상황 또한 그녀에게 유리했다.

수연을 내려주고 돌아오는 길, 수연에게는 단호하게 말했지만 가슴이 답답했다. 정말 수연의 말대로 아직도 혁에게 대한 감정이 남아 있는 게 아닐까? 그래서 그에게 혁과의 일을 숨긴 것은 아닐까? 지금 혼자 속으로 고민하고 있지는 않을까? 마음은 혁에게 가 있는데 혹시나 매달리는 자신 때문에 망설이고 있는 것은 아닌지 많은 의구심과 생각들로 신후의 얼굴은 굳어졌다. 당장 은서를 만나 물어야 했지만 용기가 나지 않았다. 은서의 대답이 두려웠다. 안에서 곪고 있는 상처가 나중에는 걷잡을 수 없이 커지리라는 것을 모르는 것은 아니지만 상처를 드러내도려낼 자신이 없었다. 은서의 마음이 그에게로 움직이고 있다고 확신했다. 은서가 그에게 물러나지만 않는다면 얼마든지 기다릴 수 있다고 생각했다. 그런데 조바심이 가슴을 들썩인다. 은서의 감정이 어떤지 궁금하다. 아직도 혁에 대한 사랑이 남아 있을 것 같은 생각에 불안하다. 정말 수연의 말처럼 사랑이라는 게 쉽게 잊혀지던가. 그 역시 타국 생활 3년 동안 은서를 잊으려고 무던히도 애쓰던 시간이 아니었는가. 그러나 은서를 보자마자 그 시간이 헛되었음을, 그전보다 더 뜨거우면 뜨거웠지 잊혀지지 않음을 확인하지 않았는가. 서울로 올라와서 우연히 혁을 만났을 때 은서의 차가움이 마음에 걸렸던 게 떠올랐다. 애증, 사랑과 증오는 종이의 양면과 같다던 말이 자꾸 떠올랐다. 다시는 은서가 없는 삶을 생각할 수 없다. 그러나 몸만 곁에 있는 것만으로는 더 더욱 만족할 수 없다. 몸도, 마음도 그로 인해 기쁘고 행복하기를 바랐다. 자꾸만 그에게서 달아나 버릴 것 같은 예감이 등줄기를 서늘하게 했다.

신후는 대문 앞에 차를 세우고도 한참을 앉아 있었다. 무거운 마음이 집으로 들어가는 발걸음을 붙잡고 있었다.

신후가 수연을 바래다주겠다고 나간 후 은서는 어떤 것도 할 수가 없었다. 공부는 물론 잠도 잘 수 없었다. 신후에게 단순히 친구라는 감정뿐이었다면 이런 불필요한 감정 소모 같은 것은 하지 않았을 것이다. 그러나 조금씩, 조금씩 그녀 가슴에 들어오던 신후는 그녀 가슴을 온통 잠식해 버렸다. 수연을 바래다주고 들어올 시간이 지났는데도 아직 들어오지 않고 있었다. 모든 신경이 현관으로 가 있었다.

수연과 어디 가서 차라도 마시는 걸까? 무슨 일이 있는 것은 아니겠지? 혹시 사고라도? 어찌 보면 짧은 시간 동안 일어날 일 들치고는 황당한 생각들이었지만 은서는 별의별 생각들을 하며 가슴을 졸이며 신후를 기다렸다. 문득 대문 앞에서 그녀를 기다리던 신후가 떠올랐다. 그날 신후의 마음도 내 마음과 같았을까? 왜 기다렸냐며 타박했던 자신이다. 마음이 상했을 신후였다. 이렇게 가슴 졸이며 기다렸는데 신후가 왜 기다렸냐고 묻는다면 너무 아플 것 같다. 이제는 그녀도 신후의 마음을 알아버렸다. 그녀의 마음이 곧 신후의 마음이라는 걸.

현관문이 열리는 소리가 들렸다. 책상 앞에 앉아 있던 은서는 벌떡 일어났다. 그러나 방문 손잡이를 잡고도 쉽게 문을 열 수가 없었다. 신후와 얼굴을 마주한다면 그녀 역시 지금까지 수연이와 뭐 했는지 묻고 말 것 같았다. 그래서 문을 열고 나가지 못하고 한동안 망설인 채 서 있었다. 그러나 결국 문을 열고 거실로 나왔다. 자존심이나 자신의 잘못보다 더한 감정이었을 것이다. 그녀가 처음 느껴보는 감정, 질투였다. 수연과 혁이 아무리 다정하고 약혼을 해도 이런 감정은 아니었다. 그저 수연이가 부럽다는 생각뿐이었다. 그러나 지금 신후가 수연을 바래다주었다는 작은 일 하나만으로 은서는 천국과 지옥을 갔다 온 기분이었다. 분명 질투였고, 신후를 향한 그녀의 깊은 감정의 증거였다. 사랑하나 보다가 아닌 사랑을 하고 오직 그녀만의 남자이기를 바라는 소유욕이었다. 씻고 나오는 신후와 마주쳤다. 묻지도 않았는데 은서의 입에서는 변명조의 말이 흘러나왔다.

"갈증이 나서 물 한 잔 마시려구……."

"응."

신후의 대답이 시큰둥했다. 낮에 함께 보내며 그녀에게 환한 웃음을 보여주던 신후가 아니었다. 얼굴 표정도 좀 어두운 것 같고 피곤한 구석이 역력했다.

"좀 늦었네."

말하지 않으려고 했는데 이유를 묻는 듯한 말은 그녀의 의사와 상관없이 튀어나오고 말았다.

"그랬나?"

대답은 무심함 그 자체였다. 은서는 당황스러웠다. 수연과 무슨 일이 있었던 게 분명한데 신후는 말할 의향이 없어 보였다. 피곤한 표정을 지으며 방으로 들어가려는 신후를 더 이상 붙잡을 수 없었다.

"잘 자라."

안에서 끓어오르는 묻고 싶고, 확인하고 싶은 말들을 애써 누르며 은서도 인사를 하고 돌아서려 했다.

"은서야."

갑자기 방에 들어가려던 신후가 불렀다.

"응?"

"너, 나한테 할 얘기 없니?"

"할 얘기?"

"그래, 나한테 하고 싶은 말 없어?"

은서는 신후가 무슨 말을 하는지 알 수 없었다. 그러나 없다고 말해서는 안 될 것 같은 분위기였다. 신후의 기분은 굉장히 저조해 보였고 날카롭기까지 했다.

"잠깐 들어와."

신후가 은서의 손목을 잡아 그의 방으로 끌었다. 아주 가끔 청소를 하기 위해 들어오기는 했지만 야심한 밤에 그의 방에 들어오기는 처음이다. 정갈한 침대와 책상, 책으로 가득한 책장이 눈에 들어왔다.

"어머니한테 말씀드리자."

"뭘?"

"내가 널 사랑하고, 너 역시 날 사랑한다고."

너무나 진지한 눈빛에 은서는 긍정도, 부정도 할 수 없었다. 은서의 대답이 없자 긍정으로 받아들였는지 신후는 다소 안심한 듯 표정이 누그러졌다. 그러나 은서는 신후를 말릴 수밖에 없었다. 그녀도 당당히 경진에게 인정받고 신후와 만남을 갖고 싶다. 그런데 그게 과연 가능한 일일까? 경진이 아는 순간 그녀가 품었던 모든 것들이 산산조각날 것만 같다. 오늘만 해도 수연을 아들의 친구 이상으로 바라보던 경진의 눈빛을 은서는 기억했다. 피붙이 하나 없이 정말 친정 엄마와 같은 경진에게 밀쳐진다면 암담할 것만 같았다. 신후도 잃고 싶지 않았지만 경진

또한 마찬가지였다. 두 사람 다를 잃게 될지도 모른다는 불안감
은 신후의 생각을 저지하게 했다.

"신후야, 그러지 마."

다소 풀렸던 신후의 표정이 다시 굳어졌다.

"왜?"

"나 자신없어."

"그 말은 나란 사람에 대한 확신이 없다는 말이겠지?"

"신후야."

"피곤하다. 가 자라."

은서는 단정 짓는 듯한 그의 말에 가슴이 서늘했다. 수연과
나가서 무슨 이야기를 나누었기에 경직되어 있는지 불안했다.

"난 이모도, 너도 잃고 싶지 않아."

"왜, 어머니께서 우리 사이를 알게 되면 너도 반대할 거라고
생각하니?"

"수연이도 그렇게 얘기했나 보지?"

더 이상 신후는 말이 없었다. 신후와 수연 사이에서 어떤 이
야기들이 오갔는지 말하지 않아도 짐작이 갔다. 그 두 사람 사
이에 자신이 오르내린다는 것만으로도 기분이 상했다.

"너무도 당연한 사실이니까. 넌 이모의 표정이 안 보이니, 이
모가 무엇을 생각하고 있는지? 그런데 우리 사이를 반기실 것
같아?"

"그렇다고 언제까지 숨겨? 우리 사이를 모르시니까 그렇게

행동하시는 거잖아. 차라리 말하고 정식으로 사귀자."

"이신후, 바보야. 그게 가능하다고 생각하는 넌 아직 멀었어. 이모가 너 하나만 보고 산 세월이 스무 해가 더 돼. 너도, 나도 그것을 보고 자랐어. 이모 인생의 전부는 너야. 그런 이모가 날 아무리 사랑한다고 하지만 그건 친구의 딸로서 조카 같은 감정일 거야. 너의 반려자로서는 상상도 못하실걸. 흠이 한두 가지니? 난 고아에 학력미달, 거기다 결혼까지 한 번 했던 사람이야."

"넌 그러면 순전히 어머니가 반대하실 게 뻔해서 알리고 싶지 않다는 거야? 정말 이유가 그뿐이야?"

다그치는 신후에게 은서는 잠시 말을 잃었다. 그런 은서가 마음에 안 드는지 말꼬리를 붙잡고 재차 다그쳤다.

"정말 이유가 그뿐이냐구."

"그래."

은서의 목소리는 거의 들리지 않을 정도였지만 그래라고 대답하고 있었다. 그럼에도 신후의 마음은 편하지 않았다. 은서가 자신에게 혁과의 일을 말하지 않고 끝내 숨긴다는 사실이 목구멍에 걸린 이물질처럼 침을 삼킬 때마다 따끔거렸다. 도대체 지금 무슨 생각을 하고 있는 거냐고 묻고 싶었다. 혁에 대한 그녀 감정의 실체가 무엇인지 확인하고, 닦달하고 싶었다. 그러나 차마 묻지 못했다. 그에게도 망설임은 있었다. 경진의 반대가 두려운 것은 아니었다. 그에 대한 은서의 마음만 확실하다면 경진의 반대 정도는 충분히 이겨 나갈 자신이 있었다. 그러나 은서의 마음이 아직도 잡히지 않는다. 손에 쥐면 쥐려 할수록 더 자꾸 미끄러져 빠져나가는 미꾸라지처럼 은서의 마음을 다 잡은 듯하다가도 어느 순간 손을 펴보면 그녀는 없다. 왜 이렇게 화가 나고 심통을 부리고 싶은지 모르겠다. 그녀가 자신에게 무엇인가를 숨긴다는 사실, 되돌려 받지 못해도 상관없다고 생각했던 그녀를 향한 그의 마음.

그런데 오늘 수연을 바래다주고 돌아온 지금, 한없이 자격지심을 드러내며 도망치려는 은서가 밉다. 당당하고 세상에 두려울 것 없던 고집쟁이 은서가 그립다. 이런 반대쯤 눈 하나 깜짝하지 않고 거뜬히 맞섰을 은서를 찾고 싶다. 여전히 마음의 문을 닫고 열어 보이지 않는 그녀에게 화가 난다. 그도 때론 지친다. 긴 한숨이 절로 나왔다. 여전히 표정은 굳어진 상태였다. 은서도, 신후도 더 이상 대화를 계속하지 못한 채 서로를 바라보고 있을 뿐이다.

"그럼 네 생각은 뭐니? 이렇게 천년만년 몰래 들킬까 봐 조마조마해 가면서 만나자는 거야? 아니면 다른 생각을 하고 있는 거야?"

신후의 말투가 격앙되었다. 결판을 내려는 듯 마구 몰아붙인다.

"조금만, 조금만 더 시간을 갖자."

신후를 진정시키려는 듯 은서가 사정했다. 은서의 말에 한참을 노려보던 신후는 침대에 누워버렸다.

"불 끄고 나가라."

끝내 그의 기분은 풀어지지 않았다. 항상 다정다감한 모습으로 그녀 곁을 지켜주던 신후가 뭔가에 쫓기듯 조급함을 드러내며 다그치는 모습에 은서는 당황했다. 무엇이 신후의 기분을 그토록 저조하게 만들었는지 알 수 없지만, 분명 자신 탓이라는 것을 알기에 가슴이 답답했다. 신후는 침대에 누워 양손을 포개 이마 위에 올려놓아 시야를 가렸다. 신후를 다시 만나고 곁에 있으면 늘 한없이 편안하고 따뜻하기만 했는데 혹시 신후의 심경에 변화가 이는 것은 아닌지 불안해하는 자신을 본다. 그만큼이나 그녀 역시도 그와 함께 하고 싶고, 그를 잃게 될까 봐 두렵다. 그러나 그녀의 감정을 당당하게 표현할 수 없는 현실이 슬프다. 신후의 눈빛에서 느껴지는 간절함만큼이나 그녀도 간절하지만 쉽게 풀어놓을 수 없다. 한 번 마음을 풀어놓기 시작하면 봇물 터지듯 터져 더 이상 스스로도 감당할 수 없을 것 같다.

열여섯, 부모님을 잃고 친이모처럼 그녀를 키워주고, 사랑해준 경진의 가슴을 아프게 할 수 없다. 수연에게 두 번씩이나 상처를 줄 수 없다. 오로지 그녀만의 행복을 위해 다른 사람들을 아프게 할 수 없다. 그럼에도 신후를 놓지 못하고 있다. 이런 망설임의 시간이 길어지면 길어질수록 신후에게도, 그녀에게도 더 큰 상처를 남길 것이다. 오늘 단호하게 안 된다고 말했어야 했다. 시간을 조금만 더 갖자고가 아니고 우리는 안 된다고 말했어야 했다. 그렇게 말하지 못함은 그를 향한 그녀로서도 더이상 어떻게 할 수 없는 간절한 마음 때문이었다.

'너무 힘들다. 정말 너무 힘들다. 널 내 안에 담지 말았어야했는데. 내 사랑은 왜 이리도 힘들고 버거운지 모르겠다. 사랑한다고 고백하고 싶다. 네 간절한 눈빛을 보며 내 가슴도 뛰고있다고 말하고 싶다.'

더 이상 그녀를 바라보고 있지 않는 신후를 바라보며 불을 끄고 방을 나왔다.

은서가 불을 끄고 나가자 신후는 얼굴을 가렸던 손을 풀고 일어났다. 그리고 창문을 열었다. 제법 차가워진 공기가 밀려온다. 은서를 기다리지 못하고 다그친 것을, 조급함을 내보이며몰아붙인 것을 이미 후회하고 있었다. 은서가 마음을 열고 쉽게다가올 수 없는 상황을 알면서 섣부르게 강요했다. 이미 오래전은서만을 바라보고 사랑을 가꾸어왔던 그에게는 거친 풍파도거뜬히 이겨낼 만큼 튼튼하게 뿌리를 내렸지만, 이제 마음을 열기 시작한 은서는 작은 바람에도 흔들리고 넘어질 거라는 걸 모르지 않았다. 그런데 혁이 은서와 다시 시작하고 싶어한다는 말에 그만 평정심을 잃었다. 그날 아침, 은서와 혁을 한침대에서봤을 때의 좌절감이 떠올라 조급함을 숨기지 못했다. 그러나 지금은 그때와 다르다는 사실을 망각했다. 그때는 그가 은서에게친구라는 존재밖에 되지 않았다면 현재 그는 은서에게 남자였다. 은서도 인정하지 않았는가, 친구이지만은 않다고. 그와 짜

릿한 키스를 나누고 몸으로 반응하며 서로에게 남자이고, 여자
임을 인정하지 않았는가. 찬바람이 감정적으로 끓어올라 있던
마음을 가라앉혀 주었다. 은서에게 시간을 더 줘야 하리라.

〈2권에 계속… 〉

"내가 혁이 오빠를 가졌다구? 빌어먹을. 그랬다면 이렇게 억울하지는 않겠지. 오빠는 단 한 번도 몸도, 마음도 내 것이었던 적 없어. 내가 3년을 어떻게 살았는

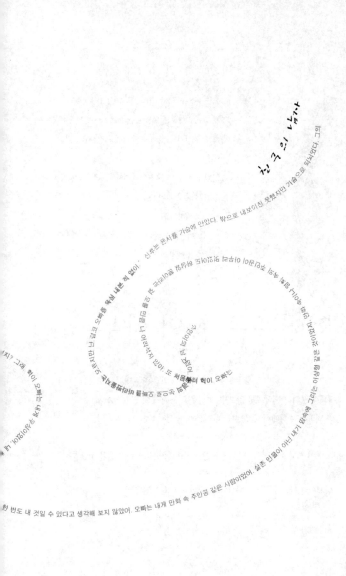

한 번도 내 것일 수 있다고 생각해 보지 않았어. 오빠는 내게 만화 속 주인공 같은 사람이었어, 실존 인물이 아버 내기 말속에 범속제

연두

1977년 1월 (음력) 물고기자리

2002년 여름부터 〈로맨스월드〉에서 연재하다가

현재 연필 깎는 여우(www.ippune.com)에서 연재 중

현재 만화 기획자, 만화 콘티 작가로 일하고 있다

〈어둠 속의 연인〉 완결, 〈지하철〉 단편 완결

〈얼어죽을 놈의 나무〉 출간

〈그림자의 사랑〉 전자북(북토피아) 출간

〈얼어죽을 놈의 나무〉, 〈그의 모든 것, 또는 …〉

전자북 출간 예정

『얼어죽을 놈의 나무』

"제사 때 가서 좆나게 일하고 나면 그 다음은 뭔데?

애새끼를 위해서 담배를 끊으면 그 다음은 도대체 뭐가 있는 건데?

네 뒷바라지 위해서 내 그림을 취미로 하는 거? 그게 그 다음이야.

또 그 다음이 뭔지 알아?

그렇게 살다가 어느 날 뒤돌아보면 난 네 집안 똥구멍 닦아주는 휴지가 되어 있겠지."

사랑이란 이름은 어떤 행동까지 용납되는 걸까?

● 연두 지음 값 9,000원

이아나

1978년 서울생.
와이즈 북토피아에서 전자책으로 '내겐 너무 어린
그이'를 내면서 데뷔
지금은 그 후속편인 친구 정연의 이야기를 쓰고 있다

『내겐 너무 어린 그이』

그녀의 머리는 미친 듯이 비명을 지르고 있었다.
나의 꿈은, 나의 희망은? 이상적인 남자는?
전문직을 가진, 어른스럽고 혼자 남은 날 거뜬히 돌봐줄 수 있는 남자는?
이 남자는 어린애야. 내가 평생 돌보며 살아야 할 거라구! 그건 싫어, 싫어!
그를 좋아하지 마, 그건 재앙이야!

'당신이 좋아, 당신이! 맙소사, 그를 좋아해. 어쩌지?

● 이아나 지음 값 9,000원

도서출판 청어람

E-mail : eoram99@chol.com

부천시 원미구 심곡1동 350-1 남성빌딩 3층 우420-011 ☎ 032-656-4452 FAX 032-656-4453

임미성

197X년 11월(양력) 사수자리
1996년부터 약 3년간 천리안문단에서 시와 수필
연재
2002년부터 〈로맨스월드〉에서 소설 연재를 시작해
현재 〈로망띠끄〉, 〈연필 깎는 여우〉에서 활동 중

〈사랑입니까〉〈우화(雨花)〉〈땡잡은 여자〉 장편
완결, 〈메탈이브〉〈내 마음의 소행성〉 단편 완
결, 〈연애유통기한〉〈앤(Anne)〉〈白鶴別曲
(백학별곡)〉 등 연재 중

출간작으로는 〈사랑입니까〉〈우화(雨花)〉와
전자북 〈땡잡은 여자〉가 있다

『땡잡은 여자』

자신의 위치는 여기까지다. 자신은 그에게 있어 한낱 고용인일 뿐이다.
넥타이가 필요하면 불러다가 넥타이를 골라달라 하고,
나갈 때 위신을 세워주기 위한 도구로 돈을 써야 하는 사람일 뿐이다.
여자도 아닌 사람일 뿐이다. 그에게 자신을 여자로 봐달라고 하는 건 역시 무리인 듯했다.
더욱이 그에게 애정을 가져 달라고 하는 건 있을 수도 없는 일이었다.

'그를 사랑하는 거니?

 임미성 지음 값 9,000원

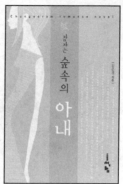

김준경

와이즈 북토피아에서 전자책으로 '잠자는 숲속의 아
내'로 데뷔
현재 비슷한 분위기의 아내 시리즈를 준비하고 있다

『잠자는 숲속의 아내』

세나는 마침내 차가운 아스팔트에 주저앉았다.

"넌 내 아내야. 나하고 가야 해."

"그냥 내버려 두세요. 난… 서훈 씨랑 있을래요. 서훈 씨랑 있고 싶어요."

"세나야, 난…….."

"그냥 가세요. 죄송해요. Juste…… Laisse moi, allez a elle…… allez! allez a` votre amie…….."

5년 동안 깊은 침묵에 빠져 있던 아내가 깨어난다!

● 김준경 지음 값 9,000원

도서출판 **청어람**
부천시 원미구 심곡1동 350-1 남성빌딩 3층 우420-011 ☎ 032-656-4452 FAX 032-656-4453

E-mail : eoram99@chol.com

연두

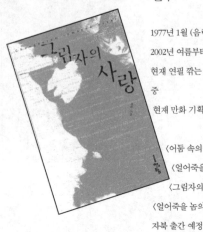

1977년 1월 (음력) 물고기자리

2002년 여름부터 〈로맨스월드〉에서 연재하다가

현재 연필 깎는 여우(www.ippune.com)에서 연재
중

현재 만화 기획자, 만화 콘티 작가로 일하고 있음

〈어둠 속의 연인〉 완결, 〈지하철〉 단편 완결

〈얼어죽을 놈의 나무〉 출간

〈그림자의 사랑〉 전자북(북토피아) 출간

〈얼어죽을 놈의 나무〉, 〈그의 모든 것, 또는 …〉 전
자북 출간 예정

『그림자의 사랑』

"이혼해요."

"누구 맘대로?"

양복 상의를 손으로 가져가면서 민철이 딱딱한 어조로 말했다.

"오늘 저녁에 동창회 있으니까 준비나 하고 있어."

그의 말을 못 들은 사람처럼 다운은 아무 반응 없이 그의 얼굴을 조용히 응시하고 있었다.

그녀의 맑은 눈을 잠시 뚫어지게 바라보던 민철이 안방을 나갔다.

'평생 이러고 살아, 한다운.'

● 연두 지음 값 9,000원

자유빈

2001년 인터넷에서 글쓰기 시작
현재 티파니에서 계속 글쓰는 중

『독립 선언』

"집을 나가서 살고 싶다고?"
허연 백발에 상투까지 튼 할아버지 앞에
그 한가운데 긴 생머리를 한 묶음으로 정갈하게 묶은 여자가
무슨 큰 잘못을 저지른 사람처럼 무릎을 꿇고 앉아 있다.
"네, 할아버지."
"나가려는 이유는?"

"다른 세상에서 살아보고 싶습니다."

● 자유빈 지음 값 9,000원

도서출판 **청어람**
부천시 원미구 심곡1동 350-1 남성빌딩 3층 우420-011 ☎ 032-656-4452 FAX 032-656-4453
E-mail : eoram99@chol.com

고애경

1977년 12월 24일 생(양력)

2002년 6월 어느날 〈심심풀이 땅콩과 읽을거리〉 카페
개설

현재 〈로망띠끄〉와 〈심심풀이 땅콩과 읽을거리〉에서
동시 연재 중

〈난 남자다?〉, 〈처음이자 마지막입니다〉,
〈난 그날 밤 네가 한 일을 알고 있다〉,
〈순정만화〉 완결

현재 〈99% 사랑+1% 조건=100% 사랑〉 연재 중

『섹스=사랑』 1, 2

"저기요, 혹시…… 사랑이란 걸 해보셨나요?"

"아니."

"그럼…… 섹스는요?"

"그건 많이 해봤지."

"사랑이 좋아요, 섹스가 좋아요?"

"당연히 섹스가 좋지. 사랑은 귀찮거든."

"오늘 밤 저랑 같이 있어주세요."

● 고애경 지음 값 8,500원

윤정

19XX년 생

추리, 환타지, 역사물을 좋아하며

왕년엔 양서를 읽는 성실한 독서가였으나

요즘은 주로 금서(禁書)를 쫓아다니고 있는 불성실

한 독서가로 변모했음

북토피아에서 E북을 발간하면서 본격적으로 로맨스

를 쓰기 시작함

『마녀를 위하여』

m e d i e v a l f a n t a s y r o m a n c e

"그 빌어먹을 놈의 앞에서 에르기아와 결혼할 거야.

비참하게 일그러지는 그 얼굴에 대고 침을 뱉어줄 테다.

그리고 왕이 되겠어. 나를 경멸하던 그자를 짓밟고,

그렇게나 내게 내주지 않으려 했던 에르기아를 품에 안고 왕이 될 거다."

"에르기아는 이미 내 것이다."

● 윤정 지음 값 9,000원

도서출판 **청어람**   E-mail : eoram99@chol.com

부천시 원미구 심곡1동 350-1 남성빌딩 3층 우420-011 ☎ 032-656-4452 FAX 032-656-4453